薛九遥一身深紫衣袍，身姿修长笔直。他一见到顾元白，眼睛都好像亮了起来，目光直直，移不开眼。

顾元白走近了，瞥了他一眼，好笑道："回神，你怎么这副神情，难道是看见什么仙人了？"

薛远克制着想要收回目光，但最终还是放弃，喃喃道："是看见圣上了。"

顾元白顿了一下，鸡皮疙瘩起了一身。

八千里路
欲远山 2

望三山 著

广东旅游出版社
中国·广州

我第一次见你的时候，正是在元宵宫宴那日。如今张灯结彩，夜不宵禁，花灯街上，感谢你与我再次同行。

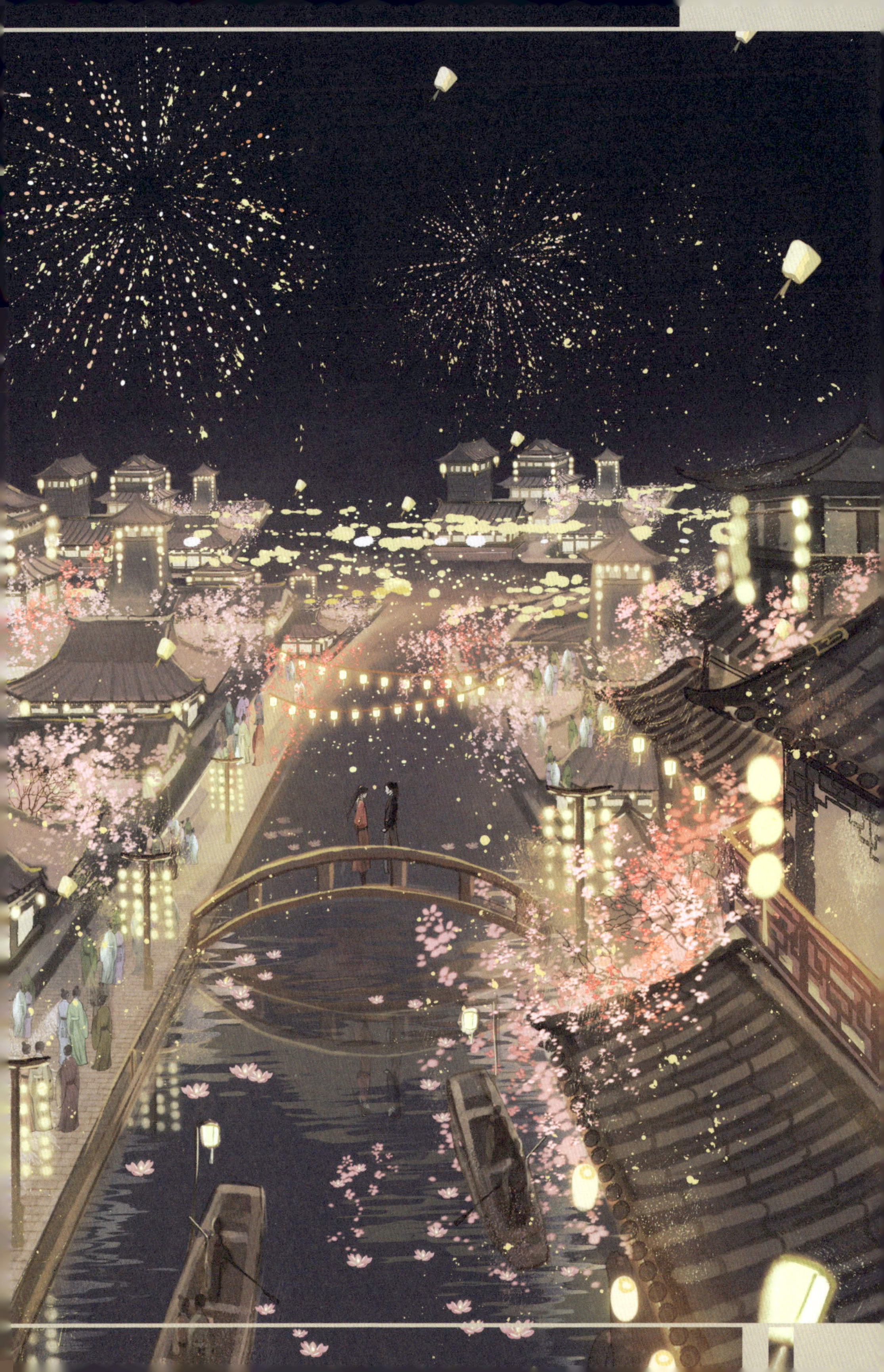

第七卷 大胜丹启	153
第八卷 大修火炕	181
第九卷 信任危机	203
第十卷 上元佳节	231

目 录

第一卷　避暑行宫　001

第二卷　焚烧书信　029

第三卷　赐婚风波　055

第四卷　边关机遇　083

第五卷　万寿国宴　103

第六卷　粮草辎重　133

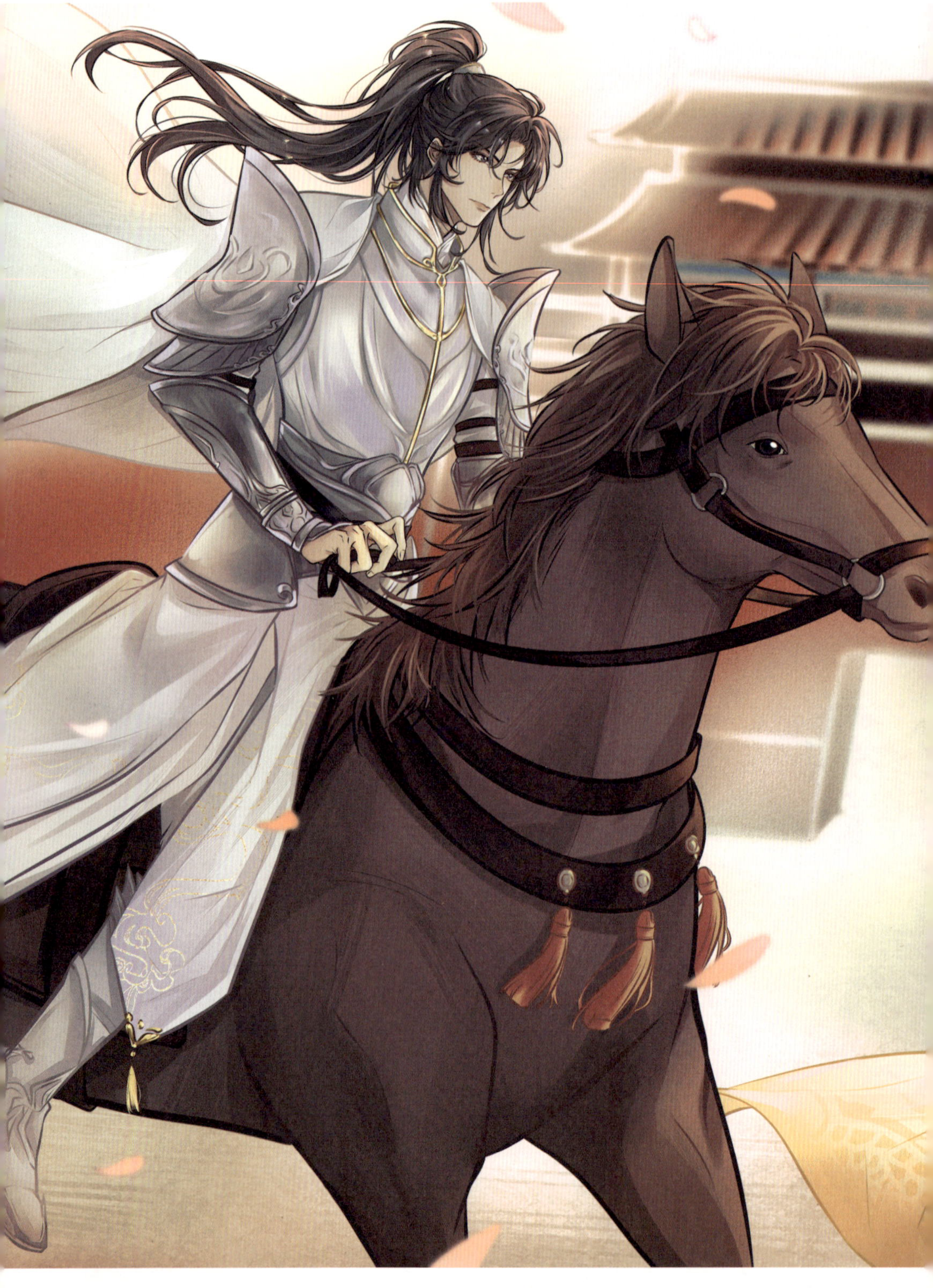

烈日打下，寒光锐利，一往直前。

薛远伸手拾起一片黄色花瓣，抬手放在了自己嘴里。

这片花瓣薛远已看了半晌，此时终于尝到了味，双眼一眯，真甜。

第一卷 避暑行宮

◆ 第一章 ◆

顾元白给薛远量完身高之后，发现他虽然没有一米九的高度，但也快要到了。

这样的身形若是穿上盔甲，跨上骏马，想必大刀长枪一扬，便是悍勇无比的醒目模样。

田福生同顾元白一块儿惊讶感叹了一下，随即便拿着布尺，道："圣上，小的也给您量一量？"

顾元白笑了笑，站直："来吧。"

田福生没有圣上高，最后这软尺还是到了薛远的手里，薛远从脚下向上给圣上量着身高，最后闷笑出声："圣上要比臣稍矮一些。"

他同顾元白离得近，笑起来的时候，胸腔之中的震动好像就在眼前。顾元白抿唇，似笑非笑："薛卿觉得自己就是很高了？"

薛远轻声道："比您高就好。"

顾元白："滚一边儿去。"

和亲王随着宫侍的指引来到这儿时，看到的就是这样一幕。

圣上发如绸缎，滑到了身前妨碍了视线，薛远便伸手，手指穿过黑发轻轻撩起，像捧起水一样温柔。

和亲王的脚定住不动了。

身边的太监小心翼翼道："王爷，小的给您通报一声？"

和亲王恍然醒神，他移开视线，看着身边枝条长长的柳树，敷衍地点了点头："通报吧。"

约莫是顾元白平日里太过强势和危险，伴君如伴虎之下，反倒让和亲王忽视了他这个弟弟还有着一副好皮相的事实。

和亲王压下心中万千头绪，走出来同顾元白行了礼，瞥了一眼湖边的鱼竿，语气硬邦邦的："圣上准备何时前往避暑行宫？"

和亲王总是这么不讨喜。顾元白懒得理他，田福生见机插话道："回王爷，圣上吩咐过了，五日后便迁到避暑行宫中。"

和亲王点了点头："既然如此，臣也回府尽早准备了。"

"去吧。"顾元白这时才懒懒回话，"和亲王要是有时间，再多学学宫中礼仪。

朕今早左等右等也没等到和亲王过来用膳，这是一觉睡到午时了？"

和亲王一怔，随即应了一声："是。"

顾元白竟然等着他用膳了？

和亲王的心情好了一些，又朝着顾元白看了一眼，这一眼之下，只觉得这弟弟唇红齿白，没有少年时那般讨人厌，更没有平日里那样威严可怖了。

顾元白松松地握着鱼竿，注意到了他这一道视线，眉头微微一挑，笑着看了过来："和亲王还有事要同朕说？"

和亲王尽量平和地道："圣上刚刚是在同侍卫们做什么？"

顾元白随口道："玩闹一番罢了。"

和亲王原本想走，但顾元白这句随口敷衍的话一出，他就迈不动脚了，板着脸吩咐太监："给本王也拿根鱼竿来。"

太监将座椅、鱼饵和鱼竿等一同备来，顾元白让人将他的位子搬远了些，半笑道："别抢了朕的鱼。"

水面被风吹起波澜，顾元白钓了会儿鱼就昏昏欲睡。过了片刻，有太监前来通报，说是从京城外头又送来了一批善捐。

顾元白眼睛一亮，顿时从困顿之中醒了神，他将鱼竿一扔，圈起袍子步步生风："走，去瞧瞧。"

他走得太急，鱼线钩住了他的衣袍。薛远反应极快，大步走过去就拽住了他，托着小皇帝的手腕黑着脸："能不能慢点儿？"

顾元白回头一看："朕急。"

薛远托着他的手腕不松手，等顾元白彻底停住了脚才放下。他弯下腰给顾元白解着鱼线，语气不怎么好："圣上，您再多走一步，鱼线就能勒到肉里了。"就顾元白这细皮嫩肉的，分分钟就能见血。

田福生瞅了一眼圣上的脸色，对这位爷隐隐佩服。

瞧瞧，说这种话的时候也面不改色，自始至终，这位爷的胆子就没变过，对圣上什么都敢说。这样的人陪在圣上身边多好啊，有胆量催促着圣上吃饭休息，让圣上龙体康健。但谁让圣上不看重薛远呢。

说是不看重好像也不对，若是当真不看重，怕是薛大人早就挨板子了。

等薛远一解开鱼线，顾元白就大步迈了出去，薛远看着他的背影，将鱼线团成一团扔在了一边，大步追了上去。

和亲王身边的随侍问道："王爷，您还去吗？"

在这儿最大的主子走了，主子身边的奴仆也浩浩荡荡地走了，湖边的地刹那

间就空了出来，凉风一吹，倒显得有几分萧瑟。

和亲王毫无动静地坐在自己的位子上，湖中的鱼儿游过来吃了鱼饵，水面荡起一圈圈涟漪，钓鱼的人却只是看着，好似透过涟漪看到了另外的东西。

过了好半响，和亲王才不屑道："本王是来钓鱼的，难不成圣上在哪里，池塘就跟着跑到哪里了？"

随侍讪笑，不敢再说。

这一批来到京城的捐款，被顾元白查完数量之后，全数转到了荆湖南与江南两地留作建设之用。

处理好这件事之后，顾元白已经是浑身汗水，田福生问他可要沐浴，顾元白想了想，摇头拒绝了，摇头时的余光瞥过了薛远，仍然没在薛远身上停留一秒就转开了视线。

薛远幽幽叹了口气。

宫殿之中即使摆上凉盆也闷得很，顾元白并未多待，无事之后，便起身准备朝着湖边而去。

走到半路时，路过一片密林。圣上身后不远处的侍卫突然觉得膝弯一痛，还未反应过来，身子已经失去平衡，直直往圣上身上撞去。

想拦住他的人慌乱，上前挡住圣上的人急躁，也不知怎么了，眨眼之间人群就乱作了一团。

顾元白就在慌乱之中被人抓走抵在了树上。

树枝猛地晃动了一下，几片碧绿叶子飞下，树影荡悠，丝丝密密地沉浮凉意。

薛远在大庭广众之下带走了顾元白，将威严的皇帝困于自己与树干之间，神情似认真似说笑："圣上，您先前说过，等臣想明白要什么了之后再来同您说，您就会将东西给臣，这是真是假？"

顾元白有些难受，伸手去推他："朕说过的话，自然没有失信的道理。"

薛远的胸膛推不动，顾元白皱着眉，屈指毫不留情地弹了他眉心一下，压低声道："起开。"

"起哪儿去？"薛远眉心留下一个转瞬即逝的红印，道，"臣还没说过自己想求什么。"

顾元白终于抬头看他，与薛远对视："薛卿想要什么？"

薛远张张嘴，顾元白刚以为他要说出来，谁知道他突然另转了一个话题：

"圣上，臣想再多求一个。"

顾元白："……"

"啪"的一巴掌，当众和皇帝谈条件的薛远脸上就印出了一个红印。

顾元白干净利落地收回手："舒服了吗？"

薛远的脸偏了一瞬，他顿住不动，脸上感觉火辣辣的。片刻后，他才用舌尖抵着被打的侧脸，回过头朝着顾元白露出一抹似笑非笑的笑："圣上，您这一巴掌用的力气有点小。"

顾元白的目光放在他的脸上，微微眯起了眼。

这样专注的视线，全投在薛远一个人身上。慌乱摔倒的人得不到顾元白的视线，粮食、政务、那片湖、那些鱼全都得不到顾元白的目光。

薛远被看得有些激动，他笑了笑，摸着自己的脸道："就这么点力气，哪能让我知道疼呢？"

"再用点力，"他用舌尖抵着自己的脸，笑眯眯道，"让臣流出血，这才算厉害。"

◆ 第二章 ◆

等从树后出来，这些时日出尽风头的将帅人才薛大公子的脸上，已经有一左一右对称的深深红印了。

薛大公子脸上笑眯眯的，似乎并不以此为耻，反而以此为荣。两道巴掌印清清楚楚地惹人注目，田福生一众人的惊奇视线投过去，也没见这位大爷表情有丝毫的难堪和羞愧。

薛远坦荡大方极了，把俊脸上的东西当作展示，长眉微展，双手背于身后，悠然跟在顾元白身旁。

顾元白面不改色地往湖边而去，神情之间有隐隐的若有所思。

因为这隐隐的若有所思，他都忘记立即去惩治薛远的放肆了。

薛远落得远了些，周边的侍卫们一眼又一眼地往他脸上看来。侍卫长憋了一会儿，没忍住道："你这是怎么回事？"

薛远伸手摸了摸侧脸，颊边被顶起，突然笑了，暗藏得意："羡慕？"

侍卫长："……"

薛远看着别人吃瘪，心中爽快了起来，他脚步轻快，看向走在前面的顾元白，看了一会儿，才移开视线，勾唇笑了。

圣上的衣物贴合身形缝制，每个月都有新衣朝着宫殿送去，顾元白穿的衣服，无论是常服还是正经无比的礼服，帝王的繁复和严肃已经从这一身身的衣物上展露了出来。

看着只觉得威严，并让人不敢生出任何忤逆之心。

等这一日过去，皇帝四日后将启行去避暑行宫的事情已经传了下去。

各王公大臣和皇室宗亲早已准备好随时启程了，听到命令后，当即开始做起最后的准备。

他们大部分在避暑行宫外都有自己的府邸，行宫之中也有各处办事的衙门处。如今七月半，前半个月，热得脑子都不清楚的各位大臣和宗亲，最期盼的就是皇上准备迁到避暑行宫一事。

避暑行宫位于京西旁的北河处，夏季清凉，冬季温暖，乃是真正的四季如春。

宫中的人也在忙碌地准备最后的东西。这日，户部尚书前来拜见顾元白，同户部侍郎一起向圣上禀告先前剿灭反叛军与所获得捐款的总数量。他们两人红光满面，笑容都止不住，具体数目一报，顾元白反应了一会儿，才回过了神。

现在江南和荆湖南两地都被牢牢地把握在皇帝的手里，江南是鱼米之乡，富得流油，光镇压那群豪强所获得的资产，就可以填满数个国库，可以将全国的粮食仓、肉仓给填得满满当当。

这些豪强十几年积攒的资产总数量大得惊人。更别说从四面八方涌来京城的捐款，直到现在，这些捐款还在源源不断地增加。这两项来源，猛得把户部都给砸晕了。

"即便是我朝最为繁盛，国库最为充足的时候，"户部尚书笑得见牙不见眼，"也比不得如今的十分之一。"

顾元白回过神来，心中也是高兴，但还能冷静，玩笑道："如今不叫喊着说朕浪费银钱了？"

户部尚书讪笑："臣怎么敢。"

顾元白哼了一声："以后养兵、修路、造船，都给朕大方点。"

"是，圣上今日说的话，臣与大人必然时时刻刻放在心上。"户部侍郎也在一旁笑着道，"圣上，臣与大人此次前来，其实也是为了修路一事。"

历史上每个朝代每个州县都会修官道，官道可以由任何人在上面行走，却不允许任何人将其占为己有。

各州府的官道其实都已修建得差不多了，如今只是修缮或者补上以往未建起的交通，两位大人此次前来，正是为了询问圣上是否要多费钱财，将各道路修到县乡的问题。

以前修路，多是以土、石、砖、瓦为主，修路水平其实比顾元白想象中的要好，有些朝代的石板路已经修建得光滑平整。

特别是有一个朝代修了直道，从南到北，几乎就是一条直线，遇山就挖山，有水就架桥，道路宽度可并驾行驶四辆马车，即便到了后世，因为此道路基修建得太密，仍然没有树木能从中长出。

在修路这件事上，已经不需要顾元白多费心。他听闻此，当然是点了点头："将道路都修到乡镇之中，修到他们的村子里，打破他们目前故步自封的状态，这是朕的要求，也是朕在位时的目标。朕不要求一步就能完成，慢慢来即可，稠密的驿站点要彼此畅通，使运输不绝。兵锋所至，驿站随伴，懂了吗？"

说完之后，看着户部尚书和户部侍郎，顾元白恍然大悟："修路是工部的事。"

"你去将朕说的那番话转告给工部尚书。"顾元白失笑，"汤卿，工部尚书怎么没同你来？"

户部尚书汤大人笑道："臣这不是来问问圣上修路费用，这话若是被吴大人听了，又得和臣吵上一番了。"

说完此事之后，两位大人将折子放下，行礼离开了。

户部上的折子，收支写得一清二楚。顾元白拿起细看，果然挣钱会使人快乐，他看着看着，不自觉地，脸上就浮出了笑意。

等午时一到，薛远比田福生还要准时："圣上，该用膳了。"

顾元白这才放下奏折，心情愉悦地用了午膳。

用膳之后，宫侍在屏风后为圣上换上午睡的薄衣，薛远等人在外头恭候。过了一会儿，圣上好像突然想起了什么，声音慵懒地响起："薛卿，朕明日就会下旨，你能力出众，实力非凡，待在朕的身边着实委屈，等今日回去了，就在府中候旨吧。"

薛远一听，脸色冷了一瞬，手指紧握："臣不觉辛苦，待在圣上身边怎会觉得委屈？"

竟然这么快，是因为他之前所说的那些话吗？

薛远早就做好了迎来顾元白雷霆手段的准备，怎样的惩治都可以。像他说的那样，让他流血都可以。

可就等来了顾元白这么快下发的一纸调令。

薛远表情难看，他宁愿挨罚也不想离开顾元白的身边。

顾元白换好了衣服，又拿着帕子清洗了脸，水声在屏风后响起，薛远耐心等着他的话。好不容易，顾元白才出声："都是你该得的赏。"

意思就是非调不可了。

薛远顿时冷笑一声，恭恭敬敬道："臣遵旨。"

赏赐应快不能慢，在让各位功臣休息一日之后，第二天，论功行赏的圣旨就下来了。

作为抓到了反叛军主力军的主将薛远，更是一口气从从五品的都虞候升为步军副都指挥使，调到步军营中统领步兵，官职上升，但人被调出了皇宫。

薛远一家都是喜气洋洋，只薛远独自沉着脸领了圣旨，面对宣读圣旨的太监，露出的笑都有些不情愿的味道。

看着他难看的脸色，薛将军骂了他数句，但这次的薛远跟没听见薛将军的话一般，独自脸色沉得可怕。

这就有些严重了。

别人骂薛九遥，薛九遥不还嘴，这很不同寻常。

薛将军闭了嘴，吩咐别人别去烦他，省得谁直接惹怒了薛府的这个大疯子。

薛远这里有三样顾元白的东西。

湖中捡到的手帕、宫中顾元白擦手的帕子，还有那盏白玉杯。

薛远现在就坐在桌旁，看着桌上的这三样东西，眼中晦暗不明。

半响，他叫来奴仆："去将薛二公子带过来。"

薛二公子被薛远打断了腿，骨头断成了两截，如今还只能躺在床上，吃喝拉撒都让别人伺候着，不能经受折腾。

但薛远一句话，薛二公子不敢不听，他被奴仆抬到了薛远的门外，见薛远连门都不让他进，只好躺在廊道里，扯着嗓子喊："大哥叫我？"

薛远阴森森的语气从门内传来："你上次找我是想说什么？"

薛二公子打了一个寒战，都后悔上次来找薛远了，声音越来越小："安乐侯府的世子骂我是残废，他还恐吓我上梁吊死、投湖自尽，我看不惯他，就想找大

·008·

哥你教训他一顿。"

薛远没出声，薛二公子越来越害怕，最后竟然都发起抖来。

良久，薛远才冷笑一声："老子去给你教训安乐侯府的世子，而你，给老子想想办法。"

他语气像是地底下的恶鬼，阴沉得骇人："给老子大病一场。"

顾元白昨日刚放下去的论功行赏的圣旨，第二天就被薛远推了回来。

薛远上书了一个折子，折子里的内容就是薛二公子重病，病情来势汹汹。他身为兄长，无比担忧家弟，因此暂时推拒圣上的任命，想要留在府中专心照顾薛二公子；否则拿着皇帝的俸禄，却心神不安地完成不了自己的职责，最后也只是辜负圣上的信任。

顾元白将折子往桌上一扔，转头问田福生："你怎么看？"

田福生讪笑两下，心道：薛二公子的腿都是薛大人打断的，如今说这样的话，真把人噎得什么话都说不出来了。

"想必薛二公子病得很重，"田福生委婉地道，"瞧瞧，薛大人都急了。"

顾元白似笑非笑："他是把朕当傻瓜。"

但人家这折子写得好，兄友弟恭，做兄长的想要照顾弟弟，谁也不能拦着，皇帝也不能。

顾元白索性不在意，他随意道："既然如此，那便让宫中的御医去薛府瞧瞧，再配上几服药带过去。"

田福生："是，小的这就吩咐下去。"

"顺便去同薛远说上一句，"顾元白翻开另一本奏折，拿起毛笔，漫不经心道，"朕等着他可以上值那日。"

◆ 第三章 ◆

宫里来的天使将这句话原原本本地传到了薛远的耳朵里。

薛远带着笑，风度翩翩地道："谢圣上恩典。"

待天使走后，他则是缓步走到了薛二公子的房门外，看着冻得脸色铁青、浑身瑟瑟发抖的薛二公子，眼神幽深。

薛二公子只觉得一阵冷意袭来，他抬头朝着薛远一看，登时被他的眼神吓得一颤。

为他把脉的御医抚了抚胡子，安抚道："还请薛小公子莫要乱动才是。"

半个时辰后，宫里来的御医和宫侍都已离开了。薛远悠悠地踏进了薛二公子的房间，在一旁气吞山河地坐下，余光瞥过宫侍留下的药材。

薛二公子灵机一动："大哥要是想要就尽管拿走。"

薛远闻言咧嘴一笑，冲着旁边伺候薛二公子的仆人道："被子拉开，拿两桶冰水，给二公子降降火。"

薛二公子已经冷得在大夏天盖上两层被子了，但听到薛远话的仆人好似没有看见这一幕似的，径自拽开薛二公子的被子，抱来了两桶混着冰块的冷水，从头到脚泼在了薛二公子的身上。

"啊！"薛二公子惨叫。

薛远笑了笑，真心真意道："林哥儿，哥哥这儿有一事，非你做不可。"

薛二公子牙齿抖得发出磕碰声，他惊恐地看着薛远。

薛远微微一笑："你给我一直病到圣上前往避暑行宫之后，好不好？"

薛二公子一抖，打了一个大喷嚏。

"来人，再给二公子上两桶冰水。"薛远倏地站起身，快步走到床边，阴影压迫："薛老二，老子告诉你。"

他压低声音："要是在圣上启程前你能起来一次床，吃下一口饭，老子就把你的舌头拔了，手给断了。"

"但你要是能乖乖的，"薛远道，"安乐侯世子对吧？骂你残废？老子切根他的手指给你玩玩？"

薛二公子被骇得话都说不利索："谢、谢谢大哥。"

薛远真的觉得自己变成了一个好兄长，他欣慰地看着薛二公子，直到把薛二公子看得浑身发麻之后，才转身快速地离开了这屋子。

薛二公子松了一口气，他看着床边那新弄来的两桶冰水，咬咬牙，想起安乐侯世子嚣张嘲讽的脸，哆嗦道："把水、把水给本公子浇上来。"

五日时间一晃而过。

其间发生了一件不大不小的事，安乐侯世子外出游玩时，不幸与家仆失散，遭遇到了歹人抢钱。歹人抢完钱后，还砍下了安乐侯世子的一根小拇指。

这件事发生在京城之外，虽然还在京城府尹所负责的辖区之内，但因为太远，京城府尹也顾不到那处。也不知安乐侯世子是怎么去到那么远的地方，而且那地方那么远，人迹稀少，很不好查。

哪怕安乐侯发了很大的脾气，可谁都知道这歹人估计是抓不住了。

顾元白也听闻了此事，他眉头一皱，暗中派人去加强巡查一番，将京城府尹无暇顾及的地方加强了一番防护。

前往避暑行宫的当日，薛远准时出现在顾元白面前。

他穿着都虞候的衣服，面色有些疲惫："臣拜见圣上。"

顾元白今日穿着随意，只以凉快为主。他似笑非笑，从薛远身前走过："薛卿若是放心不下兄弟，也不必非要陪在朕的身边。"

薛远紧紧地跟在顾元白的身边，随意笑了笑："家弟无事，臣领着俸禄却不来圣上身边，心中才是不安。"

顾元白不知听没听进去，他看也不看薛远，径自上了马车。薛远独自在马车旁站了一会儿，才退后翻身上马，策马伴在圣上马车一旁。

顾元白进了马车，准备好了之后一声令下，长长一支队伍开始动了起来。在圣上的马车及其护卫队之后，则是各王公大臣、皇室宗亲的马车和家仆。禁军护在四面八方，缓缓往避暑行宫而去。

在前往避暑行宫的途中，圣上和朝中大臣也不得耽误政事。早朝是不必上了，但大臣要在各自的马车之中处理政务，圣上也会时常点些大臣去圣驾之中共商国是。

如此一来，前往避暑行宫的路上，诸位大臣反而比在衙门之中的效率更高。

顾元白是个好老板，他不会狠狠压榨下属，偶尔在路上遇见好风光，便让队伍暂时休憩，让各位臣子和宗亲带着家眷与美好大自然亲密接触一番。兴致来了，便带着众人爬爬山、玩玩水，了解一番当地的名胜古景，闲情逸致，乘兴而来，满意而归。

有时马车窗口打开，帘子掀起，外头的微风裹着青草香从马车穿过时，也是惬意十足。

京城离避暑行宫很近，即便皇帝的队伍长而行走缓慢，也在七日之后全部抵达了避暑行宫。

避暑行宫中湖水很多，景观小品也数不胜数。顾元白来到这儿也有两三次了，但只有如今这一次才最为惬意，清凉湖风一吹，他身上的汗仿佛瞬间被吹干了。

顾元白遣散了众人，让其各去自己的府邸收拾东西，这两日先行休息，第三

日再开始实施如在京城一般的工作制度。

等众人退散之后，顾元白让人备了水，准备洗一洗身上的薄汗。

而一路沉默的薛远，看着他的背影，心中沉沉地想，怎么才能让顾元白把他留在身边。

这七日以来，顾元白就像是看不到薛远这个人一般，从未给过薛远一个眼神。

他上下马车，叫的都是张绪侍卫长。圣上白皙的手也时常被侍卫长搀扶，侍卫长忠心耿耿，只要圣上不抽回去，他就不懂得放手。

这放在张绪身上，圣上不觉得是逾越；放在薛远身上，圣上则完全不像现在这样平静。

顾元白必定是察觉出什么了。

薛远心知肚明。他也知道可以让他留在顾元白身边的机会，只有这次在避暑行宫了。

顾元白沐浴出来后穿上了里衣，坐着休息了一会儿，待喘过来气之后，才唤了人进来。

田福生为他端来温茶，顾元白喝了几口，才觉得舒服了些："里头的窗户关得太紧，闷得朕难受。"

"行宫里的宫人到底比不过京城中的宫侍，"田福生道，"粗心了些，小的今日就教一教他们做事。"

顾元白又喝了一杯茶，呼出一口热气，等衣物整理齐全之后，才大步走出了雾气缥缈的宫殿。

田福生想了想："圣上，若是殿中不舒适，行宫之中也有露天的泉池，在那处泡着，应当比在宫殿之中更合您心意。"

"哦？"顾元白果然心动，"下次带朕去瞧一瞧。"

顾元白先前来避暑行宫的时候，因为大权旁落，他没有心情享受，所以对这个行宫并不熟悉。

稍后，顾元白便去了宛太妃的住处，给宛太妃行了礼。

等从宛太妃处回来之后，顾元白这才算是没什么事了。

他打算也给自己放两天假，除了紧急事务，其他稍后再说。

避暑行宫之中，有一处湖中岛，极似传说中太液池的形貌。

岛上四面凉风侵袭，哪怕是夏日也能感受到秋风的凉爽。用完午膳之后，顾元白便乘船，带着随侍的一些人，悠悠朝着湖中岛而去。

避暑行宫为前朝所筑，湖心岛到了今朝时也跟着易了名，开国皇帝给它更名为南湖岛。

南湖岛上被收拾得干干净净，可顾元白这身子耐不住疲劳，在船还未到岛上时，已经随着一晃一晃的木船沉睡了过去。

为了不惊扰到圣上，船只便围着南湖岛转悠了一圈又一圈，等顾元白醒过来时，侍卫们大多都已面染菜色，有晕船之兆了。

顾元白还在醒神，有些晕乎。他揉了揉额头，船夫将船只停到了岸边，顾元白起身走了两步，差点儿被晃荡的船带得失去平衡。

薛远面不改色地扶住了他，搀扶着他上了岸。薛远的手臂有力极了，顾元白几乎没有费上什么劲，已经稳稳当当地踩在了地面上。

他声音沙哑地问："朕睡了多久？"

薛远道："两刻钟有余。"

顾元白恍惚，不敢相信自己才睡了半个小时。他挥开了薛远的搀扶，回头朝着田福生一看，这老奴已经彻底晕了，难受得趴在船旁，动也动不了。

顾元白无奈摇头："难受的都回去歇着去。"

田福生艰难含泪道："那您——"

薛远笑道："田总管，圣上身旁还有我等在。"

若是以往，田福生自然是欣赏薛远，薛远待在圣上身边他也放心。但在如今知道圣上有意调开薛远之后，他却不知道该不该让薛远待在圣上身边了。

田福生看了圣上一眼，顾元白注意到了他的视线，随意道："回去吧。"

田福生恭敬道："是。"

这一批再也坚持不住的人被船夫送了回去。侍卫长也有些难受，但他坚持要跟在顾元白的身边。

顾元白带着人走到凉亭处，坐着休息了一会儿，待到众人面色好转了些，他才继续带着人往前方而去。

薛远一路默不作声，但弯腰为顾元白拂去头顶柳树枝叶时，却突然开了口："圣上。"

顾元白侧头看了他一眼。

薛远微微笑着，朝着顾元白伸出了手："前方陡峭，您小心。"

侍卫当中，没有一个人能比得过薛远旺盛的精力。所有的人因为一圈圈在水上转悠都有些精神萎靡，但薛远，好似刚刚出发一般，比睡了一觉的顾元白还要

神采奕奕。

顾元白收回视线，好像随口一说："薛卿，朕是男人。"

薛远知道顾元白这话是在提醒他：圣上是个男人，即便圣上身体再弱，也是一个天下最受人尊重的男人。

他是天下之主，对权力有着欲望和勃勃的野心，是一个不折不扣的从骨子里透着强势和魅力的人。薛远怎么会搞不懂，这就是让他心底疯草丛生的原因。

薛远笑着收回了手："那等圣上需要时，臣再扶着您。"

陡峭的地方过后，便听到了潺潺的水流之声。一行人走近一看，就见一方清澈的浅水湖泊正在流动，微风骤起，水波粼粼。

"圣上想要戏水祛祛暑吗？"薛远问，"这处就不错，瞧瞧这水流，应该只到胸口处。"

一群走得满头大汗的人都意动了，殷切地看着圣上。

"水温如何？"顾元白问。

薛远靠近了试了试："尚且温和，圣上应当可以接受。"

顾元白眼皮一跳，觉得这场景极为熟悉，他蹲下身，伸手一探，指尖入了水，却有些惊讶地朝着薛远看去："确实是正好……"

晒了一天的池水，正好是微微泛热，是格外舒适的游水温度。

以往热水倒在手面上都察觉不到热的人，现在却连野湖中的水温都感知得一清二楚了。

顾元白不由得朝薛远放在水中的手看去。

薛远手指一动不动，让圣上看得清楚。

他看着顾元白的头顶，黑发细软，但即便是再软和的头发、再柔和的面孔，也挡不住顾元白的无情。

薛远心道：老子的心都快要冷了。怎么一知道他的忠心，就想把他调走呢？

薛远也是人，这一次次的，虽然绝不会后退一步，但心情真的好不了。

顾元白回过了神，让侍卫们在此地下水凉快一番，他则是顺着水流的上游走去，找到了一处大小正合适的安静地方。

他穿着中衣下了水，来回游了几圈后就过了瘾。

顾元白懒洋洋地靠在岸边，岸边的夏日黄花有不少落了花瓣漂在了水面之上。

"扑通"一声。

顾元白睁开眼睛一看，原是薛远已经脱掉了外袍入了水，正在往深处游去。

顾元白看了他一会儿，闭上了眼睛。

过了一会儿，顾元白突然感觉身边的水正在晃动。他抬眸一看，薛远已经靠近了他，浪花一波打着一波，打到顾元白身边时，薛远也停在顾元白面前了。

薛远伸手拾起一片黄色花瓣，抬手放在了自己嘴里。

这片花瓣薛远已看了半晌，此时终于尝到了味，双眼一眯，真甜。

◇◆ 第四章 ◆◇

顾元白觉得头疼。

"薛卿，"他懒得玩暗示了，"莫非你想谋反？"

"臣不会，"薛远眉头一压，几乎毫不犹豫，"谋反对我来讲没有什么好处。"

圣上的目光带着明晃晃的审视和怀疑，薛远微微一笑。

"圣上，"他又光明正大地从顾元白的身边捡起一瓣黄花，"臣对您只是一片忠君之心。"

这怕不是把朕当成了傻瓜。

但顾元白也不是非要逼着薛远承认有意谋反。

顾元白揉着眉心，甚感疲惫："朕懒得管你。"

薛远上手，替他揉着太阳穴，声音低低，催人入睡："臣不需要圣上操心。"

顾元白被他伺候得舒舒服服，浑身都要瘫软在水里，声音也带上了些微的困倦鼻音："薛卿，你不应该推拒朕给你的调职。"

"如今七月半，"圣上道，"你应当知道，你父已要前往北方疆域了？"

薛远道："臣知道。"

近日薛将军已经做好了准备，如今这年岁还能得到圣上的任命，薛将军激动非常，日夜神采奕奕，薛夫人时常抱怨薛将军因为太过兴奋，夜里经常翻来覆去地让她睡不着觉。

府中已经准备好了行囊。而因国库充足、粮草满仓，朝中众人也未曾对圣上的决定出言反驳过，虽然觉得这些日子动兵用马的次数多了些，但六部尚书大人都没反驳，他们反驳无用。

正因为如此，顾元白才想不通。

"薛将军远征游牧人，家中儿郎只留了你兄弟二人，"顾元白接着说，"身为

家中顶梁柱，你应当有些志气。"

究竟是什么能有这么大的力量，竟然让薛远拒绝了升职加官？

顾元白对此有些无法理解。

"臣家中二弟病了，"薛远气定神闲，"圣上可是忘了？"

顾元白失去了聊天的欲望，沉沉"嗯"了一声，不再说话。

等过了一会儿，薛远低声喊道："圣上？"

顾元白呼吸浅浅，好似睡着了。

薛远逐渐停了手，站直身看着顾元白，看了好一会儿，正欲将他唤醒。

顾元白眼皮微不可察地一动，懒洋洋道："别碰朕。"

薛远停住手，脚也停住了，顾元白慢慢睁开眼，被天上的太阳光刺得又闭了起来。

"别来烦朕！"他的声音有了点怒意，"滚。"

"滚哪儿去？"薛远乐了，"圣上，不能在水里睡。"

顾元白："朕困了。"

薛远好像笑了两声，胸腔闷闷的，里头心脏跳动的声音顾元白都能听见。薛远的心跳得太快，他都被吵得皱起了眉。

"圣上，臣同您过来的时候，在不远处看到一处荷叶池，"薛远低声哄着顾元白入睡，声音宛若催眠，"荷花这会儿谢了，但莲蓬已经熟了。臣瞧着那几个莲蓬，都很是香甜的样子。"

"以往驻守边关的时候，臣想吃莲子都想疯了，"薛远继续道，"臣带着圣上去采一个尝尝？"

顾元白没说话，等薛远领着顾元白走到荷叶池旁时，顾元白已经睡了过去。

薛远单手采了一根莲蓬，尝了尝里面的莲子，明明很是香甜，但奇怪，他现在生不起丁点儿觉得这东西好吃的念头，甚至有些理解不了先前想吃这东西的执念。

反而，薛远侧头看了看已经在他旁边睡熟了的帝王。

眼下涩意沉沉。

顾元白醒来时，已经回到了寝宫之中。

宫侍为他擦过脸之后，他才清醒过来。他接过巾帕自己用了："朕睡了多长时间？"

他边问着话，边四处看了一下，薛远不在。顾元白皱眉，依稀记得自己最后好像是在薛远身边睡着的。

丢人。

水声淅沥，田福生为圣上整理着衣衫，笑着道："圣上睡了有一个时辰了。"

顾元白振作起精神："让人备膳吧，朕也觉得有些饿了。"

传膳的命令吩咐了下去，这是圣上来到避暑行宫之后的第一顿饭，厨子们使出了压箱底的功夫，各样式的佳肴被一一送了上来，还好田福生知道圣上不喜浪费，特地吩咐过要减少用量。

顾元白一出来，闻着味道就有些饿了，他在桌边坐下，等吃到半饱时，田福生道："圣上，您睡着时，安乐侯曾过来拜见了您。"

"安乐侯？"顾元白想了想，"朕记得前些日子，安乐侯府的世子被歹人砍掉了一根手指？"

"正是，"田福生道，"安乐侯前来拜见您的时候，也带了世子一同前来。侯爷面带不忿，应当是有事求见。"

顾元白挑了挑眉："去将安乐侯请来，朕看看他们是有什么事要来见朕。"

田福生应下，吩咐人去将安乐侯父子俩请了过来。

然而在安乐侯来到之前，褚卫和常玉言倒先一步相偕来拜见了顾元白。

他们二人一个是为了递交御史台官员从各地呈上的折子，另一个是为了递交明日的《大恒国报》，恰好在不远处碰了面，于是相偕走了过来。

褚卫和常玉言同圣上行过礼，宫侍上前，从他们手中接过东西。

圣上伸手欲拿过来，却忽而掩袖，低声咳了两下。

"圣上！"田福生急忙递上手帕。

还有人想要上前，顾元白伸手阻了他们过来。过了一会儿，被呛到的感觉才缓和了下来，他继续接过奏折和报纸，慢慢看了起来。

褚卫听到他的咳嗽声，没忍住皱眉，眼睛微抬，看到了每一份量都很少的一大桌膳食。

圣上的手放在桌旁，同折子一比，宛若莹莹发光。

桌上的膳食都是为圣上口味所做，褚卫一眼看过去，就下意识将这些菜肴记了下来。

当今不好奢靡，因此即便是在菜肴上，用的材料也都是寻常可见的。褚卫有片刻恍惚，不禁想起他与同窗踏青之时，偶遇圣上观看蹴鞠时说的话。

他那时嫌圣上喧闹，说了一句"上有所好，下必投之"，如今才知道浅薄地抱有偏见看一个人是多么大的错误。

褚卫闭了闭眼，耳根微红。

但这羞愧的红，看在其他人的眼里，就有些不一样的意味了。

侍卫长对他警惕非常，一看褚大人耳朵都红了，顿时语气凝重地对薛远道："薛大人，多谢你提醒我要多多注意褚大人。"

薛远沉沉应了一声，眼睛却紧盯在顾元白的身上。

他是被水呛着了，还是身体不舒服了？

顾元白将东西看到一半，殿前就响起了匆匆的脚步声。他抬眸一看，正是安乐侯父子二人。

他们二人一进宫殿，还未到顾元白眼前，便俯身跪倒在地，哽咽道："臣请圣上给臣做一做主。"

褚卫和常玉言退到了一旁。

顾元白沉声道："起吧。"

宫侍为安乐侯父子俩搬来了椅子，两个人落座之后，安乐侯眼眶通红地抬起眼，在殿中环视了一圈，目光最终定在薛远身上，两行热泪流下："圣上，臣这事，正和都虞候有关。"

顾元白惊讶，转头朝薛远看去。

薛远眉毛微微挑起，走上前，恭恭敬敬道："还请侯爷指教。"

安乐侯质问："我儿这尾指，是不是你给切断的？"

薛远闻言，咧嘴一笑，朝着躲起来的安乐侯世子看了一眼。

安乐侯世子一抖，猛地低下了头。

常玉言生怕薛远这狗脾气会在这会儿犯病，就上前一步，态度谦和道："敢问安乐侯何出此言？"

安乐侯脸色不好："我儿远出京郊游玩，却被歹人砍去了一根尾指。我怎么找也找不到这个歹人，原本已经放弃，谁承想到了最后，还是托了薛二公子的福才让我找到了这个歹人。"

安乐侯的神情有了几分鄙夷，即便恼怒于薛远，但也极为不齿薛二公子这借刀杀人、卖兄求荣的行为，简直恶心人。

牵扯到薛远那个蠢弟弟，顾元白心道：薛远这次真的栽到那蠢货手中了？

安乐侯盯着薛远不放："薛二公子给我送来了一根断指和一封信，说的正是你断了我儿尾指一事。而那断指正是我儿的断指，你薛远认还是不认？"

常玉言对薛府内的情况最为了解，脸色一变，显然已经信了安乐侯的话，朝着薛远看去，无声催促着他赶紧说几句话。

薛远却是面色一敛："臣认罪。"

顾元白的眼皮又猛地跳了一下，倏地朝着薛远看去，眼神锐利。

他这么干净利落地认罪，反而让在场众人意料不及。安乐侯已经满面怒火，不断请求圣上为其做主。也有人认为其中或许有些误会，正劝解着安乐侯少安毋躁。

殿中的声音吵闹，吵得顾元白头一阵一阵地疼。

顾元白脸色冷了下去，他拿起玉箸落在白瓷盘上，响起的清脆一声让殿中宫侍齐齐跪倒在地，吵闹之声霎时不见。

圣上声音喜怒不明，却是率先朝着薛远发了难："薛远，你到底做了多少朕不知道的事？"

薛远沉默了一会儿，只说："但凭圣上处置。"

这次，顾元白的神情彻底地冷了下去。他的眼中结了冰，正当众人以为圣上就要直接降下惩治后，圣上却冷声道："派人去查一查安乐侯所说的事是真是假。"

殿中当即有人站起来离开，顾元白容颜如寒冰，在炎热的七月都让直面他的人觉得犹坠冰潭，打心底升起森森寒意。

"安乐侯放心，"顾元白缓声道，"朕会为你做主。"

安乐侯本应该高兴，但他现在竟然有些害怕。他勉强笑了笑，道："多谢圣上。"

宫侍出去探查的两刻钟时间里，宫殿之中半分声音也没有。顾元白没有动一下饭食，过了一会儿，薛远的声音突兀地响起："圣上，用些饭。"

顾元白好似没有听见，连眼皮都懒得抬起一下。

"圣上。"薛远道。

一盏茶杯猛地砸在了薛远的身边，瓷片脆裂，其中的茶叶狼狈四溅，顾元白眼中发狠："你给朕闭嘴！"

薛远眼中浮浮沉沉，恭恭敬敬地闭了嘴。

即便是之后有招，即便这是他在自导自演，但被顾元白这样对待，阴郁都快要淹没薛远整个人了。

不久，宫侍回来了，垂着眼将事情缘由说得明明白白："安乐侯世子纨绔嚣张，不仅仗着权势欺辱他人，还常骂薛二公子是个残疾，多次语言相逼怂恿薛二公子投湖自尽。薛二公子受不住，因此才恳求薛大人为其教训教训安乐侯世子。"

缘由一出，别人看向薛远的目光就是一变，怪异十足。

这还是一个好兄长？

被自己的弟弟算计出卖的好兄长？

安乐侯的脸色也因为宫侍话里的前半部分骤然一变。

顾元白嗤笑，不相信这故事里的"薛大人"指的就是薛远。

薛远搞这么一大圈子，是想做什么？

顾元白冷静了下来，转而看向安乐侯："安乐侯想怎么处置薛远？"

安乐侯表情有些微妙，又羞愧又是怒火中烧，若是因为他儿子品行不端而放了薛远，那这口气他怎么也忍不了："臣只知道，谁切了我儿的尾指，谁就拿自己的尾指来还。"

顾元白眼睛微眯，手指轻轻敲了敲桌子。

安乐侯猛然想起，和他这个毫无实权的宗亲不一样，薛远的父亲可是薛将军，是手里有实权的忠良。而这个忠良，更是在近日被圣上委以了重任。

薛府的主人为圣上卖命，圣上怎么也得照顾照顾薛府，安乐侯头上的冷汗流了下来。

三代忠良怎么也比他们这群靠着皇室吃饭的窝囊废讨皇上喜欢吧？

正在这时，安乐侯世子猛地站了起来，好像被吓到了一般，抖着手抓住了安乐侯的手臂，大声道："我不要他的手指！我要打他五十大板，再剥夺他的军功！"

安乐侯眼睛一亮。

安乐侯世子不敢看薛远一眼，因为一旦看到了薛远，他就会浑身发抖，就会想起那恐怖的一夜。

那天夜里，刀子在月光下反着寒光，薛远声音低沉，带着笑："老子要是撤不了职，世子爷，这事都得怪你。"

"我也得找你。而你只要弄不死我，"匕首拍在脸上，对面威胁的人慢条斯理地笑着，"就得被我弄死。"

安乐侯世子都快要哭了："圣上，剥夺他军功就行了。"

安乐侯思索片刻，也觉得这样很是出气，硬邦邦跟着道："圣上，先前是臣莽撞了，犬子说得对。既然如此，我敢问薛大人一句，你受不受这五十大板？"

薛远行礼："臣一切听圣上所言。"

顾元白半响后，才道："既然如此，就依安乐侯所言。"

薛远就被带了出去，为了安抚安乐侯之心，薛远就在门前被打上了这五十大板。

沉重的板木打在身上的声音透过房门沉闷地传入殿中，薛远一声不哼，偶尔才会响起几声闷哼。

顾元白静了一会儿，突然拿起了筷子，面无表情地继续用着膳。

田福生小心翼翼道："圣上，小的让御膳房再给您上一轮新的膳食？"

顾元白："退下。"

田福生不敢再说，悄声退了下去。

白玉筷子在瓷盘上碰出点点清脆声响，每一声都在外头沉闷的板木声之间响起。安乐侯世子随着一声声的闷响脸色越来越白，头上的汗珠滚滚落下。

殿内没有一丝声音，更因为如此，外头的声音才更加清晰。

沉沉闷闷，声声入耳。

身体弱的人，打得狠的话，三十大板都能被打死。时间一点一滴过去，等到外头终于停了，安乐侯头上也不由得沁出细细密密的汗。

顾元白放下了筷子，淡淡道："薛远在荆湖南，抓捕了反叛军重要党羽数十人，俘虏地方士兵万人以上。安乐侯世子这尾指贵，贵得连这等军功也能抹去。"

安乐侯心中一颤，父子二人连忙跪倒在地："臣惶恐，臣失言……"

"荆湖南和江南数十万民众，这些免于战乱倾轧的百姓性命也抵不过世子的一根手指。"顾元白继续道，"纨绔嚣张，跋扈不讲道理，安乐侯世子好得很，手指也值钱得很。"

安乐侯与其世子已经开始瑟瑟发抖了。

良久，顾元白才道："退下吧。"

安乐侯不敢再提军功的事，他与安乐侯世子两个人勉强起身，朝着顾元白行了礼，匆匆从宫殿退去。

外头行刑的侍卫走了进来，禀报道："圣上，五十大板已行刑完毕。"

站在一旁听到这话的褚卫和常玉言心情复杂。

顾元白朝着一旁看了一眼，让他们退下去。褚卫从宫殿内走出去时，看到了一地的水渍，闻到了一股血腥味道。

他眉目一收，压下万千心绪。

顾元白端起一杯茶水，水喝到半杯，他突地站起了身，眉压低："带朕去看他。"

御医已经为薛远治疗过了，顾元白来的时候，除潮湿、血腥气之外，还夹杂

着药草味。

这地方窄小，压抑。顾元白不知道是不是因为心理作用，他甚至觉得这个房间极为昏暗，让他呼吸不过来。

圣上缓步走到薛远的床边，垂下眼皮，居高临下地看着床上的薛远。

薛远竟然还保持着清醒。他脸色难看，汗水湿了鬓角，湿了衣领。他听到了声音，顺着响动一看，干裂的嘴角扯开，朝着顾元白露出一个他从未露出过的疲惫的笑。

"圣上。"

顾元白道："你为了替兄弟出气而受了这一番惩治，品行虽好，但朕希望你以后知道，此乃法之不可为。"

薛远笑了笑，身子动不了，只能趴着，身上的血腥气刺鼻，混着药味往顾元白身上冲。他堪称温顺地道："臣知道了。"

"至于安乐侯世子所提的剥夺军功一事，"顾元白语气突然一冷，"朕没有同意。"

薛远嘴角的笑意一僵。

他缓缓抬头，目光阴森而可怖，佯装的温顺退去，剩下的俱是戾气和杀意。

拳头骤然握紧，先前还虚弱的身体猛地注入了力气，脊背拱起，好像随时都能暴起一般。

顾元白冷冷一笑，就要转身离开。然而他刚走出两步，衣角就被一只手拽住，顾元白低头一看，顺着这只手看到薛远的眼。

薛远眼中幽深，他叹了一口气，低声道："圣上，您好狠的心啊。"

顾元白道："松开。"

薛远拖着一身的血气，拉着顾元白让他无法离开。薛远另一只手撑在床上，上半身抬起，衣服上的血迹也映入了顾元白的眼底。

"圣上，您明明知道臣挨了这五十大板，臣断掉了安乐侯世子的一根尾指，甚至家弟的病入膏肓，"薛远一边缓缓说着，一边抬手拉过了顾元白的衣角，手上还残留着忍痛时掐入掌心流出的血，染红了顾元白的衣服，"您明明知道，臣绕这么一大圈子，就是想留在您的身边。"

"但您偏偏不让我如愿。"薛远笑了笑，"圣上，您再让臣离开，臣都要疯了。臣都不知道自己会不会做出更过分的事。"

顾元白静静地同薛远对视："薛卿。"

薛远，你对我的心思不一般。

但这句话，顾元白并不想问出来。

问出来了又怎么样呢？无论薛远回答"是"与"否"，顾元白的答案都是"否"。

顾元白冷酷无情地要抽出自己的衣角，薛远察觉出来了他的意图。他抓紧手里的衣角，低头，虔诚地贴上自己的额头。

薛远不想看到顾元白这样的表情。

好脸色，他只想看到顾元白对他的好脸色，对他的笑。

"你对我笑一笑，"薛远低声，"笑一个，我给你拼命。"

军功，手指，这颗扑通扑通跳着的忠君之心。

顾元白想要哪个就要哪个，只要一笑，全都能行。

◆ 第五章 ◆

薛远有个顾元白很羡慕的东西，那就是这个时代别人所没有的自由性，他随心所欲，有一个能配上自己才能的身体。

薛远的感情和脾性像火，如果顾元白是个旁观的人，他会很欣赏薛远这样的个性。如果在现代，他或许会和薛远成为举杯畅饮的朋友。

但在古代，在封建王朝，他这样炙热的情感，就像是个疯子。

顾元白用力，将衣服抽了出来。

"对上不敬，言得有亏，"顾元白道，"薛远，朕已经饶过你许多次了。念在你为朕收好了荆湖南和江南两地，念在你为了救朕而不顾一切的分上，也念在你父为朕鞠躬尽瘁的分上，你平日里做过的逾越的事，有些，朕可以睁一只眼闭一只眼。"

"他人都懂得借此机会越加守礼，进退有度，好讨得朕的欢心，"顾元白声音更冷，"唯独你，不仅不知收敛，更是次次挑战朕心中的底线。

"朕想要你的这条命，又何须对你展颜？想要为朕拼命的人，也不缺你这一个。"

顾元白心底有隐隐莫名的怒火升起，这怒火冲上了心头，袍袖猛地挥动，他伸手掐住了薛远的下巴，压低声道："他们之中的任何一个人，都要比你听话。"

薛远的呼吸重了起来，身体紧绷，刚刚包扎好的伤处再次渗出了血来。

他竭力压制住心中的阴郁，佯装无所谓地笑了一下："圣上，他们都没有臣有用。"

"这大话让朕想要笑了，"顾元白扯起唇，冷冷一笑，"天才人才尽入皇家门。薛远，你的才能是有多大，大到天下人才都不能与你比肩？"

"你又有多大的自信，自信他们都不会比你更效忠于朕？"

薛远沉默了。

良久，他幽幽叹了口气。

顾元白以为他认了错，松手放开了他："今日这五十大板，就是对薛卿肆意妄为的惩治。"

"朕只望你清楚，"顾元白低声哑哑，好听得人耳朵都要软了，话里的寒意却把人心都冻住了，"大恒的法，不是你有才能就可以不遵守的。"

顾元白不是迂腐的人，他的思想甚至比这个时代中的任何一个人都要先进。

可是，古代的法，一个帝王的势，这些绝对不容许任何人踏过。

皇权为尊，顾元白是个皇帝，皇帝就要巩固皇权，一旦有个人犯错受不到惩治，皇帝还能有什么威慑力？

今日不管是出于什么样的理由，能将安乐侯世子的尾指砍断，那明日，是不是又能为了另外一种理由，将其他人的命给夺走？

圣上最后说："五十大板要是还不够，那就打到够了为止。"

说完，顾元白转身就往外走去。

他面无表情，威压让屋内外的人丝毫不敢抬起头。顾元白一脚跨出门槛时，薛远在身后说话了。

"圣上，臣即便才能不够，也有样东西是他们给不起也不敢给的，"薛远的声音冷静极了，"臣——"

"闭嘴。"顾元白道。

薛远若有若无地笑了笑。

汗意咸湿，染湿了床褥。血味越浓，薛远看起来却比之前冷静多了。

他撑起身，在闷热而蒸腾的屋内空气之中看着顾元白，声音不大不小，四平八稳："圣上先前问臣为何要拒了调职，臣现在能说了。因为臣想待在您身边。"

"臣断然不会存二心，"他的声音陡然低了起来，好似是从很远很远的地方传过来的一般，有些失真，"或许我之前图谋过抢夺皇位，但以后臣绝对会忠于圣上。"

"扑通"一声，听到这句话的所有人双膝一软，全部跪到了地上。

他们脊背蹿上寒意,冷汗从头顶滑落,听着薛远这大逆不道的话,恨不得自己没有出现在这儿。

顾元白没有说话。

窄小的院子之中,这么多的人却没有发出一丝一毫的声响。聒噪的蝉叫声不断,一声一声地催人命。

满院子的人,都怕因为听着这些话而丢了命。

哪怕是田福生,也提心吊胆,紧张无比。

良久,顾元白才缓声道:"田福生,将这些人带下去。"

院子之中已经有人克制不住地发抖,表情惊恐得仿若下一刻就会丢了命。

圣上接着道:"让他们知道什么该记着,又该忘掉什么。"

田福生颤颤巍巍起身:"是。"

顾元白目不斜视,宛若刚刚什么都没发生,什么都没听到一般,面不改色地继续大步走出了这座小小的院子。

顾元白不知道薛远是不是认可自己的施政理念,因此不再想着谋反。

圣上一离开,院中的人才陡然松了一口气,他们瘫坐在地,为自己还能留下一条命而感到庆幸。

屋中。

薛远闭上了眼,躺在枕头上,半响,掌心之中流出丝丝鲜血。

傍晚,常玉言亲自来看薛远。

他安抚道:"你父亲知道了你弟弟做的事,临走之前还有这么一出,薛将军脸色很不好看,我猜,应当是又要动用你说过的家法了。"

薛远不知是睡着了还是醒着,半响,他才用鼻音懒懒地应了一声。

常玉言将折扇打开,翩翩然给自己扇了几下,纳闷道:"薛九遥,你竟然会为你弟弟做这种事。以你的本事,竟然还会被你弟弟反陷害一次。就你弟弟那般蠢样,你实话实说,你是不是故意的?"

"故意的?"薛远动动嘴,"探花郎的脑子真是不同常人。"

常玉言曾在薛远面前吹嘘过自己要得状元的事,结果成了探花。薛远每次朝着常玉言说"探花郎"的口吻,听在常玉言的耳朵里,就像是讽刺一般。

常玉言气恼地敲了敲床边:"就算你不说,我也能猜得八九不离十。"

他半是幸灾乐祸,半是真情实意:"安乐侯的嘴从来不饶人,圣上未曾派人

将这事传出去,但安乐侯已经将此事闹得沸沸扬扬了。不过除了宗亲,倒是没有多少人骂你,相比于你,对你弟弟的争议倒是很多。"

薛二公子这名声是彻底没了,背上个又蠢又毒的称号。

薛远没理,过了一会儿,才说:"你给我写首诗。"

常玉言一怔:"什么?"

"夸一夸我的英姿。"薛远终于睁开了眼,眼中血丝满溢,乍一看,如同眼中溢满了血一般可怖,生生把常玉言吓了一跳。薛远看着他,淡淡继续道:"相貌、家世、经历、军功……好好写。"

"这、这是什么意思?"

"让你写你就写,"薛远勾起唇,阴冷地笑了,"写得好了,定赏你好东西。"

两日时光稍纵即逝,等到第三日时,便如在京城大内一般,各衙门正式在避暑行宫之内运转了起来。

顾元白与众位臣子上了早朝,早朝之上,按照圣上的吩咐,户部尚书将以往荆湖南和江南两地的税收实乃这两地税收之中的三成一事,通报给了满朝文武。

众位大臣哗然。

诸家族当中难免会多多少少地有隐田现象。臣子背后的家族越来越富有,就代表着皇帝越来越虚弱,等皇帝虚弱到一定程度时,权臣就会诞生,僭越代为掌权,接着就是王朝的更迭。

这个道理,很多人都不明白,明白的人也开始在强势的皇帝手下谨言慎行。

他们心知平日里的税收绝对不是实际的税收,但三成?这也太吓人了些!

顾元白只是让这些臣子知道这一事罢了,等户部尚书说完,众臣面面相觑,吏部尚书突然上前一步,深深一鞠躬,竟然同顾元白告罪了。

顾元白眼睛微微一眯,意味深长道:"吏部尚书这是何罪?"

吏部尚书嘴唇翕张一下,手掌交握在身前躬身:"臣惭愧。"

利州知州早在半个月前,就已经踏进了孔奕林及众位大人精心布置的陷阱之中。

反腐的监察官员刚走,后脚便迎来了孔奕林等人运送粮食和税银的队伍。这精心准备的队伍实在是太诱人了,利州知州忍了十几天,最终还是心痒难耐地忍不下去了,他将有一头"大肥羊"即将经过利州的事情,详尽告知了各个土匪窝。

这一下,利州周围的土匪和利州知州这个大祸害,终于彻彻底底被一网打尽了。

因为土匪人数过多，东翎卫的人甚至不够。还好他们提前有所准备，联络到了本地的守备军，守备军的人马隐藏在暗处，未曾打草惊蛇，这一场逮捕利州知州的事，最终成功落幕。

这一些人已被押着回京，吏部尚书因为被顾元白命令同去处理利州知州结党营私一事，对此也多多少少听到了风声。

吏部尚书面色憔悴，神情之间一片认命之色。

顾元白自然知道他为何如此，吏部尚书官职高，乃是"双成学派"之中的重要人物，也是代表人物，如今被圣上吩咐着调查利州知州一事已让他觉出不安，现下，更是没有半分希望了。

这就是顾元白讨厌结党营私的原因之一。

"吏部尚书没有犯错，终年勤勤恳恳于政务，又何来告罪？"顾元白道，"还是说你们学派之中，一人犯错，便是其余人也不论对错，舍身同其共赴生死，不分青红皂白也要一力支持？"

此言一出，一些不明缘由正准备出列为吏部尚书说话的"双成学派"中的人，瞬间冷汗上身地停住了脚步。

皇帝烦结党营私，是因为党派之间会为了共同的利益，因为仁义相逼，从而必须与党派之中的其他人站在同一条战线之上。

他们必须这么做，即便知道这么做会得不偿失，会失去官职甚至是性命，但苦着脸咬着牙也得站在自己人这边。

因为自古以来都是这样，这样的行为成了众人的潜意识，而这样的潜意识，没人会觉得不对。

他们只知道，自己这一派的人，就要为自己人说话。

所以吏部尚书在顾元白根本没打算追究他时，自己站了出来，打算请罪。

吏部尚书哑言，低头不敢出声。

顾元白淡淡道："退下吧。"

这就是不追究的意思了。吏部尚书依言退下，顾元白转了下大拇指上的玉扳指，心道：学派改革，在内外安定之后，必须摆上桌面了。

对学派能造成剧烈冲击的东西，有一样，那就是现代之中学生的学籍。还有一样，正是全国统一的标点符号。

只有如现代一般，所有的学子只有拥有政府的学籍才能考试。只有进入官学才能得到学籍时，这些抱团的学派和文化之中的糟粕，才会受到猛烈的冲击。

第二卷 焚烧书信

◆ 第六章 ◆

　　早朝之后的第五天，薛将军便率兵与张氏的商队一同从京西与北河交界处出发。
　　空地之上，万人齐聚，击鼓鸣锣之声响起，声音恢宏，响彻天地之间。
　　顾元白穿上了帝王礼服，为天地一一敬酒，为士兵祈福祭祀。
　　待他祈福完了之后，便是薛将军鼓舞士气的出征誓师。
　　薛将军经验很多，即便是随口说的话也让人听着热血沸腾。
　　但这次薛将军明显也很激动，他在说着边关游牧人做过的事时，已经拳头紧握，咬牙切齿。
　　队列之中的基层军官会将薛将军的每一句话都传下去，确保每一个人能听到主帅说的是什么。
　　等宣誓结束之后，薛将军大步来到顾元白面前，热泪盈眶道："臣必不负圣上所托！"
　　顾元白也听得热血沸腾，恨不得自己也能策马冲上战场。他定定神，笑了，扶起薛将军，也朗声道："那朕就等着将军凯旋了！"

　　送走薛将军与商队之后，因为有皇上的要求，谨遵圣令、负责书铺的张氏族人很努力地将圣上特意吩咐的那一期《大恒国报》分发到了大恒各地。
　　等各地的豪强看到这份报纸时，就看到了上面写得清清楚楚的反叛军同党在被剿灭之前送出去了一封封拉拢各地豪强的信的事。
　　他们的心彻底凉了。
　　因为时间差，顾元白搬到避暑行宫的十几天后，这期《大恒国报》才被人快马加鞭地跨越众多山河和险阻，送到了诸位豪强的手中。而在这时，就意味着荆湖南、江南两地豪强寄出的信，已经在圣上手里待了将近一个月的时间。
　　几乎在看到报纸的下一刻，所有的豪强都产生了亲自前往京城，想要拜见圣上的想法。不管是自证清白还是心中不安，他们都得亲自去看一看。
　　但不能所有人都挤去京城啊。
　　于是各地的豪强们选出了各地的代表，专门挑选出够有名，也与江南、荆湖南两地关系够深的豪强，让他们加急往京城赶去。

这些豪强赶路赶到一半,又听闻圣上已迁移至避暑行宫,于是半路改道,赶往避暑行宫。

因此,顾元白在避暑行宫之中舒舒服服地待了二十几天之后,终于迎来了从四面八方赶过来的数十位豪强。

这些豪强哪怕再有钱,在皇帝面前也豪横不起来。

他们个个拘谨得很,双眼不往四处乱看,身上没有分毫不该出现在他们身上的规格的衣物和配饰,干干净净,甚至堪称朴素地出现在了顾元白的面前,生怕一不小心就会得罪贵人。

而顾元白,则让人搬上了一个火盆。

众位豪强不由得朝着火盆看去,面上流露出几分疑惑。

顾元白微微一笑,侧头盼咐了一句,田福生就将一袋子的雪白信封放到了火盆旁边。

"朕派军讨伐荆湖南和江南两地的反叛军时,当地的不少豪强已经沦为反叛军的同党,他们在兵临城下之前,曾寄出过一封封的信,以求得各方的支持和帮助,"顾元白不急不缓,"而这一大袋子,就是这些豪强曾经寄出的信。"

众位豪强的目光移到信封之上,心中万分着急,呼吸都不由得一窒。

顾元白笑着道:"朕知晓各位来此是为了什么,这些信封,朕从未拆过,也并不想以反叛军的言论来冤枉朕的臣民。既然各位赶到了这里,那正好,田福生。"

田福生毕恭毕敬道:"小的在。"

顾元白轻描淡写道:"将这些信给烧了。"

"是。"田福生从袋子之中掏出一封封的信,眼睛一眨也不眨地给扔到了火盆之中。火盆里的火花猛然蹿起,火光映在地面之上,周围豪强的目光已满是震惊。

圣上竟然就这样干净利落地给烧了?!

有不少眼神尖利的人,一眼看过去就知道这些信封确实是从未拆开过的状态。一些和江南关系亲密的豪强认出了信封上方的笔迹,认出之后就是心里一惊,双腿不由得一软。因为他们心中隐隐知晓,这些信必定是寄给自己的。

但这会儿看到这一封封的信被火苗吞噬之后,所有的豪强不可避免地生出一股死里逃生的庆幸感。

他们都后怕得开始发抖了,一个劲儿地在心中感激圣上宽厚大度的胸襟。

顾元白态度温和道:"朕说了不再追究,君子一言驷马难追,诸位放心吧。"

这一手收买人心的方法，简直让众位豪强心中激荡不已，他们老老实实地给顾元白请完了安，离开避暑行宫之后，仍然不敢置信。

来时的惶惶不可终日彻底没了，取而代之的是对圣上的死心塌地和佩服。

如此胸襟，如此决断，这些借机整治他们的信说烧就烧，这是何等的优容！

宫殿之中，顾元白品了几口茶，让田福生将火盆和灰烬收拾下去，又开始悠闲处理政务。

印象中，顾元白记得的干过这种焚烧书信之事的人，就有两个：一是魏王，一是光武帝。

这两位俱是手下臣子因为局面不利于己而向敌方送去了投诚的信，但他们胜了之后，在敌方府中发现这些书信，俱选择了在众位臣子面前将这些信尽数焚烧，显示自己不再追究。

这样做的好处很多，一是唯恐以后落到人心惶惶互相猜疑的局面；二是此乃收服人心的好手段，高明，还能体现上位者宽广的胸怀；三是顾元白打的还是从这些豪强手里要回土地的主意。但现在内里还在发展，外头还有敌国虎视眈眈，这个时候，顾元白应该做的事是缓和皇帝和豪强之间的关系。

他将荆湖南和江南两地收在了自己手上，江南又是天下商人熙熙攘攘的利益场，又因反腐一事，豪强们忐忑不安，在这样的时候，就需要来个能维持安定的手段了。

做事要一步步来，目标也不能完全摆在明面上。

这样才是最好的，先软化他们的态度、平定他们的心情，使其信任皇帝，对皇帝彻底放下戒心。

顾元白将茶杯放在一旁，在奏折之上批改出了一个龙飞凤舞的"阅"字。

过了片刻，侍卫长大步走了进来，朝着顾元白行礼之后，道："圣上……"

他欲言又止。

顾元白抬起眼看了他一眼，懒懒道："说。"

"臣刚刚出去，听到了一首极为精妙的诗。"侍卫长一板一眼道，"这诗读起来朗朗上口，含义深远而和着音律，此诗为常玉言常大人所作。臣打听了一番，听说是常大人这二十几日来推敲出来的好作品。"

顾元白有了兴致："念一遍听听。"

侍卫长给一字一句地念了出来。

前四句还好，委婉而含蓄，用词生动而优美，顾元白只能隐隐琢磨出这是首吟人的诗，等侍卫长再朝下一念，他就沉默不语了。

确实朗朗上口，确实精妙绝伦。顾元白越听，熟悉感越重，他最后直接出言打断侍卫长，问道："这诗是写给谁的？"

侍卫长含蓄道："臣听说这诗名便是《赠友人·七月二十一日与薛九遥夜谈》。"

顾元白一听薛远的名字，才知晓诗句之中的熟悉感是从何而来。

他不由得生出一股啼笑皆非的感觉，低头品了一口茶，将这无法言喻的感觉吞咽下之后，才敲着桌子，想了一会儿，问道："薛九遥如今如何？"

圣上的语气不辨喜怒，一旁的田福生在侍卫长念诗时脸色已经怪异极了，此刻听到圣上的问话，他不由得又想起薛远曾经说过的那番大逆不道的话，后背顿时一阵发凉，忙低着头降低存在感。

之前圣上去见薛远时，侍卫长带着兄弟们去为圣上办事了，他们当时并不在。后来回来了，那些被田福生警告过一遍的人，也不敢就此事多说一个字，所以直到现在，侍卫长还不知道薛远对圣上的不轨心思。

他老老实实道："薛大人这伤，已经比先前好上许多了。"

田福生眼皮跳个不停，不停在心底说：张大人啊，您别说了！

他在圣上身边待了这么多年，也看不清圣上如今的心思。按理来说，薛远都说了那般话，处死都是应该的。但圣上非但没处死人，还压下了这件事，可见对薛远的态度不一般，这样的事，他们这些做奴才、做臣子的，当真是掺和不来。

顾元白有些玩味地道："你是怎么想起去看他的？"

"臣早上为圣上去探望太妃身体时，便在回程路上遇见了薛府的小厮。"侍卫长道，"薛府的小厮就在念着这首诗，臣认出了诗中写的人是谁，便上前一问，说了几句话之后，就跟着小厮前去看了薛大人。"

行刑的侍卫们人高马大，吃得多，力气也足，大板一落下来，肉都能打出一片瘀青。

按理说以薛远的身体素质，应当不会出什么事，毕竟他那时即便如此，也还有力气抓着顾元白的手，还能说上那样的一些话。

顾元白想到这儿，出了一会儿神，突然嗤笑一声，起身道："走吧，朕出去瞧瞧，看看这诗到底是怎么回事。"

看看薛远到底是想做些什么。

◆ 第七章 ◆

顾元白已经许久没有见到薛远了。

他忙于政务，也不会想些其他的东西。这时听到侍卫长入了套，乖乖地将这首诗念给他听时，顾元白其实有些想笑。

被逗乐一般地想笑。

薛远这手段，是最简单粗暴的给自己造势的手段了。

顾元白起身出了殿，带着众人在外围转了转。行宫大得很，顾元白转悠着转悠着，偶然间，也听到有小侍正在吟唱这首诗。

这首诗已经被谱了曲子，加上点尾音字，整首诗都有了不一样的味道。顾元白坐在凉亭之中，耐心听着草林之后洒扫宫女的轻哼，听了一会儿，他突然道："黏糊了。"

田福生没听清，弯腰靠近："圣上有何吩咐？"

"谱的调子黏糊了些，"顾元白道，"把诗味都给改了。"

田福生不懂这些，却听出了顾元白的意思。他朝着洒扫宫女的方向看了一眼，询问道："小的去问问是谁谱的曲？"

"去吧，"顾元白收回视线，从身边人手中拿过折扇，轻轻扇动了两下，"问她，是从谁那儿学来的。"

田福生应下，快步走了过去。

顾元白感受着扇子的微风，突然闻到了几分很是香醇的墨味，将扇面一转，就见上方题了一首诗，画了一幅山水连绵的画。

"这是谁送上来的？"

侍卫长上前一步，不太情愿道："圣上，这是褚大人送上来的。"

这细腻的笔触和内藏风骨的字眼，确实合了褚卫的形象。

"朕记得朕的生辰是在月余之后吧，"顾元白好笑，"现在就开始给朕献东西上来了？"

画和字都好，顾元白受了褚卫这心意。他站起身，走到凉亭边往远处眺望。

清风徐徐，不远处的柳叶随风而摇曳，顾元白余光一瞥，却在树后瞥到了一角衣袍。

顾元白沉吟片刻，神情微微一动，收起折扇转身出了凉亭。身后的人连忙跟上，顾元白踏下最后一级阶梯，就朝着那棵柳树而去。

· 034 ·

快要走到时，他停住了脚，左右莫名，也跟着陪在身后。

顾元白转身问侍卫长："薛远那日的五十大板，打得严重吗？"

侍卫长苦笑道："圣上，身子骨弱的人，挨三十大板都有可能会被打死。即便是身子骨强健的人，轻易也吃不消这五十大板，不死也会重伤。薛大人身子骨好，但也需要在床上休息两三个月。"

过了一会儿，顾元白才轻声道："他该。"

国无法，则会大乱。

古书中讲过许多次君主的法、势、术的重要和关系，顾元白研读透了。法之禁止，薛远就不能为。

即便他兜了这么一大圈，全是为了留在顾元白身边。

顾元白"啧"了一声，找了平整的石块坐下，指了指那棵柳树，道："去瞧瞧那树后有没有什么人。"

"是。"侍卫们从顾元白身后跑了过去，谨慎地去查看树后的情况。

顾元白转了转手上的玉扳指，还在看着那处的情况，身后却突然有一道沙哑的声音响起："圣上。"

顾元白一顿，转身一看，是笔直站在不远处的，一身黑衣的薛远。

薛远身上的伤，其实真的很重。

他的目的是待在顾元白身边，至于安乐侯世子的尾指，他拿五十大板还了。还的对象不是安乐侯世子，而是圣上。他是为了让圣上消气，才甘愿挨了这实打实的五十大板。

薛远即便再强，也是个人，五十大板实打实地打在身上，血肉模糊，没有两三个月好不了。

但薛远不能看不到顾元白。

薛九遥从来就不知道什么叫作后退。

伤成这样了，他都能让人抬着自己，等着顾元白走出宫殿散步时趁机看上一眼。不看不行，薛远会疯。薛远疯起来的时候，没人镇得住。薛将军早就走了，薛夫人也曾亲自堵在薛府大门外，拦着薛远不让他出去。

那时薛远被奴仆抬着，抬起眼皮看了一眼他亲娘，眼底下的青黑和眼中的血丝宛若重症的病人："娘，儿子得去看一眼。"

嗓子都像是坏了一样地沙哑。

看一眼什么，他没说。但他的神情已经说得清清楚楚，谁都拦不住他，这一

眼，他看定了。

薛夫人知道自己儿子执拗，执拗到了有些偏执的地步，如果不让他出去，他甚至可以自己在地上用双臂爬，直到爬到他想去的地方为止。

薛夫人抹着泪退让了。

直到今天。

在顾元白以为他和薛远有二十多天没见的时候，其实在薛远眼里，没有二十多天这么长，但也好像比二十多天还要长些。

顾元白不是每日都会出宫殿散步，散步时也不是每次都去同一个地点。薛远完全靠运气，有时候好不容易等了一天，结果连根头发丝都没看见。

薛远生平连血水都泡过，满是苍蝇、虫子的腐臭的尸体都被他拖来挡在身边做过掩护，生平狼狈的时候，比一条落水狗还要狼狈。

所以为了见顾元白一眼而使出的各种手段，对他来说，根本就不算什么。

难忍就难忍在，他想跟顾元白说说话。

常玉言将诗传了出去。随着《大恒国报》的盛行，这家伙的名声也跟着膨胀似的迅速急升，他的名声越来越大，也让《大恒国报》跟着在文人圈子里越来越有地位，形成一个良好的循环。

薛远用点小手段，就请了侍卫长上了门。

今天一早，伤处还没好，薛远就挑了一身黑衣，遮血。他挺直背，迈着腿，当作身后的伤处不存在，用强大的意志力走出一副正常无恙的模样。

就像是此时站在顾元白的面前一样。

顾元白看着薛远。

薛远眉目之间沉稳，嘴角含笑，但眼中布满血丝，下巴上胡楂狼狈。

颓得有一股男人味。

长得俊的人，真是连如此颓态都有一股潇洒之意。但也是奇怪，若说是俊美，褚卫那容颜更是俊美非常，但若是褚卫如此狼狈，又不及薛远的洒脱之态了。

顾元白收回了思绪，轻轻挥了一下折扇，面上没有怒气，也没有喜色："伤好了？"

侍卫长先前才说过薛远得躺上两三个月才能好，而如今看起来，薛远实在是太正常了，完全不像是受了重伤的样子。

薛远嘴角一勾，站得笔直，依旧是强悍无比的模样："臣很好。圣上这些时日可好吗?"

他的声音倒是像病重之人一般低沉沙哑,哑到说话都好似带着沙砾感,最后三个字"可好吗",缥缈虚弱得仿若从远处传来。

"朕自然过得好。"顾元白合上折扇,"你与其担心朕,不如担心你自己。"

薛远微微一笑,斯文得体得仿若是个书香世家里养出来的文化人:"知道圣上这些时日过得好,臣就安心了。"

顾元白一顿,认认真真地上下打量着他。

他的目光从薛远身上扫过,薛远面不改色,只是低垂了眼:"圣上看臣做什么?"

"薛卿好似有哪里不一样了,"顾元白眉头微蹙,却说不出是哪里不一样,他看了一遍又一遍薛远,"薛卿似乎……"

他突然察觉,好像是薛远如今变得规矩了。

站在这儿片刻,他也未曾朝着顾元白上前一步。他一身黑衣沉沉,衬得气势也开始沉淀了下来。

好像先前的那些心思、那些大逆不道的话,全被埋在了少许人的记忆之中。如今站在这儿的,就是干干净净、什么也没做过的一个臣子。

薛远若无其事地笑了笑,背在身后的手稳稳当当地交握着,缓缓说着:"圣上,如今已经八月了。风跟着起来了,圣上想不想放一放风筝?"

顾元白抬头看了看树尖,细长的树尖被风随意吹得四处乱晃。天气晴朗,颇有些秋高气爽的感觉。确实是一个放风筝的好天气。

在柳树后查看的侍卫们两手空空地跑了回来,他们一看到薛远,都有些惊讶。特别是了解薛远伤势的侍卫长,瞧着薛远欲言又止,难受非常。

薛远却没有在意他们,他在等顾元白的话。

过了一会儿,顾元白才点点头:"走吧。"

薛远已经准备好了风筝,他弯下腰将风筝拾起,整个动作行云流水。黑袍遮掩下,伤口已经微微裂开。薛远面不改色地走在顾元白身边,走过一片草地时,突然道:"圣上,尝过有甜味的草吗?"

顾元白被吸引了注意,回头看着他,眉头微挑:"有甜味的草?"

他只知道有甜味的花,对着底部一吸就有甜甜的汁水。

薛远笑了,往草地中细细看了一番,快步上前几步,在绿意之中摘下几片带着小白花的草叶。他特意用手指碾碎了这些草叶,清幽的青草香味和甜汁味溢出,正好盖住了他身上若有若无的血腥气。

薛远不乐意自己在顾元白面前显出疲弱姿态。

他将这些甜叶草送到了小皇帝跟前,自己率先尝了一口,微微眯起眼,满意地点了点头。

见他吃了,表情还不错的样子,顾元白身边的宫侍才接过一片叶子,用清水冲洗后再用干净帕子擦过,才递到顾元白的面前。

顾元白抬手接过,试探性地尝了一口,惊讶地发现这东西竟然有着跟甘蔗差不多的甜。他再尝了一口:"这叫什么?"

"百姓们都叫其甜叶草,"薛远道,"甜吗?"

顾元白不由得点了点头:"这样的甜味,泡茶喝的话,应当可以成为一种不错的饮品。"

什么事都能牵扯到政务上去,这是顾元白的特点。薛远及时改了话题:"圣上,也有不少花草同样是甜的。比如花蜜,百姓买不起糖,家中孩童想要吃甜时,吃的就是这些东西。"

"味道很好,"顾元白若有所思,"也不知好不好养活。"

瞧着刚刚薛远随意一看就能找到这东西的模样,这个甜叶草应当不是很难种植的东西。要是这东西满大街都有,那在大恒朝就算不上尊贵,但对没有这东西的国家,西尚、大越,以及"商贸之路"的周边国家……那应该是挺好卖的。

能卖出去一份就是白坑一份钱。顾元白身体不好,活不了多久,但要是他能活得久些,他就一定要把这种东西卖到国外,狠狠赚上一笔海外各国的金银。

"圣上,"侍卫长道,"圣上?"

顾元白回过神:"怎么了?"

侍卫长的目光已经瞥过薛远许多次了,最终还是闭了嘴:"这处就很空旷,若是放起风筝的话,这处就够了。"

薛远左右看了一番,点点头赞同:"这处确实可以。"

"那就放吧。"顾元白道,"薛卿的风筝呢?长什么样子?"

"在这处。"薛远将风筝放起,有侍卫配合着他,帮他将风筝举起牵远,等下一阵大风吹来时,再猛然随风放手。

风筝悠悠飞上了天,在避暑行宫的上头成了独有的一处风光。顾元白以折扇遮住额前刺目的日光,抬头往上一看,就看到了那风筝的样子。

有些微惊讶,这竟然就是一个普普通通的燕子风筝。

他原本以为薛远那般的性格,放的风筝应当会很是庞大嚣张,却没想到大错特错,这风筝极其平凡,平凡得顾元白都有些惊讶。

惊讶之后，顾元白觉得有些好笑，他勾了勾唇角，正要收回视线，风却猛地一收，那风筝晃晃荡荡就要落地，在落地之前，薛远及时扯了扯线，恰好又一阵风吹起，这风筝重新飞了起来。

只是那靠近的一瞬，顾元白好像在燕子风筝上看到了一行字。

风筝放了一会儿，侍卫长就上前从薛远手中接过了东西，他暗中苦口婆心地劝道："薛大人，身体为重。你如今拖着病体前来圣上跟前，受罪的还不是自己？何必呢？"

他们还不知道先前发生的事，只单纯以为薛远为弟报仇得罪了安乐侯，因此才被圣上惩戒。

侍卫长越是和薛远相处，越觉得薛远是个说话不好听、态度很不好的好人。他真的是在担心着薛远："你这样折腾自己的身子，到了最后，伤处岂不是会更加严重？"

薛远道："那就受着吧。"

他将风筝交予侍卫长，大步朝着顾元白走近。顾元白正在琢磨风筝上的字迹，见他过来，便随口一问："那是什么？"

"臣随手写的一行字，"薛远随意瞥了一眼，收回了视线，"写着玩的，圣上无须在意。"

顾元白"嗯"了一声，没了看风筝的兴致，在薛远的陪同下，一起走到了附近休息的阴凉地坐下，看着侍卫长带着人还在辛辛苦苦地放着风筝。

"圣上，先前是臣逾越了。"薛远突然道，"雷霆雨露皆是皇恩。臣见识短浅，目光很是浅薄，读的书少，就不知道规矩。"

顾元白不由得回头看了他一眼。

薛远的唇角勾起，若不是眼中血丝狼狈，整个人必定温文尔雅得风度翩翩。

这不是薛远，或者说，这种感觉，并不是薛远应该给顾元白的。

顾元白眉头不由得蹙起，过了一会儿淡淡道："朕已经忘了。"

薛远连笑意都没变，只是点了点头，随即就将目光放到了不远处的风筝上。

拼了命说出来的话，压着所有感情。薛远生平第一次说出那种话。

就这样被顾元白忘了。

但没关系。

薛远会准备好另外一番更好的话。

前方的侍卫长等人都在专心看着燕子风筝，后方的顾元白和薛远已经从阴凉地，缓缓走向了最近的一个四角亭。

四角亭建在木道之上，木道两旁都是碧绿泛着黄的湖泊，鸟雀飞来，在人靠近之前又倏地飞走。

薛远看清了顾元白手中的折扇："圣上，这扇子出自何人之手？"

"褚卫。"这两个字一说出来，顾元白就觉得有些微妙，现在的薛远似乎对褚卫不是很友好？

他头疼地揉着眉心，看来自己除了做皇帝外，还需要协调他俩的关系。

薛远从扇子上收回了视线："原来是褚大人所做。"

"他的笔墨字画都是一绝，"顾元白随口道，"怕是百年以后，也要成为别人手中的珍宝了。"

薛远笑了笑，忽地伸手指了指前方："圣上，您看，前方有只鸟正在给幼鸟喂食。"

顾元白顺着他指的地方看去，没有看到："在哪儿？"

"臣斗胆请旨握一握圣上的手，"薛远道，"臣指给您看。"

顾元白顿了一下，不看了："不用。"

薛远也不强求，他慢悠悠地陪侍在旁，步子不疾不徐，即便被拒绝了也没有失望。

等到了四角亭，顾元白正要随处找个地方坐下，薛远先道："圣上莫急，臣擦一擦。"

他从怀中掏出一方白色手帕，将亭中座位上的灰尘擦了擦。实际上哪里需要去擦，自从圣上驾临避暑行宫以来，洒扫太监和宫女俱是勤勤恳恳，哪里都干干净净，不曾落上丝毫的灰尘，就是怕冲撞了圣上，受到惩罚。

薛远这一弯腰，顾元白就闻到了一股若有若无的血腥气，他眉头一皱，顺着血腥气靠近，再闻时，却又觉得有一些药草和青草的味道。

顾元白嗅了嗅，闻得越多，反而最开始时闻到的血腥味再也闻不到了。他还想再凑近一步，谁承想薛远突然站起了身，背部猛地袭来，倏地撞上了顾元白的鼻子。

薛远身体僵硬一瞬，快速转身，因为着急，伤口都猛地裂了开来。但他一看到被撞得捂着鼻子，平日里冷酷无情，现在眼中却泛着润光的小皇帝时，什么话、什么动作都忘了。

心里只有一个想法。

原来小没良心的还知道疼。

顾元白鼻子经这一撞，直接被撞上了泪腺。他憋着疼，但身子太过娇贵，这一撞，泪腺直接迸出了眼泪。

太丢人了。

但即使这么狼狈，顾元白也不想在薛远面前丢人。他忍着酸疼，面不改色地镇定着，好像这一双眼睛跟他一点关系都没有。

小皇帝倔强极了，薛远回过神之后，好笑地弯腰，低声哄着："别动，我看看。"

顾元白闷声闷气："看个头。"

薛远拿开了顾元白捂着鼻子的手，这一看，还好，只是被撞的地方有些红了，没被伤着。顾元白眼前一片模糊，疼的感觉到了最顶点，接着才开始缓缓退去。

他前不久对待薛远还是极为冷酷的模样。薛远看到他的表情，大多是含着威严或是亲切的笑容，一旦生气，便是寒冰瑟瑟。

但薛远从未见过顾元白泪眼蒙眬。

他压低声音，哑声道："圣上，臣想给您擦擦泪。"

顾元白也哑声回道："擦。"

薛远刚想要碰上去，顾元白又道："不准用擦凳子的那条手帕。"

怎么会拿手帕给你擦泪。

薛远无声地笑，笑里有几分天生带出来的讥讽意味。他认真无比地将顾元白眼角些微的泪痕擦去。

但他一碰，好像又将原本还在眼眶之中的泪给戳了出来，顾元白自己都无所察觉的时候，又是几滴泪唰地流了出来。

薛远无奈地叹了一口气。

顾元白永远不知道自己神情镇定地流泪时，样子是多么戳薛远的心。

好不容易，经过二十多天伪装出来的规矩，在这一瞬间都快要再次破碎了。

薛远凑近顾元白，但他终究没有做些什么，而是拿着衣襟小心擦去这些泪。

等顾元白好了，他才发觉自己不知何时已经坐了下来，而薛远就站在他的两步之外。

顾元白缓了一会儿，才回过神来想薛远之前干了什么。他朝着薛远看了一眼，薛远的目光并不在他的身上，而是双手背在身后，身姿挺拔地眺望着远方。

察觉到顾元白的视线后，他才回过头，眉峰微挑，朝着顾元白微微一笑。

顾元白霎时想起了一句话。

会咬人的狗不叫。

第八章

薛远这个样子，有些像书中摄政王的形象了。

顾元白微眯了眼，问道："你在看什么？"

薛远看到有一个太监偷偷从假山后溜走，若有所思地回过头，朝着顾元白风轻云淡地笑道："看看山水，看看花草。"

"薛卿倒是有闲情。"顾元白闭上了眼，"休息的日子，伤养得如何了？"

薛远道："尚可。"

他站得离顾元白约有两步之远，等他回完这句话，两个人就没有再说话了。

片刻。

"圣上。"薛远突然出声。

顾元白抬起眼皮看了他一眼。

薛远恭恭敬敬地问着："行宫之内，是否还有宗亲在此居住？"

"是有一些宗亲，"顾元白漫不经心，"你是又冲撞了谁？"

薛远没忍住，笑了："圣上多虑了。"

说完这两句，一时之间风都静了下来，正在这时，亭外传来一道呼声："圣上！"

顾元白转头一看，原来是被他派去找洒扫宫女打听消息的田福生。

田福生累得气喘吁吁，上了亭子正要同顾元白汇报事情，一抬头就瞧见了薛远，眼睛一瞪，整个人愣在了原地。

薛远朝他彬彬有礼颔首道："田总管。"

"薛、薛大人。"田福生回神，朝着薛远讪笑一番，继续朝着圣上道："圣上原来都已走了这么远，小的在后面怎么也看不到影，差点儿以为要跟丢了，小的这心都要被吓得从嗓子里跳出来了。"

"行了。"顾元白笑了，光明正大地道，"朕让你打听的事，你可打听清楚了？"

田福生余光瞥了一眼薛远，随即一板一眼地道："圣上，那洒扫宫女知道的不多，但小的顺着她上头的太监一查，就查出了一些东西。"

顾元白道："说说看。"

假山后方的太监偷偷溜走之后，就一路来到了和亲王府。

和亲王冷脸听着他的话，听到他说的"圣上和薛大人相处甚为亲近"之后，猛地变了脸色。

他沉沉地问："是什么样的'甚为亲近'？"

太监委婉道："小的不敢多看，只知道薛大人就站在圣上面前，还为圣上净了面。"

和亲王倏地站了起来，来回踱步不停："那圣上可生了气？有没有罚了人？"

"圣上并未呵斥薛大人，"太监小心翼翼道，"似乎也并无怒颜。"

和亲王顿住了脚，沉默了半晌，才突然道："你退下吧。"

行宫中的太监退下后，和亲王又叫了贴身太监过来。

贴身太监一走进来，便见和亲王坐在房间背阴的地方，容颜在黑暗之中看得不清，只语气很是压抑地道："去挑个貌美的宫女送给圣上。"

田福生打听到的消息，其实也并没有什么特别。

不过是有人收了点银子，让手下管理的太监宫女们学学这首诗的谱子。这首诗本来就好，哼起来朗朗上口，人传人，便是谁都会哼唱一两句了。

听完他的话后，顾元白便让侍卫长收了风筝，带着人顺着原路返回。

等他们走到那两面环水的四角亭时，正巧见到一个宫女正拿着巾帕擦拭着四角亭内的雕刻石桌。

这宫女很是貌美，不知是热的还是羞意，面上还有些微的红润。素手纤纤，衣着虽朴素，却凸显了身段。

田福生一眼就看出这宫女的不凡，但能送宫女来的，都是各府的主子，甚至有可能是宛太妃。田福生眼观鼻鼻观心，圣上不吩咐，他也不好主动出声驱赶。

顾元白走过去坐下，随口道："退下吧。"

宫女有些失望："是。"

但因为心神大乱，她收手的时候不小心碰倒了桌上的茶杯。刚刚倒入茶杯之中的热水急速顺着桌子流下，顾元白迅速起身后退了两步，眉头皱起。

袖上已经染上了热水，顾元白甩了两下手，往那宫女身上看去。

宫女跪地，吓得脸都惨白了："圣上，奴婢该死，请圣上恕罪。"

顾元白叹了口气："退下吧。"

宫女连忙低身俯拜，小心翼翼地离开了四角亭。

田福生正吩咐人去收拾桌上的水渍，顾元白走到凉亭旁，手搁在扶栏上，往水底看了一眼。

不久，竟然有小鸟雀靠着扶栏落下，尖嘴啼叫不停。顾元白不由得伸出手，想去碰一碰这鸟雀的羽毛。

但应当是大拇指上的玉扳指太过显眼，让动物也爱极了，顾元白的手还未碰上小鸟，鸟雀已经出其不意，探头夺走了顾元白指上的玉扳指，翅膀一挥，就要衔着玉扳指逃跑。

顾元白失笑："就你这个小家伙，也想来偷朕的东西？"

他伸手一抓，反而惊到了鸟雀，鸟雀惊慌挥动几下翅膀，嘴巴一松，"扑通"一声，玉扳指掉到了凉亭旁的湖泊之中。

顾元白跟着玉扳指看到了湖面上，笑容都僵硬了。

身边一道黑影闪过，顾元白最后一眼，就见薛远踩上了栏杆，毫不犹豫地朝着湖中跳了下去。

顾元白眼皮猛地一跳，撩起衣袍就快步走出了凉亭，大声叫道："薛远！"

众位侍卫连忙跟着出了凉亭，其中已经有人放下佩刀，"扑通"跟着跳入了湖里。

侍卫长面色严肃，担忧道："薛大人这伤……"

顾元白表情变来变去，最终定格在一个格外难看的脸色上。

湖中的侍卫来来回回地高声大喊，不停地潜下浮起，但薛远还是一点声都没出。顾元白脸色越来越沉，突然，他脚底下的木道一旁猛地冒出来一个人。

水声哗啦，大片大片的水往木质的平面路上涌去，薛远冒出来上半身，浑身湿透，黑发上的流水蜿蜒地顺着身上的纹路流下。

他无奈朝着顾元白笑道："圣上。"

"薛卿受伤了后也是这么莽撞吗？"顾元白语气生硬，"朕问你，你若是没命了，朕怎么跟薛将军交代！"

他心中的火气蒸腾，双目直直盯着薛远，眼中藏着火光。

薛远道："圣上的玉扳指不能丢。"

"朕的玉石多的是，"顾元白压着声音，眉目狭长，"朕不需要任何人去卖命给朕找一个平平无奇的玉扳指！不过是一个死物——"

顾元白的声音戛然而止。

薛远静静地看着他，半个身子仍然泡在水里，放在水下的手抬了起来，五指松开，里头正是一枚绿到滴着汁液一般的碧绿玉扳指。

掌心之中的流水，从指缝之中滑走，玉扳指上沾着几滴水珠，那几滴水也好似成了绿色。

"圣上，"薛远无所谓地笑了笑，"这平平无奇的玉扳指被臣找到了。若是您现在还无其他的玉扳指可戴，那便先委屈些，暂且用上这个吧？"

他朝着顾元白伸出了手。

顾元白深呼吸几口气，递出了手。

湿漉漉的手握上，另一只手拿着玉扳指缓缓往大拇指上套。顾元白俯视着薛远，从他的眉眼扫到他的身上，然而薛远太过认真，心神都放在了顾元白的手上，完全没有发现顾元白这样探寻的目光。

碧绿的玉扳指回到了它该在的地方，顾元白收回了手："薛卿，上来吧。"

薛远笑了笑："臣衣物都湿了，会碍着圣上的眼睛，等圣上走了，臣再从水中爬出去。"

顾元白喉结上下动了动，似乎想要说话，但终究还是一句话都没有说，深深看了一眼薛远，如他所愿，转身离开了这里。

这一大批的人浩浩荡荡地走了，水里寻找薛远的侍卫也跟在后头离开。等人影几乎看不见之后，薛远才收了笑，双手撑在地上，几乎是用着双臂的力量将自己拖上了岸。

将自己拖上岸之后，他闭了闭眼，缓一缓。

下半身还泡在水里，背上浸透了衣物，透出丝丝缕缕的血痕。还好顾元白已经走了，不然就这副样子，被看到了之后，薛远怎么还有脸说自己是最有用的。

过了一会儿，薛远缓过来了。他睁开眼，往四角亭一看，就在四角亭中的石凳子之上看到了一把极为眼熟的折扇。

那是圣上之前拿在手里的折扇，褚卫送给圣上的。应当是走得过急，这扇子就被扔在这儿了。

薛远嘴角一扯。

他又休息了一会儿，才撑着地面站起身来。拖着一身的水，走到了四角亭里面，薛远弯腰拿起这把折扇，唰地展开一看，上面的山水画和题的诗就露了出来。

薛远看完了，道："文化人。"

他似笑非笑，然后"刺啦"一声，干净利落地将折扇撕成两半。

"爷不喜欢除爷以外的文化人。"

顾元白回到宫殿，让浑身湿透的侍卫们先下去整理自己，而他则坐在桌前，眉头深深，若有所思。

外头传来通报:"和亲王前来拜见。"

顾元白回过神:"宣。"

没过一会儿,和亲王大步走进了宫殿。

他直奔主题地问道:"圣上也快要到生辰了吧?"

田福生回道:"回王爷,还有约莫一个月的时间。"

"过完生辰之后,"和亲王道,"圣上已二十又二,也该有宫妃了。"

正在低头处理政务的顾元白手下一顿,抬头看他:"宫妃?"

和亲王看着他的目光好像有压抑着的怒火,双拳紧握:"圣上从未考虑过吗?"

他这个语气简直就像是在质问,顾元白的心情本来就有些不好,闻言直接气笑了,连脸面都不给和亲王留,指着宫殿大门道:"给朕滚出去!"

和亲王脸色骤然一变,夹杂着不敢置信,愣愣地看着顾元白。

"朕说最后一次,"顾元白厉声,"滚!"

和亲王的脸色变得铁青,他嘴唇翕张几下,转身离开了。

顾元白转头问田福生:"朕先前让你们查他,查出什么东西来了吗?"

"没有,"田福生小心翼翼,"未曾发现什么不对。"

顾元白不出声,过了一会儿,站起身往内殿之中走去,夹杂着风雨欲来的火气道:"朕睡一会儿,半个时辰后再叫朕。"

◆ 第九章 ◆

薛远回到府中,就将身上的衣服给脱了下来。

伤处的血已经沾上了衣物,薛远面无表情,猛地用力,好不容易停住流血的伤处就再次迸出了血来。

薛远房里的桌上,都是御赐的药材。当然,这些药材并不是顾元白赏给他的,而是顾元白派人赏给薛二公子的。

这些药材薛远也没有用过,他只是摆在上面留着看。

薛远呼吸粗重,喘了几口气之后就让人叫了大夫。他自己则侧头一看,看到身后一片血肉模糊,都想要笑了。

受了重伤,又跳下了湖,在湖水里泡了那么长时间,估摸伤口都要烂了。

不过薛远还是很开心,千金难换爷开心。

过了一会儿，跟着大夫一同来的还有薛远的娘亲薛夫人。

薛夫人一向温婉知理，在薛府之中完全是不一样的存在。近日，薛远各种胡闹，她也控制不住斥责："你平日里想怎么胡闹都可以，我与你爹从未管过你。但薛家……你是老大，你怎么能这样？你已经不小了，早就到了娶亲的时候。先前在边关，我不要求你回来娶妻。但你现在既然从边关回来了，依我看，还是得给你定个亲，多大的人了，怎么能学坏？"

薛夫人自个儿止不住地多说了一会儿，说到最后，又眼中含了泪，拿着手帕擦着眼角："乖儿子，你好好的。娘会给你看一个好姑娘，等娶了亲之后，你稳重一些，娘就安心了。"

薛远笑了笑："你敢给我娶，我就敢杀妻。"

薛夫人的泪顿时就止住了，气得难受，转身就要离开。

府里的大夫心中好奇，没忍住问道："大公子如今也已二十又四了，怎么还不愿意娶妻？"

大公子不娶妻，二公子自然也不能娶妻。如今随着薛远造势，他名声好听得不得了，随之而来的，薛二公子名声臭得估计都要娶不到媳妇了。

薛远闭着眼，不答话。

他笑起来的时候机锋外露，不笑时又深沉了许多。薛远相貌俊美，却同京城里的公子哥儿的俊美不一样，因为有着在边关多年的军旅生涯，这些年的战争和广袤而荒凉的草原，在他身上形成了既野蛮自由又压抑阴沉的矛盾气质，透着一股子邪肆和如刀刃的锋利劲儿。

响当当的男子汉，铁骨铮铮的好儿郎，怕是不缺好女儿想嫁。

大夫瞧着大公子不愿意说，也不再多嘴了。

过了好长一会儿，薛远才闭着眼睛，跟说着梦话一样道："能娶到就行了。"

大夫说着好话："薛大公子想娶，依我看啊，就没有娶不到的人。"

薛远闷在枕头里笑了两声，肩背都动了动，然后扬声道："来人，拿赏银来。这话说得好，不能不赏！"

另一头，和亲王从圣上那儿一回来，就脸色难看地把自己关在了书房里，直到夜里也没有出来。

第二天一早，和亲王妃带着一碗补汤，尽心尽力地前来探望和亲王。

和亲王门前无人伫立，应当是王爷特意挥退了人。和亲王妃让侍女上前敲门，叫道："王爷？"

047

门里没人应声。

和亲王妃心中奇怪，担忧之下，推开了房门。"咯吱"一声，外头的几缕阳光从门缝中径直投到了书房的地上。

书房之中的门窗关得严严实实，昏暗得有些压抑。和亲王妃从侍女手中接过补汤，自己一个人进了书房之中。

书房有内、外两个部分，外头并无人影，和亲王妃拐到内室，一眼就看到了窝在床上睡觉的和亲王。

和亲王妃松了一口气，正要将补汤放下，余光一瞥，却瞥到了正对着床的墙面上挂着一幅泛着些微白光的画。这画纸实在是透亮极了，在这昏暗的室内，好似发着光。

和亲王妃心中涌起一股子好奇，她轻声走过去一看，隐隐约约看出好像是一个人的画像。

和亲王都要挂在墙上的画像，这人会是谁？

光线太暗，和亲王妃直到快要贴上画了，才看清楚了画中人是谁。原来是身穿龙袍的和亲王本人的画像。

看清楚的一瞬间，和亲王妃的手就是一颤，手中的补汤"嘭"的一声重重摔在了地上。

瓷器四分五裂，这声响将和亲王妃震惊得出窍的心神给唤了回来，她仓皇后退两步，一回头，却对上了和亲王的眼。

和亲王眼底青黑，拢着被子坐起，沉沉地看着王妃。

王妃心肝猛地一颤，心底的寒气骤起。汤水落地时狼狈地溅到她的裙角上，补汤之中的肉块在慌乱之中被踩成了泥，脏乱又黏糊。

和亲王的视线从她身侧穿过，看到了墙上挂的画像："王妃进来，都没人通报的吗？"

王妃声音颤抖，抓着裙角的手指发抖："王爷，外头没人。"

是了，和亲王昨日从顾元白那处回来之后，就挥退了随侍，独自进了书房之中。

因为心里有鬼，他将书房外的人也远远遣走了。

然后他独自一人拿出了这幅画像。

这不是从平昌侯世子和户部尚书的儿子手中拿过来的那两张似是而非的画作，而是和亲王请了人，重新画的一幅画作。

这画画得太好了，他平日里不敢多看。从顾元白那里回来之后，和亲王原本在盛怒之下，是想要将这画直接撕了的，但一看到画后，还是下不去手。

最后终究放弃，和亲王将画挂在了眼睛一抬就能看到的地方，看着这幅画，也不知道什么时候睡着了。

书房里昏暗，一点响动也没有。

和亲王妃有种莫名的惊恐。她感觉自己好像发现了什么不一般的秘密，和亲王难道有谋反之意？但这秘密太过不敢置信，所以她下意识就将那想法给排除了出去。

心底深处，已经开始胆战。

"王爷，"和亲王妃竭力镇定，"妾身……"

和亲王缓缓道："王妃，下次没有本王的允许，不许踏进书房一步。"

和亲王妃应得极快："妾身知道了。"

"下去吧。"和亲王沉沉道。

和亲王妃连忙快步从内室走了出来，脚底的油荤在地上印出一个个的脚印。她越走越急，最后甚至害怕得提裙跑了起来。

房门打开又关上，大片的阳光又被拒在门外。独留在昏暗之中的和亲王，裹了裹被子，又蒙头盖住了自己，躺下闭上了眼。

晚膳时，和亲王才从书房之中走出来。

他换了身衣服，眼底仍然是没睡好的青黑。

饭桌之上，没有人敢出声，一时之间只听到碗筷碰撞的声音。过了一会儿，和亲王突然道："圣上的生辰在九月底，和亲王府给圣上的生辰贺礼，现在就该准备起来了。"

王妃小心道："妾身从两个月前便开始准备了。让一百名绣娘居于王府之中，正在绣一幅锦绣山河图。"

先帝在时，每年的寿辰都由和亲王亲自准备。但等先帝一死，顾元白上位后，和亲王懒得理这些事。逐渐地，给圣上准备贺礼的事情，就由王妃全权打理了。

和亲王听了一番，觉得没有出错的地方，也没有什么出彩的地方，皱了皱眉："就这些了？"

王妃骤然想起在他书房之中看到的那幅画作，身子微不可见地抖了一抖："王爷可还觉得缺了些什么？"

王妃多想问一问王爷，为何在书房之中挂上自己身穿龙袍的画像。

王妃胆怯了，她不敢问。

和亲王迟疑了一下："算了，就这些了。皇上想要什么没有，还在乎我一个小小和亲王送上的贺礼？"

他说着说着，怒火就隐隐升了起来："估计那个薛府，都比我和亲王府得他喜欢！"

主子一生气，没人敢弄出动静。一阵阒然之后，和亲王阴晴不定地将火气压了下去："来人，派人去打听打听薛府家的大公子。"

顾元白如果如此信任外人，那他顾召又算什么呢？

◆ 第十章 ◆

皇帝的生日叫作万寿节。

万寿节当日，皇帝会接受百官们的朝贺及贡献的礼物。万寿节期间禁止屠宰，前后数日不理刑名，文武百官须按规制穿上蟒袍礼服。这一天，京城的匠人们用彩画、布匹等将主要街道装饰得绚丽多姿，到处歌舞升平。

而各地文武百官，则要设置香案，向京城方向行大礼。

顾元白的生辰正逢金秋佳节，在粮食收获的季节。皇帝生日格外重要，早在顾元白带着众位臣子迁到避暑行宫之后，京城之中便开始准备起圣上寿辰之日的事了。

等真正到了万寿节时，就连外国使者都会前往大恒京城，来为顾元白祝寿。

而顾元白，也想要趁此时机好好了解一番这些前来朝贺的外国使者。

关于生辰，排场和规格都已写进了律法，万寿节前、后和当日，整个大恒会休假三日。

若一个人的生辰须与天下人同乐，那这样的生辰，就不是过生日的人能决定该干些什么的了。

顾元白只吩咐下去，勿要铺张浪费。

又过了几日，利州知州因为剿匪不成反被匪贼杀死一事，就传遍了朝廷。

因为利州知州逼民成匪，又与匪勾结一事一旦传出去必定动摇民心，所以这件事必须瞒得死死的，一点风声也不能传出去。就连先前主动朝顾元白请辞的吏部尚书，也只以为利州知州纵容土匪劫掠本地百姓，又贪污良多，并不清楚其中更深层次的弯弯绕绕。

这更深层面的消息，也只有顾元白和他的一些亲信知道了。

传到朝廷百官们的耳朵里时，故事就变了一个样子。

利州知州因为贪污而心中害怕，想要将功赎罪，便带着人莽撞前去剿匪，却反被匪贼杀害。这一杀害朝廷命官，事情就大了，最后甚至出动了守备军，一网打尽了利州周围所有山头的匪贼。

一些匪贼已经被押着前往京城，他们将会作为苦力来开垦京西之中最难开垦的一片荒地。而那些让利州及周边州县深受其害的土匪头子，则是在利州万民的见证下直接被斩首示众。

便宜利州知州了。

他原本应该臭名昭著，永远在历史上被众人唾弃。但因为他做的事太隐蔽，也太过可怕，已经到了动摇民心、引起暴乱的地步，所以只好暗中将他处理，再由明面上的一个"利州知州只犯了贪污罪"的消息进行传播。

顾元白将手中写明利州知州死亡缘由的折子扔在桌上，看向身边的史官，问道："写清楚了吗？"

史官点了点头，将今日早朝上记录下的文字拿给顾元白看，上方写得清清楚楚——上闻利州害一事，叹息数数，朝廷百官心恨惜，叹其贪污，又惜其欲将功赎罪而被贼害，利州知州事之赃数传来时，皇上大怒，曰：此人朕所惜费矣。

"很好，"顾元白道，"就这样了。"

史官恭敬应"是"，将书卷接过，悄声告退，准备誊写到史卷之上。

运送一批免费劳动力回京的孔奕林他们，也快要走到京西了。顾元白转了转手上的玉扳指，但手一碰上去，动作不由得一顿。

良久，他问："人怎么样了？"

这突然而来的一句，将田福生问蒙了。好在他很快就回过了神，试探性地回道："回圣上，薛府没有大动静传来，薛大人应该无碍。"

"应该？"顾元白的眉头皱了起来，不愉道，"什么叫作应该。"

田福生的冷汗从鬓角流了下来，当即承认错误："小的这就去打听仔细。"

顾元白有些烦，他揉了揉太阳穴，压着这些烦躁："退下吧。"

那日身处其中，只是觉得有些怪异，现在想起来，怕是薛远身上的伤还重着。闻到的那些古怪的味道，怕就是血腥气。

重伤还在脏水中泡了那么长的时间，岂不是肉都烂了？

仗着自己身体好便这样糟蹋自己的身体，真是让身体不好的人怎么想怎么不爽。

顾元白往后一靠。

太阳穴一鼓一鼓的，长袖铺在软椅之上，神情有些微的冷。

如果有人只是为了给顾元白捡一个死物便这样糟蹋自己，这样的行为看在顾元白的眼里不是忠诚，是蠢。

人命总比任何东西都要贵重。

还是说，薛远所说的给他拼命，就是这样拼的？

为了一个玉扳指？

过了一会儿，圣上命令道："将常玉言唤来。"

常玉言知晓圣上传召自己之后，连忙整理了官袍和头冠，跟在传召太监身后朝着圣上的宫殿而去。

避暑行宫之中道路弯弯转转，园林艺术登峰造极。夏暑不再，常玉言一路走来，到顾元白跟前时，还是清清爽爽的风流公子模样。

"臣拜见圣上。"这是第二次被单独召见，常玉言不由得有些紧张，弯身给顾元白行了礼，"圣上唤臣来可是有事吩咐？"

顾元白从书中抬起头，看着常玉言笑了笑："无事，莫要拘谨，朕只是有些无趣，便叫来常卿陪朕说说话。"

常玉言是顾元白极其喜欢和看重的人才，他给常玉言赐了座，又让人摆上了棋盘。

常玉言有些受宠若惊。他依言坐下，屁股只坐实了一半，记起了上回圣上与褚卫下棋的事情，不禁道："上回圣上与褚大人下棋时，臣未曾在旁边观赏一番，至今想起来时，仍觉得极为遗憾。"

顾元白笑道："那今日便成全了常卿这份遗憾。"

常玉言笑开，挽起袖口，同圣上下起了棋。

他下得不错，顾元白生起了几分认真，等常玉言渐入其中后，顾元白才漫不经心地问道："朕听闻常卿近日又作了一首好诗。"

顾元白只用了一半心神，但他棋路实在是危险重重，处处都是陷阱和机锋，常玉言全副心神都用在了棋面上，话语便没有过头脑，多多少少透出了一些不应该说的内容："是，薛九遥前些日子非要臣为他作一首诗。"

手指摩挲着圆润的棋子，顾元白声音带笑："常卿与薛卿原来如此要好。"

常玉言苦笑道："就薛九遥那狗脾气，谁能——"

他恍然回过神，神经骤然紧绷，连忙起身请罪："臣失言，请圣上恕罪。"

· 052 ·

"无碍,"顾元白微微一笑,"探花郎何必同朕如此拘谨?"

他问的话让人脊背发寒,但等圣上微微一笑时,这寒意倏地就被压了下去,令人脑子发昏,哪里还记得危险。

常玉言羞赧一笑,又重新坐了下来。

瞧瞧,薛九遥那样的人,都有常玉言这样的朋友。不管其他,只在面对顾元白的礼仪上,薛九遥就远远不及常玉言。

但同样。

顾元白在常玉言面前也是一个无关乎其他的皇帝样。

顾元白笑了笑,突然觉得有些没劲,不再问了,而是专心致志地跟常玉言下完了这盘棋。他认真后,常玉言很快溃不成军。

常玉言敬佩道:"圣上棋艺了得。"

圣上嘴角微勾,常玉言又说道:"薛九遥的路数和圣上的还有几分相似,臣面对这等棋路时,当真是一点办法都没有。"

顾元白挑眉,玩味道:"他还会下棋?"

常玉言没忍住,笑了:"薛九遥书房里的书,说不定比臣府中的书还要多呢。"

这个倒是让顾元白真的有些惊讶了。

瞧着圣上这副样子,常玉言的嘴巴就停不下来,他脑子都有些不清不楚了,一个劲儿拿薛远的糗事去逗圣上开心:"薛九遥的房中不只书多,前些日子,臣还发现他拖着病体,竟然开始做起了风筝。"

顾元白一顿:"风筝?"

"是,"常玉言道,"还是一只燕子风筝。"

"那在风筝上写字,"顾元白道,"可有什么寓意?"

常玉言面上流露出几分疑惑:"这个,臣就不知道了。"

顾元白微微颔首,让他退下了。

等人走了,顾元白抬手想要端起杯子,手指一伸,又见到了绿意深沉的玉扳指。

他看了一会儿,突地伸手将玉扳指摘下,冷哼一声:"瞧得朕心烦。"

田福生听到了这句话,小心翼翼道:"那小的再去给圣上拿些新的玉扳指来?"

顾元白瞥他一眼,一句"不了"含在嗓子里,转了一圈之后,道:"拿些来吧。"

常玉言下值之后，就钻入了薛府。

他来的时候，薛远正拿着匕首削着木头。

薛大公子的身上只穿着里衣，外头披着衣袍，黑发散在身后，神情认真，下颌冷漠绷起。

常玉言不由得敛了笑，正襟危坐在一旁："薛九遥，你这又是在做些什么？"

手指上均是木屑，薛远懒洋洋地道："削木头。"

常玉言一噎："我自然是知道你在削木头，我是在问你，你打算削出什么样的木头？"

薛远唇角勾起："不关你事。"

常玉言已经习惯地忽略了他的话，咳了咳嗓子，挺直了背，状似无意道："我今日又被圣上召见了。"

薛远手下不停，好似漫不经心："嗯？"

"圣上同我说了说话，下了盘棋，"常玉言的笑意没忍住越来越大，叹服道，"圣上的棋路当真一绝，我用尽了力气，也只能坚持片刻的工夫。"

薛远不说话了，他将匕首在手中转了一圈，锋利的刀尖反着落日的余晖，在他的脸上一次次闪过金光。

"然后呢？"

然后？

常玉言看着薛远的侧脸，原本想说的话不知为何突然闷在了嘴里，他自然而然地笑了笑，目光从薛远的身上移到他手中的木头上，语气不改地说道："然后便没有什么了，圣上事务繁忙，同我说上一两句话之后，就让我走了。"

第三卷

赐婚风波

◆ 第十一章 ◆

"嗡"的一声，匕首插入木头深处的颤抖之声。

薛远压低了声音，带着笑："常玉言，你得给我说真话。"

常玉言头顶的冷汗倏地冒了出来。

薛远弹了一下匕首，绝顶好的匕首又发出一声清脆的颤音。薛远这几日的嗓子不好，说话跟磨砂一般地含着沙砾，明明好好的语气，说出来可能都会带着威胁，更何况他此刻的语气，绝对算不上好。

薛远笑了一下："圣上要是没说我，你也不会这么急匆匆地跑来薛府找我。"

常玉言竭力镇定："先前你总是在圣上身边上值，惹人眼红又羡慕。如今我单独被圣上召见了一回，来你面前炫耀一番就不行了？"

薛远眯着眼看着他，目中沉沉。

"圣上能同我说你什么？"常玉言苦笑，"或是说起了你，我又为何要隐瞒呢？"

心在怦怦地跳。

全是紧张和忐忑。

他不知道自己为何要隐瞒同圣上交谈的话，但当时身处其中没有察觉，如今一想起来，圣上和他的交谈，竟然大部分都和薛远有关。

这样的认知，本能地让常玉言不愿意对薛远说出实情。

他打开折扇，儒雅地扇了几下，等头顶的冷汗没了之后，才微微笑道："薛九遥，你今日怎么变得如此奇怪？"

薛远还在看着他。

他身上的外袍披在肩头，即便披头散发，也挡不住他眉眼之中的锐意。桌上的匕首还泛着寒光，颤鸣却逐渐停了。

薛远收回了视线，将匕首拔了出来，继续削着木头，喃喃："比我想的还要心硬些。"

常玉言没有听清："什么？"

"没什么。"薛远懒洋洋道，"对了，给你看个东西。"

薛远叫过来小厮，小厮听完他的吩咐就点头跑了。片刻工夫之后，小厮捧着一柄弯刀，献在了薛远的面前。

薛远拿起刀，常玉言不由得走上去细看，只见这弯刀的刀鞘是金丝勾勒的，再辅以上万颗珠宝细细制作而成，金丝根根分明，从头到尾粗细均匀。只这一个刀鞘，就能断定这弯刀必定不同凡响。

而越是精妙的金丝制品，越是独属于皇家所有。常玉言脱口而出道："这是圣上赏给你的？"

薛远握着刀柄，将弯刀抽出一半，只听"噌"的一声，锋利的刀刃与刀鞘发出一声余音绕梁的兵戈相碰之声。

"这是春猎那日头名得的奖赏。"薛远摸着刀面，"漂亮吗？"

常玉言几乎移不开眼："漂亮极了。"

薛远莫名地笑了笑，他抽出弯刀在桌上一划，灰色的石桌之上竟然就被划出了一道白色的痕迹。

常玉言咋舌："竟然如此锋利。"

"漂亮是真漂亮，锋利也是真的锋利，"薛远将弯刀在手上耍了一个花招，看得常玉言胆战心惊，他最后将刀扔进了刀鞘之中，回头笑道，"这样的好刀，就得搁在会玩刀的人手里。"

常玉言叹了一口气："可不是。"

两刻钟之后，常玉言便起身同薛远告辞离开。常玉言一出薛远的院子，还未走出薛府大门，就遇上了急匆匆赶来的薛夫人。

薛夫人妆容整齐，瞧见常玉言还未离开，便率先松了一口气。

常玉言同薛夫人行了礼，薛夫人让他快起，问道："言哥儿，你同九遥关系亲密，你可知他还认识了什么卓越非凡的男子？"

薛远要日日坚持出去看上一眼，受了那么重的伤被抬着也要出去，可见他想见的那个人，轻易不会上薛家的门，怎么看都不会是常玉言。

薛夫人有些急切，脸上也有隐隐的愁容，常玉言有些莫名："夫人何出此言？"

"我瞧着府中只有你一人上门，"薛夫人勉强笑笑，"想着远哥儿一个人难免寂寞，便想问问他可还交好了什么同龄人。"

常玉言心道：就薛九遥这个脾气，谁还能和他相处得来？

他像土匪流氓一样，也就常玉言和他蛇鼠一窝了。常玉言想了想，迟疑道："若说交好不交好，这个我不知道。但若说卓越非凡的男子，倒是有一位。正是工部侍郎褚大人家的公子褚卫，与我同窗时的状元郎。"

"状元郎，"薛夫人若有所思，"我知晓了。"

褚卫这一日回府后便听说了薛府夫人上门拜访的事。

褚卫动作一顿，抬起头来看向母亲，蹙眉："薛府？"

"正是。"褚夫人道，"薛夫人正在给自己的儿郎相看女儿家，正好听说你尚未结亲，便专门上门与我说说儿女的话。"

褚卫道："褚府与薛府关系不近。"

褚夫人嗔怒道："说说话不就近了？怕是薛夫人也是真的着急了，这样的心思，我是最了解的。就像是你，也不比薛府的大公子差多少，先前拿着游学当借口，七年的时间就是不愿意回来说个亲，你如今也成了状元，入了职，又备受圣上器重，媒人都快踏平府中门槛了，只你一人不愿意，一点都不体恤你的老母亲。"

褚卫若有所思。

薛远竟然要相亲了。

褚卫微不可察地勾起了唇，垂着眸，状似在听母亲的说教，实则思绪已经在想，怎么帮助薛夫人，让薛远的这门亲事彻底定死了。

第二日，褚卫跟着御史大夫来到顾元白面前议事。

御史台的事情已经告一段落了。等御史大夫走了之后，褚卫就作为翰林院修撰留在了顾元白面前。

顾元白处理完政事之后，趁着喝茶的空当，都与他说起了笑："褚卿忙得很。"

褚卫有些微微的羞惭："臣惭愧。"

顾元白的唇上有些干燥，他多喝了两口茶水，唇色被温茶一染，淡色的唇泛着些微健康的红润。他温和地笑了笑："趁着这会儿没事，褚卿不若给朕说一说你游学时的事？"

褚卫回过神，神情一肃，认真道："圣上想知道什么？"

顾元白问："你去过多少地方？"

褚卫道："臣从运河一路南下，途中经过的州府县，臣已去过大半了。"

"深入其中吗？"

褚卫微微一笑，芝兰玉树："臣花了七年。"

顾元白肃然起敬："那便给朕讲讲在各地的见闻吧。"

褚卫沉吟一番，便从头说了起来。他少年孤傲，佳名在外，但在探访各州府

· 058 ·

县的隐士之时，却学到了诸多的东西。

这些大儒的学识各有千秋，看待世间和问题的想法也极为不同。褚卫看得多了，却忘了自己年纪尚轻，听到那些大儒口中的关于世间疾苦的事情，只记得了疾苦，却忘了记住尚且好的一面。

于是在接下来的游学当中，他就只记得不好的一面了。

说着说着，褚卫的语气就迟缓了下来，目中流露出了几分困惑。顾元白用杯盖拂去茶叶，笑了："褚卿怎么不继续说了？"

褚卫抿抿唇："臣不知该说些什么了。"

各地的弊端总是那样几个，说来说去也只是赘余。

顾元白问道："怎么不说说各地的风俗和饮食习惯？还有各地的商户是否繁多？州府之中的官学是否同京城的官学内容一致？若是不一致，又有什么不同？哪些有益处，哪些可以更改？这些，你都不知道吗？"

褚卫愣住了。

他的神情持续了很长时间的愣怔，良久，他才回过神，有些心神不属："臣都未曾注意过这些。"

顾元白放下了茶杯，忽地叹了一口气。

这叹的一口气，将褚卫的心神给吊了起来。圣上这是对他失望了？

褚卫的唇抿得发白，垂着眼道："圣上，臣……"

"褚卿应当知道，游学的目的是什么。"顾元白缓声道，"既要看到各州府的弊端，也要看到各州府的好处。就如同荆湖南那般，荆湖南矿山极多，若是知晓了这事，那就可以用荆湖南的这一个点，对其进行量体裁衣的发展了。"

褚卫若有所思，细细思索了一会儿，道："臣懂了。"

这样一看，他七年的游学，倒是什么都没学到。

褚卫有些怅然，但也有些轻松。他突然笑了："若是以后可以，臣想跟着圣上重新去看一看这些地方。"

顾元白笑了几声："如此甚好。"

褚卫嘴角弯着，突然想起母亲先前同他说过的事。褚卫心中微微一动，垂眸道："圣上，说起游学的事，臣倒是想起来了一些趣事。"

顾元白挑眉，来了兴趣："说说看。"

"民间有一老妪，家中小儿年岁已长却不肯成亲，老妪被气得着急，拽着小儿一家家登门拜访有女儿的家中，见人就问：'我儿可否娶你家女儿？'"

见圣上随意地笑了两声，褚卫道："前些日子，臣听家母说，薛府的夫人也

开始着急,似乎已经四处打探消息,准备给薛大人定个婚配了。"

顾元白一想,薛远已经二十四岁了,这在当世已经是大龄剩男了。

而且同顾元白这身子不同,薛远身子健康极了,他是应该娶妻,薛府夫人也是应该着急了。

"挺好的。"顾元白道,"成家立业,不错。"

褚卫瞧着圣上面上没有异样,心中便安定了下来,笑了笑,状似随意道:"若是薛夫人看中了什么姑娘,薛将军如今还正在前往边关的路上,怕是没法做些什么了。到时没准儿会劳烦圣上,让圣上同薛大人赐婚。"

顾元白翻开了一本奏折,笑了笑,随意道:"再说吧。"

给薛九遥赐婚吗?

◆ 第十二章 ◆

书里的摄政王想要顾元白给薛远赐婚,这故事发展有点看不懂了。

无奈好笑之余,顾元白在心中叹了一口气。

赐婚,除非薛府主动来请,否则他是不会主动赐婚的。

一纸婚姻,难为的是两个人。这种随手乱点鸳鸯谱的行为,顾元白不爱做。

上午刚说完薛远,下午时分,薛都虞候便让人给顾元白送来了一封信,和一件巴掌大小的木雕。

木雕是一把弯刀,弯刀表面削得光滑平整,刻有并不精细的花纹。因着小巧,所以刀刃很厚,无法伤人,如同哄着幼童的玩具一般。

顾元白将木刀拿在手里看了看,没看出蹊跷,就把木刀扔在了一旁,转而拿起了放在一旁的信。

信纸洁白,有隐隐酒香味传来。顾元白这鼻子敏感得很,一闻到酒香味,脑中就浮现出了薛远似笑非笑,拎着酒瓶从状元楼二楼扔下的画面。

他哼笑一声,将信纸打开一看,上方只有一句话:臣之棋艺胜常玉言良多,已备棋局、茶汤,候圣驾临。

字迹龙飞凤舞,整张纸都快要装不下薛远这短短一行字了。

病了也这么能折腾。

顾元白将信给了两旁人看,田福生看完之后便"扑哧"一笑,乐了:"薛大人如此胸有成竹，想必棋艺当真是数一数二了。"

顾元白原先没有察觉，此时一想，可不是？薛远自己夸自己，君子大多含蓄，这么一看，可不是脸皮厚到极致了。

顾元白没忍住勾起了唇。

侍卫长担忧道："圣上，薛大人身体不适，想必是无法走动，才邀请圣上驾临薛府的。"

"朕知道。"顾元白道。

他的手指不由得转上了玉扳指，这玉扳指换了一个，触手仍是温润的。顾元白低头看了一眼莹白通透的玉块，想起了薛远落在水中的样子，眼皮一跳，道："那就去瞧瞧吧。"

午后清风徐徐，厚云层层，天色隐隐有发黄之兆。

避暑行宫大极了，内外泉山相间，绿意带来清凉。王公大臣和百官的府邸就建在行宫不远处，鸟语花香不断，虫鸣不绝。

褚卫沉默不语地跟在圣上身旁，他看起来心事重重，偶然抬眸看着圣上背影的眼神，更是犹如失了意的人。

虽然相貌俊美，如此样子也让人倍加疼惜，但若是让他"失意"的人是圣上，这俊美也让人欣赏不来了。

侍卫长突然朝褚卫道："褚大人，有些错事，你最好知错就改。"

褚卫回过神："张大人这是何意？"

侍卫长硬生生道："我与褚大人俱身为圣上的臣子，圣上是君，我等是臣。"

"所以？"褚卫表情淡淡，含有几分疑惑。

见他懂却装不懂，侍卫长脸色涨红："褚大人只需记得，无论是我还是薛大人，都不会让心有恶意的人靠近圣上一步。"

褚卫的眉头瞬间皱了起来，眼中一冷，寒意如同尖冰。

褚卫看起来光风霁月，明月皎皎，实则心中晦暗，藏着大逆不道的想法。反观薛远，虽然大胆狂妄得很，但至少光明磊落，表里如一。

一说穿了他，褚卫的脸色这不就变了？

侍卫长对这样的文人印象又差了一分。

褚卫已经明白了是怎么回事，脸色正难看着，前方却突然响起一道稚嫩的童声："侄儿。"

状元郎的眉头一跳，下意识抬头看去。这才知道原来不知何时，他们竟已走

到了褚府的门前,而在褚府门口,正有一个穿着干净衣袍、举止规矩的小童,小童见到了他,矜持地笑了起来,大声道:"子护侄儿!"

褚卫半晌没有说话,圣上回头,笑意盈盈地看着他,倍觉有趣地道:"这是状元郎的长辈?"

褚府的门房见过圣上,此时被吓得站在一旁不敢乱动,忙低声提醒道:"叔少爷,这是圣上。"

小童的眼睛慢慢睁大,随即连忙跪地,给顾元白行了一个五体投地的大礼:"小童见过圣上。"

"快起,"顾元白道,"起得来吗?"

小童手脚并用地爬了起来,拘谨地两手抱在一起,目光扫过褚卫好几次,着急得想要侄儿教他怎么跟圣上说话。

这小童五六岁的模样,看起来却像是一个小大人。顾元白走了过去,撩起衣袍坐在了褚府门前的台阶上,对着愣在一旁的小童道:"你叫什么名字?"

小童肉手合在一块,又规规矩矩地弯了弯身,一板一眼道:"小童名褚议,家中父母唤小童为褚小四。"

"议哥儿,"顾元白笑了笑,特意指了指褚卫,"你唤他'侄儿'?"

"这是小童的子护侄儿,"褚小四说,"子护侄儿厉害,得了状元!"

褚卫的耳尖微不可察地一红,在圣上说了一句"确实厉害"之后,红意加深,片刻工夫,两只耳朵已经泛起了清晰可见的红意。

顾元白微微一笑:"你既是状元郎的长辈,若是状元郎犯了错,你可是要教训他?"

褚小四点了点头,表情严肃:"子护侄儿若是做错事,小童不会偏护他。书上说,子不教,父之过。"

"说对了。"顾元白苦恼道,"今日状元郎就犯了一个小错,惹得朕心情不快,身为长辈,你来说说该怎么做。"

褚小四呆住了,他看看圣上,再看看褚卫,最后还是端起了长辈架势,教训道:"子护侄儿,你怎么可以这样呢?"

褚卫不由得朝着圣上看去,圣上注意到了他的视线,含笑朝他眨了眨眼。褚卫便知道圣上只是在逗他这个四叔玩,不由得溢出笑,跟着垂下了头。

褚小四应当很少有机会用上长辈的派头,等他教训完了褚卫之后,小脸上已经兴奋得红了一片,强自压着激动,行礼回道:"圣上,小童教训完了。"

顾元白沉吟一番:"哦?那状元郎可知错了?"

· 062 ·

褚卫无奈挑唇:"臣知错了。"

"那便看在你四叔的面子上,暂且饶了你这一回,"顾元白笑着道,"莫要浪费了你小叔这份心。"

褚小四脸红得更厉害了。

田福生忍笑忍得厉害,他拿着软垫来,轻声细语道:"圣上,小的给您放个垫子,地上太凉,对您不好。"

顾元白索性起了身:"不坐了,走吧。"

褚卫刚要继续跟上去,顾元白就看了他一眼,笑着道:"既然到了褚卿的府中,褚卿便带着议哥儿回府去吧,不必再陪着朕了。"

褚卫没说话,他的小四叔跑过来抱住了他的腿,褚卫弯腰把小童抱在怀里,看着圣上,没忍住道:"圣上,瞧着这个天色,应当过一会儿就会有雨,圣上不若先在臣府中歇歇脚?"

顾元白往天边一看,泛黄的湿气浓重,带着冷意的风卷得绿树晃荡不止,确实像是将有雨的模样。

顾元白思索,但还没思索出来,便感觉脸颊一凉,伸手拂过脸侧,便蹭到了一抹水意。

干燥的地面有了点点的湿痕,开始下雨了。

雨滴一滴一滴,从疏到密地落在了棋盘上。

棋盘两侧放着糕点、茶水,还有酒壶,酒壶敞开着,里头的酒香和一旁的茶香交织,而这些东西,此时也被雨水一滴滴浸入。

石桌旁,等在这儿的薛远还在笔直地坐着。他身外披着一件黑衣,高发束起,静默得宛若一座雕像。

一滴雨水从他额前落下,再从下颌滑落。

廊道之中的小厮拿过油纸伞,匆忙就要朝院中奔来,薛远这才开了口,道:"别过来。"

小厮的脚步倏地停下:"大公子,下雨了!"

"你家爷还少淋雨了?"薛远将酒壶拿在手中,拎着壶口转了几圈,配着雨水,扬起脖子灌了几大口。

小厮急忙道:"大公子,大夫说了,你可千万不能饮酒,也不能淋了雨。"

"已经淋了,"薛远晃着酒壶,"已经喝了。"

他站起身,柔软的雨滴落在他的面容上。夏末这会儿,雨水都好像温柔了许

· 063 ·

多，但再温柔的雨水，淋在身上还是冷的。

面上惯会骗人，其实心比谁都要狠。

薛远走到了廊檐底下。

廊道之中的奴仆这时才松了一口气，拿巾帕的拿巾帕，拿姜汤的拿姜汤，唯独薛远一个人站在廊道边不动，看着雨幕从稀疏逐渐变得密集了起来。

他站得笔直，外头的袍子一披，一个人便占了一大片地。薛远的眼神好，只要稍微眯一眯眼，就能看到石桌上精心准备的糕点被雨水一点点打散。

薛远又饮了一口酒，侧头问："人呢？"

他刚问完，雨幕之中就跑进来了一个浑身湿透的人："大公子，小的看见圣上在巷头拐进褚府了。"

避暑行宫周围的这些王公大臣的府邸，都是三三两两地靠在一块儿的。褚府和薛府很有缘，一个在头，一个在尾，只是薛远刚来避暑行宫就挨了五十大板，也没怎么在府门前露过面。

这句话一说，奴仆们屏住了气，生怕薛远发脾气。但薛远倒是笑了："还真的来了。"

薛远的心情好多了，他扯唇一笑，朝着身后伸出手："把伞给老子。"

小厮将油纸伞给了他，薛远又问："鸟呢？"

另一个小厮又跑去将廊下挂着的鸟笼提了过来，鸟笼里面关着的不是稀少珍贵的名鸟，而是一身灰羽的小麻雀。

薛远提起鸟笼到面前，看着里头的小麻雀，兴致一来，轻笑着问："你说，圣上手中的玉扳指被抢走的时候，是圣上故意让你抢走的，还是你自己抢走的？"

鸟雀自然听不懂他说的话，鸟头左转右转，又去啄身上的羽毛。

薛远咧嘴一笑，打着伞拎着鸟笼悠悠走出了薛府。

◆ 第十三章 ◆

顾元白在房中看着雨幕，褚卫在一旁和着雨声奏琴。

君子六艺，礼、乐、射、御、书、数，是古代君子的必修课。顾元白是个假君子，比不上纯正古代君子纯熟。

褚卫就是一个古代君子的优秀典范。

顾元白不会古琴，但不影响他对其的欣赏。田福生泡好了一壶热茶，给他倒了一杯送来，顾元白手端着茶，品着茶香，看着外头的雨幕，精神放松，舒适得眯起了眼。

过了一会儿，褚府中有小厮跑了过来，在外头禀报道："少爷，门外有人前来拜访，来者是薛府中的大公子。"

褚卫弹琴的动作一顿，悠扬的琴声戛然而止，他抬头看着顾元白："圣上，应当是薛大人前来了。"

顾元白懒洋洋道："让他进来吧。"

过了一会儿，提着鸟笼打着伞的薛远就缓步踏入了两个人的眼中。

薛远步子很慢，雨幕将他的身影遮挡得隐隐约约。这人还是一身黑衣，顾元白坐起身，目光放在了薛远手中的鸟笼上。等薛远一走进廊道，他就问道："哪里来的鸟雀？"

薛远走近，将鸟笼放在顾元白的身前，跟着蹲下，一边打开笼子，一边随口说笑："臣说要捉只鸟给圣上看一眼，结果笼子一打开，这小东西就钻进来了。"

他的手掌伸入笼子之中，将麻雀抓在了手里："圣上瞧瞧，像不像上次叼走您玉扳指的那只鸟？"

被抓住的鸟雀半个身子露在手掌之外，顾元白眉头一挑："麻雀不都长得一样？"

他抬手去摸鸟，麻雀的羽毛色泽灰暗，不似名贵鸟类的光鲜亮丽，但摸着也很是舒服。薛远的目光落在了顾元白的大拇指上，那里戴着一个白玉扳指。

薛远嘴角扯起："圣上说得对，麻雀都一样，谁能分得清谁。"

他收回眼，看到了褚卫，于是客客气气道："褚大人，许久不见了。"

一见着他，褚卫就想到刚刚侍卫长说的那番话。他对薛远的印象实在好不起来，一见到他便打心底地厌恶，冷冷点头："薛大人。"

顾元白的指尖在抚摸鸟雀时会有几次在薛远的手上轻轻扫过，次数多了，痒得难受。薛远笑道："圣上，羽毛在这儿，您摸着臣的手了。"

顾元白收回手，不摸了，面无表情道："薛卿有心了。"

薛远笑了笑，把麻雀扔在了笼子里，放在了一旁。他缓缓站起身，然后左右看了一下，自然而然地摆出了主人家的派头："棋盘呢？"

一旁有人听了话，机灵地把棋盘搬了过来。顾元白还是面无表情地瞥了一眼："薛卿和褚卿先来一局吧。"

薛远也不失望，伸手，彬彬有礼道："褚大人请。"

褚卫和他双双落座，两个人分执黑白棋，彼此静默不语，看着好似和谐，然而棋盘上针锋相对不绝。

顾元白在旁边有一搭没一搭地看着，总算是知道为何常玉言会说薛九遥的棋路和他的像了。棋面就是个战场，考验的是人排兵布阵的能力和大局观上的整体思维。

薛远这个人装得再规矩，变得再高深莫测，他的本质还是如疯狗一般，锋芒从一开始便直指敌人命门。

顾元白看到一半，就知道褚卫输定了。

褚卫的棋路四平八稳，根基很深，下一步想了三步，他深谋远虑，又同顾元白下过棋，对这样的棋路心中有数。但有数也没办法，盘再稳，一个劲儿地躲也终究会露出破绽。

顾元白站起身，走到廊上看起了雨，听着雨声和下棋声，闭上了眼。

不知过了多久，身后一阵暖意凑近。薛远将身上的外衣披在了顾元白的身上，而后走到一旁："圣上喜欢看书，原来也喜欢看雨。"

"听着舒服，"顾元白有些疲困，"雨天适合休息。"

薛远道："困了？"

顾元白道："薛卿还是看你的鸟去吧。"

"臣带给您看的鸟就在屋里头，"薛远道，"看它做什么，连话都听不懂。"

"这话说得有意思，"顾元白道，"薛卿是想要鸟雀听懂你说的话？朕笑了。"

他额前的发上沾着些微被风吹进来的雨露，薛远的声音突然柔和了下来："圣上，外头有雨，别站那么近。"

只是他的声音沙哑，那片柔和藏在哑得含着石粒的嗓子里，就怎么也找不到了。

几乎是同时，两人背后也传来一道温声，这声音清朗而温润，好听得犹如贯珠叩玉，圆润悠扬："圣上，进来避避雨吧。"

高下立判。

薛远似有若无地笑了笑，跟在顾元白身后进了屋子。

房里待得沉闷，褚卫和薛远同在的时候，两个人竟然谁也没有说话。还好这一场雨很快便停了，前后不过半个时辰。

顾元白无意在褚卫家中多留，正要走，褚卫却想起了什么，急忙道："圣上稍等。"

他转身欲去拿东西，余光瞥到薛远，冷声改口道："薛大人同我一起去拿些给圣上暖身的衣物？"

薛远双眼一眯走上前，两人一同顺着走廊消失在路的尽头。

顾元白看着他们的背影，两个人身姿修长，俱是身子康健的好儿郎，这么一看，倒是十分养眼。

他看了一会儿就移开视线，却突然看到一旁的圆柱后探出一个小头，他笑了："议哥儿，过来。"

褚小四从柱子后走出，神情很是羞愧，攥着自己的小衣角，给圣上行礼认错："小童不是不知礼数的小童，小童是来找侄儿的。"

顾元白道："你的侄儿现在却不在这儿。"

褚小四迷茫地仰着脸："那子护侄儿呢？"

对这样乖巧听话的小孩，顾元白总有些恶趣味。

"你的侄儿啊，"顾元白装模作样地思索了一会儿，突然深意一笑，"议哥儿，朕之前吃过一道相当美味的菜肴，你应当是没有吃过。"

小童咽了下口水，规矩道："还请圣上指点。"

"把褚卫放在油锅里炸一炸，再蘸上酱料和葱花，"顾元白唇角勾起，故意压低声音，"美味极了，馋得隔壁薛远都哭了。"

褚小四被吓得脸色一白，含着泪珠抽泣："子护、子护侄子被吃了吗？"

"喀。"小孩真哭了的时候，顾元白又觉得愧疚了，摸了摸鼻子，正要开玩笑地说出真相，旁边的田福生猛地开始咳嗽。

顾元白一顿，转身回头一看，薛远和褚卫就站在不远处，两个人一个眉峰微挑，一个面色复杂，都在看着顾元白。

顾元白反问道："站在那儿干什么？还不快过来。"

褚卫一走过来，褚小四便哭着扑到了他的怀里。褚卫低声安慰着四叔，心中原本的复杂情绪慢慢转为哭笑不得。

田福生接过披风给圣上披在肩上，圣上咳了两声，褚卫带着四叔将圣上送到了府外，叔侄两人一同给圣上行礼，恭送圣上离开。

路上，薛远跟在顾元白后头，突然道："圣上，何为馋哭我？"

顾元白反将一军："你还跟着朕做什么？"

薛远的手还拎着鸟笼，闻言就停住了脚："那臣在这里恭送圣上。"

顾元白心中隐隐的烦躁涌了上来，这股烦躁莫名其妙，顾元白压着，正要大步离开，薛远就在后头哑声叫了他一句："圣上。"

顾元白脚步一停。

"圣上的玉扳指给换了,"薛远道,"不知先前那个玉扳指还在不在?"

顾元白抿直唇,没说话。

"圣上先前说要满足臣一个要求,"薛远声音低低的,"臣想想,不若就现在用了吧。

"要是圣上不喜欢那玉扳指,也请圣上别扔,赐给臣。那个玉扳指臣喜欢极了,可以留给以后的媳妇儿。"

"薛卿,天下都是朕的,"顾元白字正腔圆,声音一冷,"朕的玉扳指,即便是朕不喜欢,也得好好待在朕的私库里面生灰。"

这一句话,就如同他说的"朕的江山如画一般"。

顾元白这样的话,霸道得正合薛远心意。

一阵风吹来,发丝撩动鼻尖,顾元白低声咳嗽了起来。咳声沉闷,一下接着一下,几乎没有他平息的时间。

周围的人慌乱地叫着"圣上""巾帕",但周身没有热水,任谁慌乱也没有胆子上去扶着他,去拍一拍他的背。

薛远叹了口气,快步走上前,推开挡着路的所有人,一步步地走到了顾元白的面前,然后轻轻顺着他瘦得骨头凸出的背。

顾元白抓紧了他的衣衫,手指发白,大半重量都由薛远支撑。

薛远一边给他顺着气,一边抬头看着远处阴沉沉的天。

顾元白咳得头晕,脑子发涨。

"你身体总是这么不好。"

声音低低,像是淋了满身雨的小狗。

"但你不能因为你身体弱,"他说,"就总来欺负我。"

◆ 第十四章 ◆

顾元白知道薛远是什么意思。

因为薛远对自己确实足够忠心,所以每当他生病难受,薛远也会跟着难受。

薛远将这称为"欺负他"。

怎么听,怎么像是意味深长的一句话。

薛远在示弱，在欲擒故纵，顾元白怎么能看不出来。

顾元白烦躁，就烦躁在薛远故意为之的试探上。

每一句话、每个举止都在试探，试探了他一次又一次，是想试探他什么？是想从他的态度之中看到什么？

顾元白咳嗽得说不出来话。等他可以说出来话、有力气站直的时候，薛远就放了手，不必他说已经懂得退后。

顾元白接过手帕，冷眼看着他，心道，又来了，又开始装模作样地来试探他了。

"走吧，"顾元白拿着手帕捂住口鼻，又咳了几下，"回宫。"

薛远规规矩矩地恭送圣上离开。等圣上一行人不见了之后，他才转身，悠悠地拎着鸟笼回去。

鸟笼里的麻雀突然撞起了笼子，薛远低头一看，笑了："撞什么呢，这么想死吗？"

他瞥了瞥不远处褚府的牌匾，恍然大悟："还是说看上人家褚大人了？"

麻雀叫声越来越大，薛远打开了笼子，麻雀一飞冲天。

薛远从褚府牌匾上收回视线，哼着常玉言给他写的那首诗的小曲儿，心情愉悦。

又过了几日，孔奕林一行人终于进了京西。

大部队停留在京西之外，孔奕林以及从利州回来的监察官员们，快马加鞭地赶往避暑行宫面见皇上。

顾元白已经提前收到了消息，秦生带着东翎卫众人留守在原处看管犯人，圣上的东翎卫们打足了精神，万不能在自个儿家门口让这些犯人出了事。

等这些长途跋涉的官员来到之后，行宫之中已经备好浴汤和膳食。

孔奕林和诸位官员被领着前往泡汤。沐浴完出来后，众人皆换上了一身干净整洁的衣袍，彼此一看，对方脸上的疲惫和倦色已经不见。

都察院御史米大人左右看了一下，严正肃然的脸上也带上了笑意："诸位大人如今一看，总算是有了些精气神。"

另一位大人哈哈大笑道："得圣上厚爱，浴汤舒适，里头应当还加了提神的东西，连这衣服都合身极了。一身的疲乏都被洗去，下官现在只觉得万分舒适。"

有人冷不丁接道："就是饿了。"

众人大笑不已。

太监及时上前一步，带着他们前往用膳的地方。

米大人和孔奕林闲谈着："孔大人，你下巴上的胡子都已这么长了。"

孔奕林苦笑："在下生得高大，胡子一长便更是野蛮，只希望待会儿别惊了圣上的眼。"

"圣上怎么会在意这个？"米大人笑着抚了抚胡子，"咱们圣上啊，是最宽仁不过了。"

孔奕林笑而不语，神情之中也是认同之色。

顾元白心疼这一批官员，特地让御膳房下了大功夫，在官员们沐浴的时候，菜肴已经摆上，酒水也应有尽有。

众位臣子一看这色、香、味俱全的佳宴，都肚中轰鸣，口中津液顿生，领路的太监在一旁笑着道："圣上有言，让诸位大人先行用膳，待酒足饭饱之后，再请诸位大人一同前去议事。

"小的们就在门外恭候，若是诸位大人缺了酒水茶水，尽管叫上一声。"

太监们尽数退了出去，在门口等着吩咐。屋里没了这些宫侍，不少人都不由得松了一口气。

米大人率先入座，难得轻松道："各位大人莫要拘谨了，这是圣上待我等的一片心意，诸位举杯抬箸，尽情饱腹吧。"

洗完澡便是美食，等各位官员酒足饭饱，个个红光满面，快马赶来的劳累已经烟消云散了。

顾元白这才召见了他们。

诸位官员神采奕奕，他们朝着顾元白行了礼，都察院御史米大人朗声俯拜："臣拜见圣上！"

"快起。"顾元白笑了，连声说了几句"好"，"诸位大人此行辛苦，查出如此多的贪官污吏和鱼肉百姓的蛀虫，朕倍感欣慰。正是因为有诸位在，我大恒才能越加兴盛，百姓才能安居乐业。"

诸官连忙谦虚，米大人上前，将此行一些值得禀报的事一一说给了顾元白听。

他们每个人都上了折子，一同交予的还有地方官员的折子，这也是为了防止反腐太过，京城监察官仗势欺人，反而监守自盗。

顾元白一边看着折子，一边听着米大人的话。其实这些话都被写进了折子当中，但米大人是怕折子中写得不够详细，因此才多说了些。

等他说完了，田福生亲自奉上了一杯茶水，米大人忙道："多谢公公。"

"米大人处理得很好，"顾元白颔首赞同，"无论是对利州土匪的处置，还是对贪官污吏的处置，都合朕的心意。"

"臣惭愧。"米大人道，"圣上在反腐之前已经定下了章程，贪污了多少钱便定什么样的罪，我等只是按着圣上所定的规矩来做事。"

顾元白笑了笑，又温声同他们说了几句话，就让他们先去休息了。

孔奕林却单独留了下来。

他身材高大，以往有些佝偻的脊背经过这两个月的漫长的历练，此刻已经完全挺直了起来，更加沉稳，机锋更深："圣上，臣这儿还有一份奏折。"

田福生接过他的奏折，顾元白翻开一看，笑了："孔卿做得很好。"

在一路确定孔奕林的能力之后，顾元白便让监察处的人前去接触他。一番试探下来，孔奕林初时惊讶，但很快就镇定了下来，恭敬地接过了顾元白特加给他的任务。

孔奕林深深一拜："臣当不负使命。"

顾元白让他做了两件事情。其一是去探访一路上的民风民情，寻找当地有价值的可发展的资源；其二则是去查各地百姓隐漏户口的情况和教化程度。

一百万人之中，识字的也不过是几万之数。孔奕林这一查，就发现了一些偏僻的地方，几十年从未出过什么读书人。

每次朝廷有什么政令或者好的政策下发时，因为道路不通和消息闭塞，这些偏僻的地方也从来接收不到朝廷的信息。

而人数，更是发现了不少隐瞒漏户之事。

荆湖南和江南被顾元白握在手里之后，他就立即下发了命令，让各府、州、县、乡、镇整理户籍和赋役。有些地方遭受了兵灾和反叛军的掠夺，顾元白也免了损失严重地方的两年税收。

整理户籍一事，需要官吏亲自上门，挨家挨户地去统计人数和查看百姓的样貌和年龄，看是否能和官府中记录在册的信息对上。

这项工程浩大，进度推进缓慢，但只要统计出这两地大概的遗漏人数，便大致可知全国了。

顾元白也想趁着反腐的热度，将统计户籍和赋役的事情提上来。

圣上缓慢翻着奏折，嘴中随意道："孔卿应当知道了，朕在暗处还有一个监察处存在。"

孔奕林精神一振，敛声屏息，深深一拜："臣确实知晓了。"

孔奕林看着沉稳，但天性剑走偏锋，在知晓监察处的存在后，对顾元白几乎

叹服了。

在大权旁落、奸臣当道的时候，还能建成这样的一个组织，皇帝的心性和脾性，是何其厉害。

所以在了解了监察处的作用和意义时，孔奕林几乎没有多想就接下了圣上的密旨。监察处是暗中的一把刀，而这种隐藏在黑暗之中的感觉，对孔奕林有莫大的吸引力。

顾元白笑了笑，将看完的折子放在了桌上，端起茶杯，什么都不说，悠悠喝起了茶。

半晌之后，孔奕林苦笑，率先落败，又行了一礼："臣不知有没有这个能力，可以进圣上的监察处？"

"孔卿当真要进去吗？"顾元白忽地严肃了面容，坐直身，双目有神地看着孔奕林，"孔卿有大才，于治国一道上颇有看法。若你进了监察处，即便是为朕立了功，这些事情也不为旁人所知了。"

孔奕林笑了笑："臣身有官职，愿为圣上分忧。"

顾元白笑了，又轻描淡写道："那若是朕想要攻打西尚呢？"

孔奕林凝神，仔细思索了一番，打好腹稿之后，脱口而出的竟是西尚的地势。

哪方水泽多，哪方林中瘴气深，哪里的栈道年久失修……孔奕林将自己前往西尚时的所见所闻一一说出，最后说得口干舌燥才停下："圣上，臣见识浅薄，只知晓这些了。"

顾元白沉吟片刻："赐茶。"

孔奕林接过茶水，却不急着喝，而是微微一笑，诚恳道："圣上，将我养大的是大恒的水土，让我得到功名的是大恒的学识，而赋予我如今一切的，是圣上您。"

"若我有一天在大恒与西尚的战争之中偏向西尚，"孔奕林的双眼微微失神，"那必定是大恒再也没有臣的容身之处了。"

因为大恒的皇帝有着一颗极其开明宽仁的心，所以孔奕林才敢说这些话。

只是伴君如伴虎，孔奕林这句话也带着赌的成分，他连赌都是沉稳地在赌，而他赌赢了。

顾元白让他退下去好好休息，临下去前，不忘叮嘱："孔卿刚刚所说的关于西尚的那番话，十日后给朕递上一篇策论来。"

孔奕林应"是"，悄声退下。

第二天一早，上朝的时候，顾元白宣布了接下来要重新统计户籍和整理赋役的事情。

这一事的烦琐细致程度堪称让人头大，早朝整整上了两个时辰，等众位大臣都饥肠辘辘后，才大致讨论出一个具体的流程。

下朝之后，威严的圣上还穿着朝服，但脸色已经发白。

侍卫长背着圣上来到桌旁，桌上的膳食刚刚呈上，还冒着热气。宫女太监们上前，井井有条地脱去圣上身上穿戴的衣物和配件。

所有的东西都拆去之后，顾元白撑着自己，十几次深呼吸之后，眼前才不是一片黑。

御医来得匆匆，五六个人站在一旁，顾元白偏头看了他们一眼，头上已经满是虚汗，虚弱地伸出手，放在桌子上给他们把脉。

这些御医，每一个人都对圣上的身体情况熟稔于心，仔细地观察着圣上的面色，又让圣上伸出舌尖，细细询问田福生圣上今日的症状，不敢放过一丝半点的原因。

累着了，饿着了，热着了。

不外乎这几种。

顾元白每一步都配合，哪怕有五六个御医需要一一上前重新诊治，他也配合极了。

御医们凑在一旁商讨，顾元白呼吸有些粗重，田福生给圣上盛了一碗白粥："圣上，还需加些小料吗？"

"不。"顾元白道，"就这样。"

勉强用完了一碗粥后，胃部终于舒服了一些。御医们也商讨出来了方法，将药方给了田福生之后，忧心忡忡道："圣上，您所服用的药方，需要换几味补药了。"

顾元白举起一勺粥，面不改色道："换吧。"

"还是同以往一样，将药方递去太医院，让每个御医看完之后签署姓名，"顾元白道，"九成以上的赞同，那便换吧，不必来告知朕了。"

御医们欲言又止："是。还请圣上保重龙体，切勿疲劳，切勿疲劳。"

"去吧。"顾元白道。

等御医们离开之后，顾元白默不作声，继续喝着白粥。

宫殿中一片阒然。

"宛太妃的身体怎么样了？"顾元白打破寂静，突然问。

田福生小心翼翼地道："回圣上，宛太妃因为这几日天气转冷，已经许多日没有出过宫门了。但太妃身边的宫侍说过，太妃这几日的胃口尚且不错。"

顾元白松了口气："不错便好。"

他有些出神。

圣上身形修长，却有些单薄，衣服层层叠叠，才能显出些许的健康。

只是这健康终究都是显出来的。

田福生一时有些鼻酸："圣上，您可千万要保重身体。"

顾元白笑了："那是自然了。"

顾元白没有精力再去处理政务了，他躺回床上休息。外头的人守在殿外，张绪侍卫长担忧不已："田总管，圣上这身子……"

田福生叹了口气，侍卫长不说话了。

"圣上在啊，就是镇住所有人的一座山。"过了一会儿，田福生小声道，"只要圣上在这儿，大恒朝里就没人敢做出格的事。"

侍卫长道："是。"

"不止，"田福生笑呵呵道，"外头的那些小国小地，只要圣上还在，他们胆子再大也不敢踏过来一步。长城外头的人天天想着咱们的粮食和好东西，他们被长城拦下来了，也得被咱们圣上拦下来。咱们薛将军不是去打游牧人了吗？等薛将军狠狠打回去了，他们才能知道厉害。"

侍卫长不由得笑了起来，但这些话不用多说，他们都知道。

对他们来说，只要圣上还在，大恒就能河清海晏。

但也是因为如此，圣上的身体，才让他们倍感忧心。

◇◆ 第十五章 ◆◇

这一批监察官员在行宫之内休息了两日便请辞离开。

顾元白允了，嘱咐他们尽快将犯人带到大理寺判刑，万寿节前后数日不理刑诉，要趁现在就将这些事情给忙碌完。

这些土匪都是苦力。健壮的男人们分为三批，一批留在利州，为利州人民出力；一批长途跋涉运往京城，用来威慑和宣扬国威，也做开垦京西荒地的苦力；还有一批运往幽州，幽州很缺少这些劳动力。

处理好这些琐事，时间都已到了九月初。从四月到九月，五个月已经过去了。

时间真的是如眨眼一般迅速，等农田里的粮食开始熟了，棉花也快要到采摘的时间时，顾元白决定从避暑行宫搬回京城了。

他今年搬来得晚，七月半才来到避暑行宫，还未曾待上多久，转眼就入了秋。

顾元白知晓整个京城都在忙着万寿节，他如今回去坐镇，也好使得这些人莫要铺张浪费。

说做就做，皇帝一声令下，行宫之中开始忙碌，转眼就到了离开避暑行宫当日。

长队蜿蜒，圣上的马车被层层护在中央，顾元白朝着行宫门前的宛太妃深深行了一礼，哑声道："还请您多多爱护身体。"

宛太妃在避暑行宫中住得舒服，不愿意再舟车劳顿回京西了，也没有体力回去了。宛太妃心中有隐隐的预感，她朝着顾元白笑笑，上前一步握住了皇帝的手，轻轻拍了拍，殷殷叮嘱道："你才是，吃饭时总想着急事，万事再急，急不过用膳和休息。"

顾元白再行了礼："是。"

宛太妃还不放心："我听说你前几日上早朝的时候，统共在朝堂上待了约莫两个时辰。元白，下次不可再这样，这样损耗的岂不是自己的身体？"

顾元白微微笑了："儿子晓得了。"

宛太妃笑了笑，眼眶有些微微酸涩，她眨去这些酸涩，佯装无事道："快过去吧，百官都在等着你呢。"

顾元白再三被催促，才转身带着百官离开，他走了数步，终究还是没忍住回头看了一眼。宛太妃神情认真，正在看着他离开的背影。

顾元白脚步一顿，随后更大步地迈了出去。

宛太妃没忍住上前两步，而后停住，叹了口气。

她将皇帝看若亲生，怎么也不愿意顾元白每日这么疲惫。皇帝身体不好，其实这样的身体最适合无忧无虑的富养。

但身为先帝的亲子，又怎能不坐上高位呢？

顾元白也坐得很好，坐得比先帝还好，先帝若是知道了，应当也会快慰地大呼"我儿厉害"。宛太妃是个妇道人家，什么都不懂，但她晓得皇帝的威严越发大了，在宫中也开始说一不二了。

她的儿子正在往这厉害的皇帝上靠拢。她就算私心不愿他这么疲惫，也得为他骄傲。

宛太妃擦拭眼角，恍惚之间，竟觉得顾元白脚下踏的是一片锦绣河山了。

薛远的伤一直养到了九月初，总算是养好了一些，他从一早就等在马车旁，等着见顾元白一面。

不知过了多久，身旁一阵风袭过。顾元白从他面前匆匆而过，掀开帘子就钻了进去，片刻后，里头传来了一道闷声："启程。"

骏马扬起蹄子。薛远有些失神，转头朝着马车里看了一眼，刚刚匆匆一眼，小皇帝眼睛好像红了。

怎么回事？薛远压低眉。

回程车队一直到了午时才停下休息。

田福生进了马车给顾元白布膳，顾元白没有胃口，但强撑着吃了几口，觉得饱了，实在吃不下，就让他下去了。

田福生愁着脸走出了马车，跟周边的人道："圣上不开心。"

"约莫是为了宛太妃。"侍卫长叹了一口气，"宛太妃留在这里，相距京城要数日时间。快马加鞭两日可以到，但圣上的身体……若是以后圣上要看一眼宛太妃，怕是一来一回，就得十五日的时间。"

御前侍卫们叹了口气。圣上怎么不饿呢？他们肚子都饿得乱叫了。

但让他们再去劝皇帝？他们不敢。圣上吃不进饭，这哪里是劝一劝的事。

侍卫长心中忧虑，但还是按着平日里分批吃饭的方式，让一群人先去吃饭。他特地记着身上还有伤的薛大人："薛大人容易饿，不如先去吃饭？"

薛大人眉眼沉着，心道"老子怎么容易饿了"，但看在侍卫长蠢的分上，他开了尊口："最后吃。"

他心情显而易见地不好，语气之中隐隐恢复了从前还未前往荆湖南时的恶劣。侍卫长赶紧远离，纳闷极了。

来回路上，顾元白一般会给士兵们充足的休息吃饭时间。

不远处，三三两两的士兵围在一起吃着饭，除分发下去的粮食和咸菜酱料之外，还有厨子正在熬着肉汤。这大锅的肉汤只要香料放足了，香味就能飘出十里，跟皇家御膳相比，虽然不精细，但分量足够多。

士兵们分批排着队拿着自己的碗筷去等肉汤，时不时就能听到前头有人大声道："给我来勺肉最多的汤。"

后头的人哄然大笑，骂道："大家伙儿都记着啊！他碗里肉最多，一会儿吃完了自己的，就去抢他碗里的肉！"

"给他留下清汤寡水！"

"哈哈哈。"

这肉汤的香味一路飘到了马车里。顾元白撩起车帘一看，瞧着远处士兵们打打闹闹，他看了一会儿，也跟着钻出了马车。

外头等着下一批去吃饭的侍卫们倏地站直，惊讶："圣上？"

顾元白将袍袖挽起，往大锅饭那边扬了扬下巴："给朕端一碗肉汤去。"

一个侍卫往肉汤处跑去，顾元白左右看看，找块平缓的岩石坐下。

跑过去打汤的侍卫径直跑到最前头，后面排队的士兵有人大声道："圣上说了，吃饭领赏银都要次列整齐，谁也不能无视军规，你怎么就直接跑过去了？"

侍卫也大声回道："诸位兄弟担待一下，我要为圣上打份肉汤。"

后头杂声顿起的士兵顿时不说话了，生怕耽误了人家时间。前头正轮到打汤的士兵连忙护着碗，挡住厨子递过来的勺子，忙道："先给圣上盛。我不要肉，我的肉都可以给圣上。"

"肉管够。"厨子要给他盛，但见他头摇得都要掉了，也不强求，转而问御前侍卫："圣上的碗筷可拿来了？"

御前侍卫一愣："我给忘了。"

厨子赶紧蹲下身翻找着碗筷，半晌才找出一个完完整整没有脱色和裂口的碗，在清水之中清洗了数遍，才慎之又慎地盛出一碗肉汤，双手端至侍卫的手中。

侍卫很快就来到了顾元白的面前，肉香味也随之而来。顾元白低头一看，碗中水为清汤，夹杂着用来去腥的姜片和花椒。顾元白尝了一口，盐味足够，应当也加了些微的醋，料味充足。

"不错。"顾元白道，"去拿个大饼来。"

侍卫一愣，随即又跑了过去。

烧饼是行军中的主粮，大恒开垦的农田较之前朝多了许多，百姓的粮食多了起来，一日两餐也变为了一日三餐。粮食足了，吃食的花样跟着丰富起来，大恒时的烧饼、馒头，技术已经趋于成熟，并且花样繁多。

军中需要的米面分量奇多，顾元白得知道他费的一番心，到底有没有用到士兵们的身上。

圣上坐在岩石上，低头淡淡喝着碗里的肉汤，他的动作大马金刀，举止之间

干净利落。薛远看了他一眼又一眼，军中很多壮汉做出这样的动作都是粗鲁太过，明明小皇帝身体不好，但偏偏就潇洒极了。

侍卫拿来了军中制作的大饼，顾元白将碗筷放在身旁，撕开大饼，看了看里头的色泽，再拿起一块放在嘴里尝了一尝，稍有些硬，很难咽下去。

他又撕了块饼泡在肉汤里，这样吃就容易多了。顾元白想方设法地去给军部提高口粮供应水平，去给他们搞到足够的盐块和荤腥，还好这些东西经过严密的审查，都落实到了基层之中。

他面上流露出几分满意，但本身不饿，胃口已足，吃不下这些东西了。时时刻刻看着他的薛远出声："圣上，吃不下了？"

顾元白点了点头，道："饱了。"

薛远道："给臣吧。"

他自个儿过来拿起了碗筷和大饼，没有一点儿不自在，当着众人视线，将大饼泡在了肉汤里，大饼吸足了水，筷子一伸，这些肉和饼就被他扒进了肚子里。

汤水逐渐稀少，一会儿的工夫薛远就吃完了一碗肉汤和大饼，他面不改色，端着碗筷往长队后面走去，准备再来一碗。

顾元白只觉得自己喘了几口气的工夫，他就跑远了。顾元白沉默一会儿，转身看向侍卫长："你们还未吃饭？"

侍卫长羞赧道："还未曾用膳。"

顾元白朝着薛远扬了扬下巴，一言难尽道："他平日里也是这般吃法？"

真是半大小子吃死老子。这样看，他在边关饿的那会儿，得饿成什么样了。

侍卫长想了想："薛大人似乎极其耐不得饿，有时看着圣上用膳，薛大人也会饿得直咽口水。"

顾元白若有所思，怪不得有那么几次，他用膳时能察觉到薛远好似能烧起火的目光。

午膳结束后，顾元白又回了马车内。

下午时分起了风，马车颠簸，顾元白被颠得难受，等到田福生送上晚膳时，他当真想撑起来用一些，但身体不争气，一点也没有胃口，还有些反胃。

"不吃了，"顾元白闷声，"饿了再说。"

圣上午膳和晚膳统共就吃了几口，田福生发愁。他从马车出来，踌躇了一下，还是去找上了薛远："薛大人，你可有办法让圣上用上几口饭？"

薛远其实心里已经急得不行了，还在嘴硬："田总管，臣也不知道可不可行，但要是可行了，没准儿臣又得挨一次板子。"

薛都虞候身上的伤处还没好，大家都知道。田福生苦着脸想了想，咬咬牙："要是薛大人真的因此而受了罚，小的和其他大人一定竭力给薛大人求情。"

话音未落，薛远已经从他手上夺过了食盒，一跃飞上了马车。

帘子飞起落下，顾元白还没看清进来的是谁，薛远已经凑到了他的跟前。

薛远瞧见他的模样就脸色一沉，皱眉沉声："不想吃饭，是胃不舒服？"

顾元白难受道："下去。"

薛远一笑，俯身而来。他的身形实在高大，阴影彻底笼罩住了顾元白。

顾元白没吃饭，有些乏力。他积攒了点力气，一脚踹上了薛远的大腿，声音压着，饱含怒气："薛远，你真的是想死吗？！朕让你下去！"

"你平日里说什么我都是'好'，都可以听你的，"薛远低眉顺眼，动作却不似表情那般温顺，锁住小皇帝的手脚之后，才单手将食盒拿了过来，"但这会儿不行。"

盒盖被扔在了一边，薛远将饭菜一一搬到了桌上，揉着顾元白的胃，知道人心情不好的时候不想吃饭，不想吃饭的时候硬逼不行。

顾元白怒火还没发出来，结果被这么一揉，反胃的感觉退下，竟然还有些舒服。他哑了火，最后找了个舒服的姿势，闭上眼，哑声道："再往上一点。"

此时顾元白吃饭才是最重要的事。薛远重点揉了一会儿胃，觉得差不多了，移开了手，然后弯腰低身，把耳朵贴近顾元白的肚子，一听，不错，开始"咕噜噜"地叫了。

顾元白自己也听见了肚子里头的声音，睁开眼，却见薛远正趴在他肚子上听着响动。

顾元白脸色微微狰狞："薛远？"

薛远收起脸上的表情，面不改色地直起身，端起一碗粥给他喂着饭。

说是粥，其实已经稠如米饭。里头加了精心制作的肉条和蔬菜，每一样都最大限度为了给顾元白开胃。

顾元白勉强尝了一口，生怕自己会吐出来。

薛远掌心就放在他嘴边，眼睛一眨也不眨："能吃下去吗？"

先前的难受在这会儿竟然好了许多，顾元白将粥咽了下去，哑声道："继续。"

薛远忙得很，既要给他喂饭，又要给他暖胃。顾元白很少有这么乖的时候，等喂完饭后，薛远都有些舍不得放下手。

顾元白吃了半份粥，胃里稍稍有了些东西后，就不再吃了。

薛远收拾着东西，顾元白好受了之后，又成了那个高高在上的帝王，一边抽出一本奏折看，一边漫不经心道："滚下去。"

薛远滚下了马车，临走之前突然回头，若有若无地笑了一下，低声道："圣上，您饿肚子的声音都比寻常人的好听多了。"

"啪"的一声，奏折砸落在薛远及时关上的木门上面。

薛远无声地笑了几下，摸了摸腰间的佩刀，大步跃下了马车。

车队走走停停，八日后到了京城。

进入京城之中，顾元白一路看去，无奈地发现，京城的主要道路已经被匠人用彩画和鲜亮的布匹装饰得绚丽多姿。路边聚集的三三两两的书生不时皱眉沉思，吟出来的诗句正是祝贺圣上寿辰的。

处处歌舞升平，是一派盛世的景象。

避暑行宫长长的车队在皇城门前停下，百官从马车中走出，站在各自的马车旁，齐声朝着顾元白行了礼。顾元白每说一句话，都有太监挨个儿传到后方之中，等到最后下了散去的命令后，百官齐齐应"是"，就此一一散开回府。

褚卫跟着父亲引着马车离开，未走几步，就听到守卫士兵外头响起了一道耳熟的声音："褚子护。"

褚卫回头，正是自己的同窗，他笑了笑："你竟然在这儿。"

守卫士兵将同窗拦在路旁，褚卫走出这一片地方之后，同窗才与他走在了一起。

同窗往后头看了一眼，反手打开折扇，打趣道："当初不屑世俗的褚子护，如今也摇身一变，从状元郎变身大官员了。"

褚卫遥想从前，却有些啼笑皆非，无奈笑着道："以往是我浅薄了。"

同窗惊讶，收起折扇上上下下地打量他："你当真是褚卫褚子护？"

褚卫敛容，冷冰冰地道："你来找我是想做甚？"

同窗松了一口气，喃喃道："这才是我认识的褚子护。"

褚卫转身就要走，同窗连忙跟上。褚府的车夫见自家少爷有友人相伴之后，便带着老爷夫人先行回府了。

京城的道路上人声鼎沸，匠人在做着彩画，身旁有百姓在看热闹，偶尔跑过去递上几碗水，再赞叹地看着彩画。

经过一个个满脸乐呵的匠人，又见到了几个正在作诗的读书人。这些人正在谈论着今日的《大恒国报》，今日《大恒国报》的最上头，刊登了一则地方上为圣上生辰做准备的文章。

"他们那些地方豪强也不知在做什么，"其中一个读书人不悦的声音传来，"搞出那么大的阵仗，是想要压过我们京城吗？"

"《大恒国报》有言，淮南一处地方，百姓自发准备了一千盏孔明灯，"另一个书生苦笑道，"豪强们听闻，立刻补上剩余的九千盏灯，取的正是'万岁'之意。"

"有了《大恒国报》，方知世间之大，"读书人叹息，又振奋起来，"这些地方想抢走我们的风头，也得看我们同不同意。"

褚卫和同窗对视一眼，忍俊不禁。他们从读书人身边走过，前方几个小童举着糖葫芦热闹地跑来跑去，此情此景，同窗突然叹了口气。

"我才是浅薄。"同窗寂寥道，"明明最好的大恒就在眼前，最好的君主就等着我效力，我却瞎了一般，只被大恒之内的不安定迷了眼。"

同窗苦笑："我所担忧的大患，甚至在我对其还了解得不清不楚时，已经被朝廷解决了。"

褚卫勾唇，笑了。

前些时日数月的忙碌，他自然知晓朝廷做了多少事，但同窗不是官身，自然稀里糊涂了。他的目光在周围掠过，看着这安定的百姓生活，心中感慨良多。正在这时，同窗说话了。

"我也想做官了。"他字正腔圆道。

第四卷 边关机遇

◆ 第十六章 ◆

同窗说完了这句话，不由得笑了："我先前还笑你去考了科举，如今我也要开始这般了。只希望不要丢了人，你是状元，我不同你比，莫要只同进士出身就好。"

褚卫轻轻一笑："你不会。"

同窗哈哈大笑："承状元郎吉言！"

两个人走过状元楼底下，同窗偶然之间抬起了头，瞥过状元楼的窗口时，想起了什么，指着那窗口道："我还记得之前与你同游时，就在这窗口见到一个唇红齿白的美男子，你道红颜枯骨，皮囊只是一具皮囊，你可还记得？"

唇红齿白？褚卫抬头往那窗口上看一眼，想起了圣上，不由得有些忍笑，神色之间有了几分柔和："我自然记得。"

话音未落，街头就响起了一阵喧嚣。两个人回身看去，只见一队人马横冲直撞地进了闹市，他们身着金花长袍，腰带前有垂绅及地，这群人的神情骄妄，身材高大而五官深邃，正是一队异国之人。

闹市之中的百姓和商户慌忙逃闪，摊贩的货物匆忙之中被撞倒在地，先前安宁的一幕被这一行人打得稀碎。褚卫容颜一冷，没有犹豫，大步走上前呵斥："我大恒律法上写得明明白白，纵马闹事乃不可为之事，你们是哪里来的使者，竟如此嚣张大胆！"

这一队异国人勒住了马，低头一看褚卫，旁若无人地用他们的语言说了几句话，随即哈哈大笑了起来。

同窗跟着上前，面上带笑，眼里不悦："诸位来我大恒，还嘲笑我大恒官员，这未免有些不好吧？"

这一队人马停住了笑，彼此对视一眼。片刻后，他们身后慢悠悠地走出了一个人。这人头戴毡帽，相貌年轻而面如冠玉，微鬈的黑发披散在毡帽之下，看着褚卫的眼神带着几分傲气和兴味。

"大恒的官员都是这个样子吗？"男子上上下下地打量着褚卫，挑唇，"都是这般比女人好看的吗？"

褚卫神色一沉，俊美如珠玉的脸上阴沉一片。

异国人大笑了几声，还想再多说些话，巡逻的大恒士兵们就已经赶到了这条街，他们举着刀枪盾牌将这些骑兵齐齐包围，领头的人脸色凝重，不怎么好看："西尚的使者请先前往鸣声驿，之后会有我朝官员前去同你们算一算纵马游街的事。"

这批西尚人见到这些全副武装的步兵，嚣张的神情才收敛了一些，他们看向了最前头的男子，男子正要说话，巡逻士兵的领头人就强硬道："请。"

西尚人被强行请下了马，褚卫脸上的阴沉稍稍散去，和同窗冷冷地看着他们。

先前同他说话的男子兴致还不减，指着褚卫问着巡逻士兵道："这个人是谁？"

巡逻士兵的领头人朝褚卫看来，不回他的话，而是点了点头道："褚大人，此地有我等在，您自行随意就可。"

褚卫同他点点头，手背的青筋已经暴出，同窗低声："瞧这衣着模样，应当是西尚的贵族。子护，莫要冲动，我等先行离开。"

褚卫忍着，道："走吧。"

第二日一早，西尚使者纵马游街一事就被呈上了顾元白的桌头。

这事瞧着可真是眼熟，要是没记错，薛远也曾经因为这样的事情在顾元白这里留下过名字。顾元白面无表情，沉声敲着桌子："西尚使者既然来了大恒，那就按大恒的律法处理。他们要是不满，就让他们的皇帝亲自给我上书来表达不满。"

"是。"京城府尹道，"圣上，此次来京的西尚使者之中还有一位西尚的皇子。"

"皇子李昂顺，"顾元白将奏折扔在了桌子上，冷哼一声，"看好他。"

京城府尹应"是"，行礼退下。

顾元白的生辰在九月底，九月中的时候，大理寺就停止接受刑诉了。顾元白在大理寺停止工作之前，特意抽出了时间去查探大理寺这一段时间中处理的案子。等从大理寺出来之后，时辰还早，马车慢悠悠地往皇宫走去。

途经一座茶楼时，顾元白从马车外听到了一道熟悉的声音："阁下是想要做什么？"

这声音很冷、很冰，如同结了冰。接着，另一道含着些异族腔调的声音响起："想同大恒的官员说说话。"

顾元白眉头一皱，半掀起车帘，往外头一看。张氏书铺的门前，一身西尚服装的男子正挡在褚卫的面前。

褚卫的脸色很不好看，指甲在掌心之中掐出多道印，但他还是强忍着怒火。

两国建交，身为朝廷官员，自然不能意气用事。他生硬地道："恕不奉陪。"

李昂顺面如冠玉，五官深邃而鼻梁高挺，俊秀非常，行为动作却很是野蛮。他见着褚卫要走，便又往旁边落了一步，饶有兴致道："你们大恒待客之道便是这样的失礼吗？"

究竟是谁失礼，褚卫太阳穴一鼓一鼓的，他生平最厌恶的便是这样的男子。被纠缠这几下，他此时几乎要维持不住表面上的礼节。

正在这时，街旁驶过来一辆低调的马车，车窗的帘子微微掀起，有道声音响起："褚大人，过来。"

褚卫神色一瞬愣怔，回头看着马车才回过神来，表情一松，又有些懊恼，快步走上前低声行礼："圣上。"

后方作势要跟上褚卫的西尚皇子被侍卫们拦下，车窗帘子往上轻轻挑了一下，圣上紧抿着怒火的唇就露了出来，褚卫看了一眼，先前被圣上看到这一幕而生出的隐隐阴郁慢慢散了开来。

"西尚皇子好大胆子，"圣上喜怒不测，语气沉得逼人，"在我大恒朝的土地上，在我天子脚下，来欺辱我大恒的官员。"

他字字念得缓长，唇角抿直，只看这唇就觉得冷酷无比。

西尚皇子被拦在远处，直觉此人不可招惹，他弯腰低身，想要从车窗窥得此人全部容颜，然而只有瘦弱而紧绷的下颌和淡色的唇。西尚皇子问道："敢问阁下是？"

车中的人勾出一抹冷笑，继续说道："我大恒衣冠上国，礼仪之邦。西尚使者既然入了大恒，也要学学我大恒的规矩。既然如此不知礼，那便在鸣声驿里好好待着，什么时候学好了礼，什么时候再出来。"

因为国库充足，粮草满仓，军队士兵健壮而有力，顾元白的底气十足，对着这些年因为奢靡而逐渐走下坡路的西尚，他可以直接摆出大哥的架势。

拦住西尚皇子的侍卫沉声道："阁下请吧。"

西尚皇子眼睁睁地看着褚卫上了马车，马匹蹄子扬起，上好的骏马便迈着慢腾腾的步子，在众多侍卫的护卫之下离开了。

西尚皇子脸色沉着，倍觉耻辱，暗中给人群之中的自己人使了个眼色。

自己人点点头，机灵地跟着马车离去。

马车之上，光线昏暗。

褚卫坐在一旁，低垂着头，一言不发，看着很是低沉压抑的模样。

顾元白神色也不是很好看，他看着褚卫这样，叹了口气，低声安抚道："褚卿可还好？"

褚卫低声道："臣给圣上添乱了。"

顾元白冷哼一声，温声道："怎么能算是你添乱？那些西尚人都是些五马六猴，桀骜不驯。在大恒的土地上还不知收敛，分明是不把大恒放在眼里。"

他说着这些话，眼中神色转深。也正是因为如此，他才说大恒需要一场大胜，用大胜去给予国内外一次示威。

让西尚人知道，在这片土地上，大恒以往是大哥，现在也照样是他们的大哥，并且大哥性子变了，不会再纵容小弟撒野打滚了。

褚卫还要再说话，外头突然有马匹声靠近，听不清楚的低声私语响起。顾元白掀起帘子一看，却正对上了薛远弯腰下探的脸。

薛远似乎没有想到顾元白会掀起帘子，他的眼中闪过几分惊讶，剑眉入鬓，邪肆飞扬，呼吸都要冲到顾元白的脸上去了。等回过神后，就是一笑，热气混着笑意而来。

顾元白在他身上看了一眼，目光在薛远胯下的马匹上看了好几圈："红云怎么在你这儿？"

薛远还弯着腰，一手拉着缰绳，一手压着马车的顶部稳住身子，朝着顾元白笑了笑："您再看看？"

顾元白低头，细细打量着马匹，这才发现这匹马蹄子上方有一圈深色毛发，宛若戴着一圈黑色的圈绳。这马矫健桀骜，正目露凶光地紧盯着顾元白不放。

马车还在缓步前行，薛远身下的这匹马也被压到了极慢的速度。马匹不满地嘶叫了一声，被薛远毫不留情地教训了一顿。

"又来一匹。"顾元白现在见到这种好马，就跟在现实世界见到好车一般移不开眼，"怎么弄来的？"

"京城之中前来为圣上庆贺的外族人逐渐多起来了，"薛远慢悠悠道，"臣拿着三匹良马和两匹小狼才换来了这匹马。"

见顾元白还在看着胯下骏马，薛远就跟说着一个秘密似的低声道："圣上，您猜这匹马是公的还是母的？"

公马要比母马更加高大威猛、力量强悍，顾元白只看一眼就知道是公马，毫不客气道："别管是公的还是母的，这匹马被朕看中了。"

薛远没忍住笑，装模作样地苦恼道："可臣被和亲王请去府中一坐，没马的话只怕是赶不及了。"

"和亲王请你去府中一坐？"顾元白皱眉。

"是。"薛远挺直了背，侧头瞥了顾元白一眼，突然皱眉道，"圣上的唇色怎么红了些？是茶水烫了，还是被旁人气着了？"

顾元白一愣，不由得伸出手碰了碰唇。

薛远转移了视线，与另一头的侍卫长对上了眼。

侍卫长着急，无声地张大了嘴："薛侍卫，注意褚大人。"

薛远看出了他的口型，眉峰一挑，面不改色地点了点头。侍卫长松了一口气，表情隐隐欣慰。

顾元白收回了手，继续问着先前的事："和亲王是何时邀你前去王府一坐的？"

"正是从避暑行宫回到京城那日。"薛远眼睛微微眯起，斯文一笑，"和亲王派人来请臣一叙，臣自然不知为何，但王爷有令，不敢不听。"

说完后，薛远自己想了想，觉得这话不行，于是悠悠改口道："臣是倍感荣幸，才觉得不去不行。"

"巧了，"顾元白沉吟片刻，突然笑了起来，"朕也许久未去看和亲王了，如今好不容易出来一趟，既然如此，那就一道去看看吧。"

和亲王和薛远。

他们能扯上什么关系呢？

◆ 第十七章 ◆

马车停下来之后，身后暗中跟着的西尚人记住了府门牌匾上的"和亲王府"四个字后，转身快步离去。

和亲王在府中已经等薛远有一会儿的工夫了。

和亲王查完薛远后，便查出了薛远好几次往宫中送礼的事情。他知道这件事时，便眉间一拢，神色阴郁。

带着这样的想法去看，看谁都觉得对顾元白的心思不干净。

然而和亲王没有料到，和薛远一同前来的竟然还有圣上。被门房通报后，和亲王匆匆前往府门，心中越来越沉，甚至已经开始想，这难道是顾敛故意来给薛远撑腰吗？

是为了不让他责罚薛远吗？

和亲王走到府门前时，心中阴暗的想法已经沉到深渊底。若是薛远当真忠于顾元白，那么无论如何，无论付出什么样的代价，和亲王都要杀了薛远。

顾元白不能倒下。

但他在府前一抬头，就见到顾元白从马车上走了下来，见到了他后微微一笑，道了一句："和亲王。"

和亲王呼吸一窒，过了一会儿，才低着头："臣见过圣上。"

"一家人何须多礼。"顾元白走近，亲自扶起了和亲王，笑了笑，"上次来到和亲王府时还是兄长病重那日，时光匆匆而逝，今儿都快入秋了。"

"是。"

"我记得和亲王府中种了不少夏菊，"顾元白自然而然道，"夏菊在九月还会开上最后一次，不知如今开了没？"

和亲王顺着他的力度起身，反手握住了顾元白的手腕，又在顾元白疑惑的眼中好似被火烫了一般松开。他移开眼睛，看着圣上的衣裳，能看出一朵花儿来："府中花草都由王妃打理，王妃似曾说过，应当前两日已经开了。"

顾元白赞道："王妃温良贤淑，兄长得此贤妻，可要好好相待。"

和亲王缓缓点了点头："不用圣上多说，臣自然知道该如何做。"

顾元白便不多说了，由和亲王在前头带路。臣子们跟在圣上与和亲王之后，和亲王落后圣上半步，在行走之间，和亲王低头看着顾元白的袍脚。顾元白随口问道："兄长还与薛卿相识吗？"

和亲王握紧了手，不急不缓道："臣听说薛大人曾在边关待过数年，我驻守地方时从未见过边关风景，便想邀薛大人上门一叙。"

"那你找对人了，"顾元白笑了，"你们二人都曾征战沙场，也算是聊得来。"

和亲王心中突生烦躁，沉沉地应了一声。

和亲王府专门有一片地方种植了许多的夏菊。过了圆洞门后，入眼的便是绚丽多姿的众多夏菊。这些有着细长花瓣的大花舒展着枝叶，淡香扑鼻而来。

顾元白只觉眼前一亮，看清了景色之后，不由得回头打趣和亲王："你平日里看起来古板，没想到堂堂和亲王，原来在府中深藏了娇花。"

和亲王道："随它开的野花罢了。"

顾元白笑了几声，找了处地方坐下，点了点对面的石凳，对和亲王道："坐。"

和亲王坐下，后头有人上了茶。顾元白将茶杯拿在手中，却并没有饮用，而是悠悠道："和亲王，朕问你，你是不是想要回到军中了？"

和亲王倏地抬头看他，哑口无言。

顾元白看着和亲王的眼中很是平静，他用杯盖拂过茶叶，缓声道："自从那日暴雨，我与你说了那些话之后，你就变得有些不对了。"

和亲王的身子微不可察地一僵。

顾元白笑了笑："我那日还以为你是生了气。之后再看时，却又觉得你还是和平常一样，好像只是我多想了。"

"前些日子你催促我娶宫妃，可你又不是不知我身体病弱，"顾元白不急不缓，"你是想让我死在宫妃的床上，还是想等一个什么都不知道的幼童来代替我继承江山大统？"

和亲王动了动嘴巴，苦涩道："我没有这样想过。"

顾元白将茶杯落下，不说话了。

一时之间，风都好似静了下来。

热烈的日光从树叶之中洒下，随着婆娑的声响轻曼起舞。

顾元白的余光瞥见圆洞门后有一道人影走过，他转身去看，在侍卫身后，看到了一个面容平凡的书生。

"那人是谁？"顾元白随意问道。

出了神的和亲王随之看去："那是我府中的门客，姓王。"

顾元白点了点头，不在意地起了身："走吧，说是看菊，就得好好地看菊。"

在王府之中待了片刻，与和亲王说了几句话之后，顾元白就出了和亲王府的门。临上马车之前，和亲王站在府门前突然道："圣上曾经提过我京郊处的庄子。那庄子现在无人，有几处泉池对身体有益，圣上若是喜欢，随时叫臣陪侍即可。"

正弯腰给顾元白掀起车帘的薛远一顿，瞬间抬头，锐利视线朝着和亲王而去。

和亲王目光晦暗，专心致志地看着顾元白的背影，看了几息之后，又像是幡然醒悟，神情之间闪过一丝挣扎，倏地偏过了头。

薛远眯起了眼。

和亲王的名声，薛远也曾听过。

他是皇家的血脉，是以往在军中领兵的人物。薛远因同和亲王的年岁相仿，也曾经被不少人拿着暗中同和亲王比过。

只是薛远的军功被压着、被瞒着，因此在大多数人眼中，和亲王才是天之骄子。

天之骄子，就是这个熊样。

薛远审视地看着他，和亲王看着顾元白的眼神，让薛远本能地觉得十分不舒服。

马车启行，顾元白将褚卫也招到了马车之上，询问他与西尚皇子之间的事。

褚卫知无不言，马车进了皇宫之后，他已将事情缘由讲述完了，犹豫片刻，问道："圣上，这人是西尚的皇子？"

"不错，"顾元白轻轻颔首，若有所思，"西尚是派了一个皇子来给朕庆贺。"

褚卫也沉思了起来，顾元白突然想起："那日你的同窗也在，据你所言，你同窗还会一些西尚语？"

"他四书五经的研读算不上深，却懂得许多常人不懂的学识，"褚卫坦荡道，"除了西尚语，大越、蛮人的语言我这同窗也略通几分。他曾走过前朝陆上商贸之路，据他所说，他还想再见识见识南方的通海夷道。"

通海夷道便是寻常所说的海上商贸之路，是东南沿海通往大洋北部诸国的海上航道。

顾元白听完这话，有些感慨："读万卷书，行万里路，不错。"

说完了话，马车也刚好停了下来。顾元白下了马车，瞧见薛远也跟进来之后，才猛然想起他现在还是殿前都虞候的职位。

顾元白暗暗记得要给他调职，便继续同褚卫说道："那你可走过陆上的商贸之路？"

"未曾。"褚卫神情之间隐隐遗憾，"前朝战乱不断，陆上丝路因此而断，可惜见不到昔日的繁华景象了。"

褚卫说完后才想起面前的人是大恒的皇帝，抿直唇："圣上，臣并非有不恭之意。"

"朕知道。"顾元白笑了笑，"与褚卿一般，朕也觉得倍感可惜。"

褚卫闻言，不由得勾唇，轻轻一笑。

他知晓自己的容颜算得上出众，因此这一笑，便带上了几分故意为之的含义。褚卫微微有些脸热，他不喜出众皮囊，可如今用自己的皮囊做上这种事。他也不知为何如此，只是在圣上面前，就这么不由自主地做了。

他笑着的模样好看极了，容颜都好似发着光，顾元白看了他两眼，不由得回头去看看那疯狗，可是转身一看，未曾见到薛远的影子。

"人呢？"他纳闷道。

人家褚卫笑得这么好看，薛远都不给一点反应的吗？

田福生笑道："圣上，薛大人说是准备了东西要献给圣上。"

顾元白无趣地摇头转回了身，在他未曾注意到的时候，褚卫脸上的笑容僵

了，过了片刻，他缓缓收敛了笑。

今日是休沐之日，顾元白带着褚卫进了宫才想起这事，但等他想放褚卫回去的时候，褚卫却摇了摇头："圣上，臣曾经读过一本有关丝路之事的书籍，若是圣上有意，臣说给您听？"

圣上果然起了兴趣，搁下了笔："那你说说看。"

褚卫缓声一一道来。

他的声音温润而悠扬，放慢了语速时，听起来让人昏昏欲睡。听着他念的满嘴的"之乎者也"，守着的田福生和诸位侍卫都要睁不开眼了，更不要提顾元白了。

等薛远胸有成竹地端着自己煮好的长寿面满面春风地走进宫殿时，就见到眼睛都快要睁不开的一众侍卫。他问："圣上呢？"

侍卫长勉强打起精神："在内殿休息。"

薛远大步朝着内殿而去，轻手轻脚地踏入其中，便见到圣上躺在窗前的躺椅上入了睡，而在躺椅一旁，站着褚卫。

两个人相貌俱是日月之辉，他们二人在一起时，容颜也好似交相辉映，无论动起来还是不动，都像是一幅精心制作的工笔画，精细到了令人不敢大声呼吸，唯恐打搅他们一般的地步。

窗外绿叶飘动，蝴蝶翩然，也沦落成了衬托他们的背景。

薛远看了看碗里清汤寡水的面，突然一笑，退了出去，将这碗面扔给了田福生。

田福生道："这是？"

薛远道："倒了。"

田福生讶然，薛远却慢条斯理地放下了先前煮面时挽起的袖口，再次踏入了内殿。

◇◆ 第十八章 ◆◇

薛远走到了褚卫身边站定。

褚卫察觉了他，唇角一抿，反而有了胆量伸出手朝着皇帝去，但伸到半程，就被薛远快狠准地拦住了。

"褚大人，你过了。"

薛远压低声音，松开手，从怀中抽出手帕擦了擦手。他看上去带着笑，也未曾有什么伤人的举动，但褚卫看着他，就好像看出了他神情之中冰冷冷的警告。

褚卫面无表情地将双手背在身后，骨节分明的细长手指僵硬抽筋。

薛远瞧着他这模样，无声咧嘴笑了笑，温和亲切地低声道："褚卫，你这么厌，能帮到皇上吗？"

褚卫神色一沉："我为何不能？"

他近乎脱口而出，之后却哑了言。

薛远给顾元白擦着手，顾元白眼皮跳了几下，隐隐有苏醒之兆。褚卫心中一跳，像是见到了什么洪水猛兽，猛地站直了身。

"薛远，你是不是又开始犯浑了？"顾元白黑着脸，让人送上了匕首。

薛远将顾元白吵醒，让顾元白打算断了他的两条腿。

跪在地上的薛远看着匕首，脸色都铁青了，关键时刻，门外有太监高声仓促的声音："报！八百里急报！"

顾元白倏地扔掉手中的匕首，起身大步朝外走去。

外头来报的太监风尘仆仆，伏跪在地高高递上急报，田福生连忙接过，简单检查后就跑着递到了顾元白手里。

顾元白展开信纸一看，面上逐渐严肃，放下信纸之后，立刻拍桌道："让兵部尚书、户部尚书和枢密使立刻来宣政殿议事！"

"是！"田福生忙派人前去招来两位尚书和枢密使。顾元白坐在了桌后，展开纸笔，行云流水地写着要点。

北部出现了蝗灾。

在古代，蝗灾、水灾、旱灾是最容易发生的三种灾难。

北部八百里急报，只上面的一句"蝗虫遮日，所过之处寸草不生"，顾元白就能想象出到底有多严重。

兵部尚书、户部尚书和枢密使急忙赶往了宣政殿，顾元白没有时间多说，将薛将军的折子直接给了他们看。

薛将军领兵前往边关，一是为护送商队，二是为震慑边关游牧人，达成边关互市的目的。此行的主要目的是通商，不是打仗。但顾元白给了他足够的兵马、足够的粮草。薛将军带着这些足够多的东西，原本是想要一展雄心，好好教训一番近年来越发嚣张的边关游牧民族，但一走到北方地区，就发觉了大蝗之灾。

所过之处，蝗虫已将草皮啃食完了，薛将军及时派人日夜保护粮草，人工捕

捉这些蝗虫。而他们赶到边关时，边关守卫的士兵们已经饿到了极限，看到他们带着大批粮草赶来时，立刻喜极而泣。

游牧人更是因为突然的蝗灾，草地被啃噬，他们提前攻伐了边关，发起了数次交战。

比这更让人痛心的是，北部灾区已经出现了人吃人的现象。

薛将军一到边关，立刻派人抵御外敌和火烧蝗虫，军中的大批粮草更是调出一部分开始救济百姓。混乱吃人的地方用强硬手段整治，安置边关士兵，安置灾区百姓，并散布消息，让受灾的百姓立即赶往边关军队驻守处。

大刀阔斧的几项政策下去，犹如地狱一般的边关总算出现了一丝光亮。但薛将军神经紧绷，知道这一场仗难的不是游牧人了，而是粮食和天灾。

蝗虫难抓，更难的是薛将军所带的粮草数量。虽然顾元白给了他们一行大军足够多的粮草，但这些粮草对于受灾的地区来说，支撑不了多久。

三位大臣看完折子之后就明白圣上的表情为何如此凝重了，兵部尚书直接道："圣上，不能耽搁，应当立刻派人运送粮食前往边关，否则北部死伤惨重不说，有可能还会发生暴乱。"

枢密使沉声道："以往游牧人入寇中原时正是九月份，他们那时兵强马壮，战士和马俱是膘肥矫健。但从薛将军的奏折中可以看出，游牧人也已深受蝗灾之害；他们的马匹牛羊已经没了可以吃的东西，这才使得他们提前发动多次侵袭。游牧人素来以骑术高强为倚仗，而现在他们失去了有力的马匹，正是我们打压他们的时机。"

顾元白脸色凝重："蝗灾过后，还会有一连串的灾害和疾病突发，朝廷要做好应对的一切准备。户部尚书，国库仓粮如何？"

户部尚书神情一松："回圣上，荆湖南和江南两地搜刮的反叛军的物资，国库已经塞不下。后又有天南地北捐赠的米面粮食，只京城一地便又急忙建立了二十二个粮仓，这些粮仓已经塞得满满当当。整个大恒朝，因着先前的反腐，但凡粮仓、肉仓有缺漏的地方，已经运送粮食补上，而现在又是丰收之秋，各地风调雨顺，即便是往边关抽调再多的粮食，一个月之后，粮食仍然堆积如山。"

他这话一出，气氛陡然轻松了下来。

枢密使心中有了底气，道："那此刻，就是我大恒兵强力壮的时候了。"

顾元白面上稍缓，无论是反腐还是对付反叛军，他做这些事的时候都是在地雷上跳舞，没承想到了如今，反而硬生生地将边关的不利局面转向了优势。

是了，蝗虫啃噬了游牧人赖以依存的草原，他们的牛羊被他们杀了晒成肉干，成为行兵的口粮，但他们的马匹无法食用他们的牛羊。

而没了强壮骏马的游牧人，大恒当真不怕他们。

顾元白陡然认识到，这是一个绝佳的机会。

一个绝佳的，一举进攻边关游牧人的机会。

这是一个很大的诱惑，顾元白开始认真地想，他该不该在现在掀起战争呢？

在顾元白原本的计划当中，他是准备先开始边关互市，从游牧人手中换取良马和牛羊，以此来训练高质量的骑兵。直到几年后骑兵强壮，交通建起，驿站发达之后，再去一举歼灭游牧民族。

如果是现在掀起战争，利弊又会如何？

利的一面自然不用多说，大恒粮仓满溢，而游牧人正受蝗灾，兵马虚弱。要是现在攻打，自然是绝佳的时机，但提前攻伐游牧民族，对大恒的军队后勤和百姓官吏来说，同样是一个突然而又巨大的压力。

修路正在进行当中，若是想要通往边关的交通发达，也要两三年之后。先不说其他，如果真的打下了偌大的草原，交通不便，消息堵塞，像这样的蝗灾都要许久才能传到顾元白的手上，又怎么不怕他们死灰复燃呢？

打天下不难，难的正是守天下。

顾元白想了很多，脑袋飞速地运转。边关的游牧民族并不只丹启八部，还有一个弱小的民族，那个民族就是东朝。

草原之上的游牧民族，他们的人数加起来总共有几十万之多，这就是一个庞大的北部民族集团。

但这些游牧人内乱不断，各自把旁的民族当作奴隶，光是丹启八部，老首领因为即将生病老死，八部首领之间已经暗潮涌动。

该不该打？

一旦朝廷大举进攻，他们前期毫无防备，但之后必定会商议统一抵抗。整个大恒朝还没有迎来长期作战的准备，而且草原上，总有蝗虫到不了的地方。他们一旦统一，便会相扶相助，到了那时，又是一个游牧民族的统一。

顾元白唰地睁开了眼，铿锵有力道："打。"

枢密使和兵部尚书目光炯炯地看着顾元白。

顾元白看着户部尚书，言简意赅道："你现在就去调取粮草装车，最大限度将可以送往边关的粮草调出。"

户部尚书领命，匆匆而去。

兵部尚书不由得道："圣上，真的打吗？"

"打，是要打的，"顾元白突然笑了，"但是边关互市，也是要互市的。"

"朕并不打算现在就强行踏平游牧民族，"看着两位臣子不解的眼神，顾元白接着道，"朕要做的，就是让他们以为朕要对他们大举发兵。"

先将那些在这些年逐渐变得嚣张跋扈的游牧人给打怕，展示大恒富足的粮食和兵马。等他们害怕到准备联合的时候，就是顾元白停下战争，去与他们议和的时候。

随便给他们一个封号，将其中一个部落推至所有民族的首领，而后威逼利诱，引发其内乱。区别对待，最容易离心，也最容易分崩离析。

最好能让游牧人接受朝廷前去办学，他们不是很渴望学习大恒的文明吗？大恒可以免费教导他们的孩子。等到他们的孩子深刻地了解汉文化时，他们就得到了教化。

得到教化的孩子，一旦自己的父母做出对大恒不好的事情，他们就会向驻守大臣举报揭露他们父母的恶行，人人对彼此忌惮。控制思想，才是最有效的统治方式。

当然，如果他们不愿意接受朝廷的办学，那就等几年之后，等大恒的铁骑踏遍草原时，他们这几十万的人就成为苦力，去解放底层老百姓的劳动力吧。

枢密使抚了抚胡子，与兵部尚书对视一眼，道："圣上，送粮带兵的人，您心中可有人选？"

顾元白顿了顿，道："薛远。"

与此同时，鸣声驿中。

西尚皇子李昂顺问道："那马车上的人，原来就是和亲王吗？"

他的下属回道："我亲眼见到马车停在了和亲王府门前，那些护卫气势非凡，想必就是和亲王了。"

"听说和亲王也曾上过战场，"李昂顺想了想那马车上的人露出的小半个下巴，"没想到和亲王看起来原来是这种模样。"

他意味深长地一笑："我们带来的西尚美人，就送一个前去和亲王府吧，就当作赔罪。毕竟我们在大恒京城里，可不能得罪和亲王这样的权贵。"

"顺便去看看和亲王究竟是什么模样。"李昂顺耐不住兴味，微鬈的黑发披散下来，喃喃自语道，"怎么看，都不像是征战沙场的样子。"

反倒养尊处优、皮肉细腻得比那叫作褚卫的大恒官员还要白皙的样子。

难道是当时看错了？

· 096 ·

◆ 第十九章 ◆

薛远刚从保住腿的庆幸中抽出神,圣上就把要他前往边疆送粮送兵的消息向他迎头砸了下来。

薛远接了旨,从宫中回府的路上许多次想起边关,想起风沙,而后又想起了顾元白。此行前往边关,既要治蝗又要发兵,薛远并不是把粮食兵马送到那儿就能回来的,他也不甘心就这么回来,他得做点事,让心中压着的那些戾气和杀气消散消散。

边关游牧人的嚣张,百姓的惨状,军队的窝囊,他得解解气才能回来。

他也得做给顾元白看,告诉顾元白,薛远有什么样的能耐;得去威慑那些宵小,告诉他们没人能比得过薛远。

边关,他非去不可。这一去,怎么也得四五个月。

回来或许都已经是来年了,顾元白的生辰也早就错过了。薛远一路琢磨良久,琢磨的都是怎么才能让圣上记着他。

在良才层出不穷的时候记住他四五个月。

他一路想到了府中,却见薛夫人正衣着整齐正从外头回来。薛远眉头一挑,随口问道:"从哪儿回来的?"

薛夫人不着痕迹地一僵:"去各府夫人那儿说了说话。你的婚事真的……"

他转头一看,就见薛夫人拿着帕子擦着眼角,泪水已经湿了一半帕子。

薛远轻声:"毛病。"

他也不问了,自个儿回房了。

枢密院忙着调兵和安排行军事宜,政事堂反而要比枢密院更忙,他们算着各种账目,事发突然,不可耽搁,他们只能停下其他事宜,日日夜夜计算军需数目。

粮草快速被调动了起来,装车运送在一块。工部和兵部动作紧紧跟上,准备着军队行军时所要的机械、装备等各种军需。

顾元白和诸位大臣早朝时商谈,下了早朝仍然商谈,有时宣政殿中的烛光点到深夜,殿中仍然有不断的议事之声。就这样,在忙碌之中,大量的粮草和士兵逐渐聚集了起来。具体而缜密的行军方案也经过不断的推翻和提议完善了起来。

终于,时间到了薛远前往边关的前一日。

薛远胡子拉碴地从薛府带来了两匹成年狼，送到了顾元白的面前。

这两匹狼毛发浓密，四肢矫健而猛壮，它们被薛远拽在手里，虎视眈眈地盯着殿中的所有人。宫女们脸色苍白，不由得后退几步。

顾元白百忙之中抬起头，瞥到这两匹凶猛的狼便是惊讶："先前不是拿来了两只狼崽子，这怎么又送了两匹狼来？"

"先前那两只小，不行，"薛远声音发哑，"这两只才能护着圣上。"

顾元白闻言一顿，停住了笔："护着我？"

薛远沉沉应了一声，双手陡然松开，宫侍们发出惊叫，却见那两匹狼脚步悠悠，走到了顾元白袍脚旁嗅了嗅，就伏在了圣上旁边的地上。

顾元白的心被他陡然松手的那一下弄得加快直跳，此时绷着身体，低头看着身边的两匹狼。

薛远道："驯服了，它们咬谁也不会咬圣上。等我不在了，它们护着你，我也能走得安心。"

顾元白眼皮一跳，动也不动："你走得安心？合着朕的禁军在你眼里都是纸糊的？"

"不一样。"

薛远指了指田福生，言简意赅道："田总管去给圣上倒一杯茶。"

田福生双腿抖若筛糠，勉强笑着："这，薛大人……这不好吧。"

薛远却道："快去。"

田福生抬头看了一眼圣上，顾元白早在知道这两匹狼乖乖不动时就放松了下来，靠在椅背上，对着田福生点了点头。

狼不是狗，顾元白挺期待看看这两匹狼被薛远驯成了什么样，能做出什么护主的事。

田福生苦着脸端了一杯茶走上前，茶杯都抖个不停。他靠近顾元白五步远的时候，趴在地上眯着眼的两匹狼就睁眼看了他一眼，兽眼幽幽，田福生杯中的水猛地一晃，他提心吊胆地走近，最后有惊无险地在两匹狼的注视中将茶放到了圣上面前的桌上。

薛远勾起一抹笑，又让一个侍卫拔刀靠近，侍卫还没靠近，两匹狼已经站了起来，毛发竖起，利齿中低鸣颤咽，双目死死盯在侍卫身上，一副随时都要发起攻击、猛扑上去的模样。

顾元白静默了一会儿，心中好似得到了一个够野的新玩具一般兴奋，面上还是镇定："它们若是咬错人了呢？"

"它们不吃人肉。"薛远道,"圣上每日给它们喂饱了生肉,它们就咬不死人。而若是真咬错了人,敢对着圣上拿刀靠近的人,也是该。"

薛远顿了顿:"它们算是聪明,知道该咬哪些,不该咬哪些,这还是错不了的。只要圣上一指,牙崩了,它们也得给臣冲上去。"

顾元白俯身,试探性地去碰两头狼的头,慢悠悠道:"知道的懂得你说的是狼,不知道的还以为你说的是狗。"

薛远闷声笑了,狼狈颓废的胡楂这会儿也颓得俊美了起来:"什么狼遇见圣上了,都得变成听话的狗。"

他这句话说得实在是小声,顾元白没有听见,他的心神被这两匹威风飒爽的狼勾走了:"什么狗?"

"臣只是说,圣上放心地把它们当狗用吧,"薛远微微一笑,"牙崩了,臣府里多的是狼,或多或少都被臣教训乖了,这两匹扔了,圣上直接去臣府中再挑一匹就是。"

"要是它们都护不住圣上,"他沉吟一下,轻描淡写道,"那等臣回来,就请圣上吃一锅狼肉汤。"

伏在顾元白身边的两匹狼好像懂得了薛远的话,竟然浑身一抖,夹着尾巴站起身,凑到顾元白手底下,呜咽着主动给顾元白摸着身上的毛。

顾元白笑了笑,顺了顺毛,也无情极了:"好,朕还没吃过狼的肉呢。"

两匹狼的呜咽声更大了。

薛远朝着田福生问道:"田总管,不知我先前送与圣上的那两只小狼崽,如今如何了?"

田福生现在听到他说话就有些犯怵,老老实实道:"薛大人送的那两只狼崽,正在百兽园中养着呢。"

"还有那只赤狐?"

田福生:"同在百兽园中。"

都被扔得落了灰了。

薛远叹了一口气:"那两只狼崽黏人,我若是不在了,圣上记得多去看看。"

顾元白收回了手,从宫侍手中接过手帕擦一擦:"既然黏人,还知道只能黏朕吗?伺候它们的太监宫女又不算是人了?"

不一样。

薛远驯这些狼的时候,拿着顾元白的东西让它们一一闻过,说的可是:"这是你们另一个主子的味道,你们主子就是这个味道,懂了吗?"

但这话不能说,一不小心就得被狼崽们的"主子"断腿。

薛远侧了侧头:"圣上说得是。先前圣上说看上了臣的马,臣也将它带过来了,那马叫烈风,圣上现在就可派人将它牵到马厩之中了。"

"你……"顾元白道,"朕确实看中了那匹马,但事有缓急,薛卿如今正需要一匹好马前往边关。你自己留着吧,也省得朕赏给你了。"

又是狼,又是马。顾元白总有一种薛远是在离开之前要把所有东西留给他的感觉。

圣上这话一落,薛远也不争夺,笑着说了声"好",静静看着圣上的五指在狼匹毛发上滑过:"圣上喜欢灰色毛发?"

"无所谓喜欢不喜欢,"顾元白随意道,"摸着舒服即可。"

顾元白前些日子忙碌,忙得都好似忘记了什么事,这时才突然想了起来,忘掉的好像正是先前要断了薛远腿的事。

真不愧是天之骄子、书中主角,顾元白想让人家变残疾,都这么巧合地撞上了八百里急报。

明天就是远征,顾元白漫不经心地想了想:变残疾,明天还能上战场吗?

"圣上,"过了一会儿,薛远又开了口,"臣之前说要玉扳指给以后的媳妇儿,那话是随口胡说,献给圣上的东西那就是圣上的,哪有什么要不要得回来这一说。"

顾元白摸上了手上的玉扳指,转了转,鼻音沉沉:"嗯?"

薛远温和地一笑:"臣想要问一问,先前要给臣的那个赏赐,如今还作不作数?"

顾元白把玉扳指转了个来回:"作数。"

"圣上隆恩。"薛远道,"臣想要在走之前,沾一沾圣上的福气。

"臣想要泡泡宫里的温泉。"

薛远享受了一番皇上的待遇,甚至还装了一囊水,心中欣喜。

顾元白宫殿之中的泉水定时换新、定时清理,但薛远知道,圣上今儿早上才洗过了身子,和薛远说话时只要靠得近些就能闻到水露的香味。顾元白是个说话算数的君子,即便薛远的这个请求有些不合规矩,他也颔首同意了。

他自己的身上也沾染上了一些宫廷里头的香味,夹杂着十分微弱的药香气息。这个香味同圣上身上的香味十分相似。

因此泡完汤后,薛远站在池边冷静了好一会儿,才缓缓回过了神。

等他走后,皇宫之中。

田福生暗中和侍卫长搭话:"瞧瞧薛大人,小狼大狼送了两回。我瞧上一眼就是怕,他怎么就不怕呢?"

侍卫长警惕非常,紧盯着那两匹被圣上特许趴在桌旁的狼,回道:"薛大人血性大,喜欢这些也不足为奇。"

田福生叹了口气:"薛大人脾性如此骇人,让我看一眼也心中发怵。这样的人对着圣上偏偏就不是那样了。圣上威严深重,但你看他还有胆子去泡圣上的泉水,可见这人啊,真是千能改万能改,但是叛逆的心不能改。"

侍卫长不赞同:"怎么算是叛逆的心?薛大人不是只想沐浴圣上福泽,以此来寻求心中慰藉吗?"

田福生一顿,转头看了他一眼,这时才想起来侍卫长还不曾知道先前薛远同圣上表明心意的那些话。他浑身一抖,冷汗从额角冒出,连声改口:"正是如此,小的说错话了,张大人切莫当真,小的这嘴竟是胡言乱语,不能信。"

侍卫长叹了一口气,温和道:"田总管,下次万万不可如此随意一说了。"

田福生抹去汗:"是。"

当夜,顾元白入睡的时候,那两匹狼也趴在了内殿之前休息。宫侍们胆战心惊地从内殿中退出时,都比寻常时放轻了声音。

但顾元白这一晚,却比平日里睡得要更沉了些。

第二日天一亮,便到了薛远出征边关的那一日。

顾元白带着百官给众位士兵送行,他神情肃然,眉眼之间全是委以重任的嘱托:"薛卿,带着士兵和粮草安然无恙地到边关,再安然无恙地回来。"

薛远已经是一身的银白盔甲,沉重的甲身套在他身上,被高大的身子撑得威武非常。他行礼后直起了身,微微低头,凝视顾元白的双眼。

高高束起的长发在他背后垂落,他已经做好了充足的准备,因此眉角眼梢之间,肃杀和锋芒隐隐。

烈日打下,寒光锐利,一往直前。

两个人对视一会儿,薛远突然撩起袍子,干净利落地跪在了地上。顾元白未曾想到他会行如此大礼,弯身要扶起他。

"我一别四五个月,你不能忘记我。"薛远低声,"等我回来,送你一个完整的江山。不过别让外人靠近你,他们不见得是可以信任的,好不好?"

压抑了两个多月,学了两个多月的规矩,薛远知道那样获取不了信任。

因为顾元白不会喜欢上一条听话的狗。

顾元白却没有暴怒，微微一笑，柔声道："不好。"

"没关系。"薛远笑了，"有狼护着你，谁敢碰你，碰你的是哪根手指，就会被臣的狼咬掉哪根手指。"

说完，他头垂下，一板一眼，三拜九叩。

大礼完毕，他起身，干净利落地回身上马，披风骤扬，衣袍声声作响。

"启程。"

万千兵马和粮草成了蜿蜒的长队，粮草被层层保护在中间。除了薛远，还有朝廷找出的数十位治蝗有方的人才，除此之外，还有上百车常备的药材。

大夫随行数百人，正是为了防止蝗灾之后可能发生的疾病。

这些士兵每一个都孔武有力、身材高大，他们每一顿都吃足了饭和盐，此时装备齐全，既拿得起大刀和盾牌，也撑得起沉重的甲衣。而马匹更是健壮，骑兵上身，仰头便是一声嘶吼。

吼出来的便是平日里吃足鲜美马粮的声音。

这样的一支队伍，没道理拿不下胜利。

顾元白站着，看着这长长的一队人马逐渐消失在眼前，身旁的人因这一幕而热血，呼吸开始粗重。

他拿出帕子慢条斯理地擦着侧脸，也在想：给我拿个胜利回来。

用养兵花出去如流水的银两，换回一场大胜来。

让游牧民族看看大恒如今的士兵变成了什么样，让他们看看大恒的皇帝变成了什么模样。

这副样子的皇帝和士兵，是否已经有了足够让他们乖乖呜咽叫好的力气？

顾元白很是期待。

第五卷

万寿国宴

第二十章

大恒北部地区发生了蝗灾，圣上想将万寿节取消，但先前该准备的都已经准备了，外朝来的使者都已到了京城，不管是为了面子还是为了里子，众臣轮番劝说，万寿节需得照常办下去。

顾元白往边关派兵马运粮草的消息，根本瞒不住那些已经到了京城的关外使者。他索性直直白白，将各国使者也请到了现场，去亲自看着大恒的兵马出征。

这群使者被请到了城墙之上，看着城墙下的千军万马，不知不觉之间，脊背已蹿上了丝丝缕缕的寒意。

从高处往下看时，军马的数量好似看不到头，这么多的兵马和粮食井然有序地次列向前，旌旗蔽日，威风凛凛。

大恒已经很多年未曾发动战争了，它仍然大，仍然强，但周边的国家都看出了这个强国在逐渐衰败。大恒的统治者有了胆怯的心，他们任由游牧民族在边关肆虐，于是周边的国家，也开始蠢蠢欲动地有了欺负老大哥的心。

但是现在。

这些使者看着脚底下密密麻麻的大恒士兵，看着每一个士兵身上精良的装备和强壮有力的身姿，他们难以置信地想：大恒的士兵怎么会这样精神十足？

他们的马匹四肢有力，而他们的士兵充满朝气。看看那连绵不绝的一车车粮食吧，那么多的粮食，难道大恒的皇帝是把粮仓里面所有的粮食都拿出来了吗？！

他就不怕现在将这些粮食全拿出来，之后如果出了些天灾人祸，整个大恒就毁了吗？

使者们百思不得其解。

但不论他们心中想了多少，多么不想去相信，还是将这震撼的一幕记在了心底。头皮甚至因为这波澜壮阔的长长军队而感到发麻，双腿紧绷，动也无法动弹一下。

直到军队走出了视线，身旁陪同看着将士出征一幕的太监出声提醒后，这些使者才回过了神。

一旁的禁军军官笑了两声，谦虚道："这些士兵不过是禁军当中的一小角罢了，让诸位见笑了。"

鸿胪寺的翻译官员也陪在身旁，面带笑意、谦逊至极地将军官的这句话翻译给了各国的使者听。

各国使者面色怪异：这是谦虚吗？这是示威吧！

在这些各国使者当中唯独没有西尚使者的影子，他们还被关在鸣声驿中学习大恒的规矩，只要一日不学成，那就一日不能出去。

这些使者也没心思追问西尚使者的去处了。

要是说在看到今日这一幕之前，别国的使者知道大恒发生蝗灾之后还有一点小心思，可看过今日这一幕之后，他们蔫了。

哪怕是再大的蝗灾，这些粮食也够士兵们熬死只能活三个月的蝗虫，北部的蝗灾完全没有对大恒造成什么危害。而且京城中的官员和百姓底气十足，还在热热闹闹地举办着皇帝生辰的模样，怎么看怎么觉得他们还没有到粮食耗尽的程度。

这些使者绞尽脑汁地想要看出大恒人打肿脸充胖子的痕迹，可是怎么看，都只看到了因为万寿节的来临而异常欢庆的百姓。

大恒的皇帝绝非强盗，没有以此为理由去要求各国使者也为北部的蝗灾出上一份力，而是在展示完拳头的力度之后，就绅士地将他们放了回去，甚至体贴地派了能说会道的官员陪他们同游京城。

在京城之中闲逛时，不时有使者指着在路边有官差守着的木具道："这是什么？"

大恒官员看了一眼，随口道："哦，这是足踏风扇车。"

足踏的风扇车？

使者们追问："这同先前的风扇车可有不同？"

"同以往的风扇车没有什么不同，"官员道，"只是手摇的变作足踏的，这样更为轻松，力度也更加大了，能将粮食之中的糠壳和灰尘清理得更加干净。"

使者们多看了几眼，就见百姓们排队在风扇车之前，每次清理脱壳之后，便按着斤数交上少许充当使用费的粮食，或者交出脱出来的糠壳。

上交的数量实在是少，哪怕是收成最少的百姓也有余力前来脱壳。不只是路边的这些，还有人三五成群，满头大汗地将更大一些的风扇车往远处推去。

"这是大号的风扇车，"官员主动解释道，"平日放在官府里，若是百姓需要，以伍籍为础，一同前去官府画押租赁风扇车。"

一个使者笃定："那一定很贵了。"

官员淡定道："非也。一户只需出一百文钱，一户人家用这么大的风扇车，

最多也就两三日的工夫便可清完糠壳,若是有勤快舍不得钱的,那便不吃不喝,也差不多只需一日的工夫。"

一伍便是五户人家,一台大号的风扇车用一日便是五百文钱,两日就是一两银子,平分到百姓身上后,百姓也能出得起这个钱。一户一日一百文,当真不算贵。

使者们心中各样的心思都有,官员及时换了一个话题,将他们的思绪引到了街道上的彩画和光亮的布匹之上。

顾元白回宫之后,就让人去写了重新册封薛府两位夫人的命书。

薛老夫人和薛夫人的诰命等级都往上提了一提,薛府之中能当家的男人们都已经离开了,剩下的只有一个名声已臭的不入流之辈,顾元白总得让别人知道薛府不可欺负。

等将这些琐事处理完,顾元白才松了一口气,抬脚踢了踢趴在案牍旁的两匹狼,让它们去一旁的角落中趴着,又叮嘱宫侍:"每日让它们吃饱,可别饿着肚子来盯着朕了。"

田福生劝道:"圣上,狼本性凶猛,您养在自己身边,这怎么能行?"

顾元白勾起唇:"朕喜欢。"

他做过不少危险刺激的事,还真别说,养两匹成年狼在自己身边,顾元白还真的没有做过。

天性开始蠢蠢欲动,即使知道这样危险,也耐不住心痒手痒。

顾元白想了想:"去找几个精通驯兽的人来,让他们瞧瞧这两匹狼如今被驯到了什么程度。"

田福生应"是",退下去寻人。

"狼。"顾元白念了好几声,忽听几道吸气声,他转身一看,原来是趴在角落之中的两匹灰狼听到了他的声音,站起身走到了他的身旁。

它们模样虽是吓人,但这会儿却是嗷呜低叫,一副邀宠的模样。

薛远当真把它们驯得很好。

顾元白伸出手,其中一匹狼踱步到他的手下,狼头一蹭,猩红的舌头舔过利齿和鼻头,也碰到了顾元白的手。

顾元白一边摸着狼,一边抽出前些时日孔奕林交上来的策论,慢慢看了起来。

孔奕林的这篇策论,写了足足五千字。若是翻译成大白话,应当有两万字的量了。顾元白看得很慢，只有慢慢地看，他才能将这些意思完全吃透理解，然后转化为自己的东西。

等他将一篇策论看完一大半之后，外头的天色已经黑了下来。晚膳摆上了桌，顾元白拿着策论坐到桌边，用了几口之后，发现文章里头还有一些俗体字存在。

孔奕林在文章之中，若是碰到笔画繁多、个头很大的字，也不拘一格，为求方便直接采用了俗体字。

顾元白看着这些字就觉得熟悉，有时见到就是一笑，倍觉亲切。

灯火跳动，夜色渐深，回寝宫之前，监察处有人来报。

"圣上，黄濮城新上任的县令在本地发现了一种长相奇怪的果子。"监察处的人道，"这果子通体艳红，娇小可人，当地人称呼其为红灯果子。"

顾元白猛地抬起头，眼睛发亮。

"黄濮城县令有感圣上生辰，又想起反腐一事，便认为这是天降的神果，因此就禀了上来，急忙运往京中。只是这红灯果子颜色艳丽，鲜红如火，恐怕是有剧毒。"

这东西应当就是番茄了。

番茄的原产地是在海外，顾元白也没抱有今生还能吃到番茄的希望。

此时陡然得知可能真的找到了番茄，顾元白压下心喜和激动，立即下令："拿来给朕瞧瞧。"

监察处的人呈上来了四五个红灯果子，顾元白一眼看去就知这必定是番茄。宫侍为他戴上皮手套，顾元白拿起一颗番茄摸了摸，呈上来的这些果子都经过层层挑选，表皮圆润，红艳鲜活。他让人拿了个碗来，手中用力，番茄便爆出了嫩肉和酸甜的汁水，香味浓郁，微微泛着酸气的味道让人不自觉口舌生津。

这几颗番茄瞧上去虽小一些，味道却很好。

顾元白放下番茄，让人摘下手上的手套："这些红灯果子，其中一半留作种子种植，另一半送去太医院试毒。等确定食用无害之后，立即前来通报朕。"

监察处的人点头应"是"。

顾元白洗了洗手，看着碗里那个被他捏坏了的番茄和番茄汁，幽幽叹了口气："拿去扔了吧。"

这真的是这些时日最大的一个惊喜了。

现在为了安全起见，虽然不能吃，但顾元白心里知道，这东西十之八九食用无害。而一旦无害，这酸甜可口，既可做汤也可做菜的东西，只要产量跟得上，

很快就能搬上老百姓们的饭桌了。

番茄，真是他今年生辰收到的最大的礼了。

圣上收到了红彤彤的吉祥果子，而和亲王，则是在两日之后的傍午，收到了西尚使者送上门的一份特殊的赔罪礼。

一个西尚的美人。

西尚的女人漂亮，漂亮得都被写进了许多的文章与诗句中。送到和亲王府的这一个尤其美，簪花修容，粉颊两面比花娇。

这女人是和亲王府的门客王先生带来的，王先生道："西尚的使者说这是给王爷的赔礼。"

和亲王脸色沉着，坐在高位之上。

西尚的女人抬眼记下了他的样貌，行礼起身，腰肢柔软。

"给本王的赔礼？"和亲王道，"他为何要给我赔礼？"

王先生轻声道："听说是西尚使者曾经冲撞了王爷，因此心中担忧，特地前来赔礼告罪。"

和亲王听到这儿，眉头不由得皱起。

他怎么不知道西尚使者曾经冲撞了他？

"送回去吧，本王没兴趣。"和亲王站起身，语气暴躁，"告诉那些西尚使者，别乱动什么不该动的心思。拿一个女人来贿赂本王，他是想求本王做什么？"

"要是真冲撞了，那就拿礼亲自上门给本王说清缘由，"和亲王嗤笑一声，"躲在女人后头算什么好汉。退下。王先生，你也最好醒醒神，别什么样的事都答应，什么样的人都往本王身边带。你要是拒绝不了美人，那这美人恩，你就自己消受去吧！"

说完，和亲王袍袖一挥，大步离开了厅堂。

王先生面色不改，微微一笑，转身对着西尚女子道："还请回吧。"

西尚使者们在今日早上，总算是将大恒的礼仪学到了手，可以随意进出鸣声驿了。但在当晚，刚刚送出去的西尚美人又灰溜溜地被送了回来，这对于向来骄傲于西尚美人扬名中外的西尚人来说，一口气不上不下，只觉得比学习大恒的规矩更耻辱。

李昂顺坐在桌边，面色阴沉不定："这个和亲王将我关在这里十几日，结果如今，他是完全将我忘在脑后了？"

西尚美人低着头，不敢出声。

李昂顺越想越是脸色难看，握紧了手，冷笑一声："那你可记得和亲王的样貌？"

西尚美人道："和亲王面容俊朗，英俊非常。"

李昂顺的表情微微一变："英俊非常？"

他想起了那日在马车中看到的半个下巴，还有撩起车帘的几根手指。就这种模样，也称得上"俊朗"与"英俊非常"吗？

若说是俊美他还会信，但瞧着这女人的用词，只听出了英气，没听出其他。

李昂顺被关在鸣声驿中苦学规矩的这几日，烦躁非常时总会一遍遍想起马车上那人居高临下的样子。只要一想起，他便如同卧薪尝胆一般，就可以忍受着不耐烦和羞辱，继续学着规矩。

他每当忍不下去时便想着等出去之后，如何当面羞辱得和亲王下不来台。谁承想和亲王却完全不记得他了！

西尚皇子在烛光之下阴着脸："他让我亲自提礼上门赔罪，那我明日就亲自去一趟罢了。"

◆ 第二十一章 ◆

第二日西尚皇子亲自提礼上门致歉，却被和亲王拒见了。

门房客客气气："阁下来得实在不巧，咱们王爷今日有事，一早就说了不见客。"

李昂顺面无表情地将厚礼放在身后的属下手上，正要转身离开，脚步一顿，想起什么一样同门房问道："和亲王以往可曾征战沙场？"

这样的消息不是秘密。门房道："王爷是曾征战过沙场。"

李昂顺笑了笑："征战沙场的人很多都会留下暗伤。"

门房叹了一口气："可不是。还好我们王爷身子骨算得上好，即便是受了些伤，也很快便能养起来。"

李昂顺觉得不对头了，皱着眉，眼窝深陷："不好养吧？"

门房道："那倒不是，补药吃一吃，咱们王爷这就足够了。"

李昂顺眉头都皱成山了。

难道是人不可貌相，马车上看起来瘦弱无比，实则威武健壮非常？

西尚皇子总觉得哪里不对，他带着手下走人，走到半路上，突然想起了褚卫。

这个官员长得俊美，很得李昂顺的眼。脑中灵光忽而一闪，李昂顺突然想到那马车上的人必定与褚卫有些关系，他嘴角冷冷一勾，吩咐左右道："去查查那个叫褚卫的大恒官员的府邸是在哪里。"

左右道："是。"

西尚皇子这一来一去，盯着他的京城府尹当日就将这事报给了顾元白。

顾元白问："怎么又与和亲王有关？"

他揉了揉眉心，没心思再管这些琐碎事："继续盯着吧，别让他们在我大恒京城中放肆即可。"

至于和亲王，罢了，他还是相信他这个便宜兄长是长了脑子的，跟谁合作，也不可能跟一个小小西尚合作。

京城府尹应"是"，随即退了下去。

有手上灵活的太监上前，给顾元白揉着额角，孔奕林进入殿中时正看到这一幕，他神情不由得带上些许忧虑，忽而想起："圣上，您可还记得利州土匪窝中的那个女子？"

顾元白躺在椅背上，闭着眼睛休息："朕记得。"

他叹了口气："那女子不容易。"

然而世间千千万万的男子，没有几个会觉得女子不容易。孔奕林忽而生出些许感叹，瞧着圣上隐隐泛着疲惫的容颜，关切道："圣上，朝廷里里外外千万人才，您万万不可事必躬亲。"

"自然，"顾元白道，"只是最近的几样事，样样都得经朕的手。罢了，此事不谈，朕记得那女子似乎是因为家中亲人被土匪杀戮一空，起了自绝之心？"

"是。"孔奕林道，"但臣之后听孙大人所说，才知晓那女子是个医女。"

顾元白："嗯？"

"此女祖辈是名医后辈分支，她自小也学了些医术。监察处的孙大人曾问过她既然略通医术，又为何要下山寻医。那女子反问：'我若懂了医术，这辈子哪里还有下山的机会？'"孔奕林低声道，"她本来是有自绝之心，但孙大人同她说了朝廷剿匪与反腐的计划后，她便歇了心。等利州知州落网之后，她也跟着我等来了京城。"

"不错。"顾元白颔首道。

他听到"医女"或是"名医"两个词时，未曾对这些字眼有丝毫的反应。像是早就已经笃定，无论什么样的大夫都无法治好他的病一般。

孔奕林不禁抬眼看了圣上一眼。

圣上比起殿试那日，好像愈发瘦弱了些。从衣袖当中探出的手指，厚重的衣袍好似就能将其压断。

孔奕林不懂望闻问切之道，但他懂得一个人是否健康，这是一眼看得出来的东西。

即便圣上容颜再好，也挡不住衰弱之兆。

孔奕林收回视线，嘴唇翕张几下，却只能干巴劝道："圣上，若是您不嫌弃女子医术，可否让其为您诊一诊脉？"

顾元白这时才睁开眼，他的目光在孔奕林身上转了一圈，又指了指角落里趴着的那两匹狼，带笑道："那女中豪杰若是不怕这两匹狼，那就来给朕诊脉吧。"

那女子当真来了。

薛远曾说过，谁若是碰顾元白一根手指、一根头发丝，那两匹狼就会咬断谁的手指。不管别人信不信，反正田福生是信的，因他每次端茶递水给圣上时，那两匹狼都会伏低身子，虎视眈眈地死盯着田福生的手。

但很是奇怪的是，每日太医院的御医给圣上把脉问诊时，那两匹狼却并无攻击之兆。

而这一次也是。

监察处的孙山大人从利州土匪窝带回来的这个女子名为姜八角，她相貌清秀，但身量高挑，难得的是眉目之间有几分英气在。姜女医沉稳地同圣上行了礼，展开药袋："请圣上抬手。"

顾元白抬起手，对这样的女性很是欣赏，他微微一笑，用另一只手指了指一旁缓步走过来的两匹狼："这两只东西在这儿，你还可以平心静气吗？"

那两匹狼好似听懂了顾元白的话，其中一匹竟走了过来，伸出粗糙猩红的舌头舔过了顾元白伸出的手指。黏湿的口水让手指透出了一层光，顾元白讶然，随即无奈地看着这匹狼。

姜八角看到这两匹狼也是一僵，但强行镇定了下来，为顾元白把起了脉。

田福生想上前给圣上擦手，可他看着狼就不敢，苦着脸道："怎么姜姑娘上前就无事，小的上前就一直盯着小的呢？"

顾元白想了想，了然了："她身上有药味。"

田福生发愣："啊？"

顾元白"哼"了一声，心道薛远可真是什么都想到了，连需要近身给自己把脉的御医也想到了，他说的那些谁敢碰自己就咬掉谁手指的话，难不成还是真的？

"大人，"副将指了指薛远腰侧束着的水囊，"这里头装的莫非是醇酒？"

薛远身上明明有个水囊，却还拿了另外一个水囊喝水。听到副将的问话，薛远咧嘴一笑，悠然拍了拍腰间水囊，故意压低着声音："这是比醇酒更好的东西。"

副将好奇了："哦，那能是什么？"

薛远道："既是迷魂汤，又是长生不老水。"

副将哈哈大笑："大人说笑了。"

薛远眉头一挑，也不反驳，喝完水后大步流星地走到另外一处没人的地方坐下，将腰间的"迷魂汤"解了下来。

经过数日的烈日暴晒，水囊里的水好像也少了一些，薛远揭开盖子，探鼻闻了闻，里头的香味丝丝缕缕钻入了他的鼻子之中。这水是被药香和熏香熏透了，即便这么久过去，还有一股子泉水味。

薛远还真的挺想尝上一口的，但尝一口少一口，不舍得。他现在全身都是臭味，军营里的汉子也是满身的臭味，唯一香的东西就是这个了。

万一闻上一口也会少一口，这怎么办？

算算时间，万寿节也应当开始了。他也已经走了十几日，宫里的那位不知道会不会偶然之间想起他。

手指摩挲着，很快歇脚的时间就结束了，薛远把水囊别回了腰间，起身："都给老子快点。"

副将赶紧上前，一同往前头走去。烈风正被拴在树上埋头吃着草，见到薛远过来，抗拒地踢了踢蹄子。

副将笑了："这等好马果然灵性十足，知晓我们该启程了，它也不能再吃了。"

但薛远没搭他的话。

副将疑惑转头，就见薛远面色严肃，沉沉地看着树上，忽地上前一步捉住了什么东西。副将上前一看，是一只黄色的蝗虫。

副将悚然一惊。

薛远捏死了蝗虫，在周边看了看："看样子，我们就要走到北部灾区之内了。"

"保护好粮草，准备好火把和大网，"薛远解开缰绳，牵着马大步离开，"去找那些治蝗的官员，让他们做足准备。"

九月底，日子已经走到了万寿节前夕。

各国各地送的贺礼已经一一入了国库，至于那些豪强的贺礼，顾元白则让人退了回去，再暗示地提了一提北部蝗灾的事。

豪强们果然都是脑子灵活的厉害人物，当即对圣上的暗示做出了反应，他们打听到了北部蝗灾的事情，聚集在了一起，最后打算运送十万只鸭子前往北部灭蝗。

蝗虫大量集聚时会产生毒素，黄色的蝗虫体内有毒，只有落单的绿色蝗虫体内无毒。正是蝗虫大量散发的毒性，才使得以蝗虫为食的飞鸟不敢靠近。

秋蝗只能活三个月，等到它们快要死的时候，就会找地方产卵，这个时期被称为成虫期。成虫期的蝗虫最为厉害，而在成虫期之前的若虫期，蝗虫最好对付。

若虫期时，蝗虫体内没有毒素，这就是鸭子上前捕食它们的时候。一共十万只鸭子，一只鸭子一日可吃两百只蝗虫，可以很快控制住蝗灾。

豪强们算了算时间，现在往边关送鸭子，送到时正好蝗虫已到了若虫期，鸭子到那儿便可发挥作用，等将蝗虫吃完了，这些吃得饱肚溜圆的鸭子还能成为士兵们的碗中之肉，何乐而不为？

圣上都将那些反叛军寄给他们的信烧了，又不肯收他们的贵重礼物，如今总算是知道该往什么地方献殷勤了，豪强们自然不肯错过。

他们忙着为皇帝陛下表忠心、献殷勤，京城之中的皇帝陛下，则是燃起了一丁点可以活下去的希望。

数日之前，姜女医为顾元白把了脉，坦言："民女能力不及。"

在顾元白微微一笑之后，她又沉思半晌，道："但我祖母曾以四旬之龄生过一个小产儿，小叔先天不良，体虚至极，却活到了我被土匪掳到山上之前。那时他身子已经康健许多，民女也看过他的脉象，若是好好调养，应当可以长久。"

那时，顾元白闭了闭眼，面上平静无波，无人知道他内心的波动汹涌："哦？可你家中亲人，都已被土匪杀戮一绝了。"

"确实如此。"姜女医沉默了半晌，"但若是民女没有记错，家中祖父还有一个弟弟，家中多半的医书都在这个弟弟手中。他们兄弟二人在少年时因为逃荒而失散，至今已有四十年了。

"祖父曾与民女说过，治疗先天不良一症的方子，他也只得其中五成，而他的弟弟比他更有天赋，若是这位叔祖从逃荒中带着大批医书活了下来，那其中必定有能治圣上之症的方子。"

四十年前失散的逃荒人，现在还活没活着都是一个未知数。但在姜女医说完这话之后，监察处的人立即追问细节，他们打破砂锅问到底，已经打算倾尽全力去找到这个失散的叔祖了。

哪怕人有可能死了，哪怕这个人的医书早已经卖了，甚至于他本人已经完全没了医术，但只要有一丝希望，监察处的人就犹如打了鸡血。

顾元白虽然没说，但他默认了监察处的动作。

心中燃起了一点希望，只是这希望的火花太小太细微了，顾元白也不敢大肆让它盛放，只能理智而冷静地等待着最后的结果，在找到答案之前，将目光放到了蝗灾、游牧人和万寿节等事情上。

在这种平静又不平静的氛围当中，终于到了万寿节当日。

万寿节当天，顾元白按照大恒朝的皇帝衣着规格，穿得繁复而奢侈，待到全部的佩饰挂在身上之后，顾元白屏气凝神，看着铜镜之中的人。

天潢贵胄，贵不可言。

顾元白挑眉笑了笑，头顶的冕旒轻微晃动。香烟缭绕，黄袍上龙纹游动，他转身，缓步朝着外头走去。田福生上前扶住他："圣上，今日要多疲惫了。"

但天下人都为我俯拜庆贺之景，难道还无法治愈疲惫吗？

对一个野心勃勃的人来说，这样的殊荣会让人上瘾，犹如最甜蜜的毒药。顾元白笑而不语，步步沉稳，往金銮殿而去。

等圣上坐稳龙椅之后，下方的百官们身穿蟒袍，已肃然站列两旁，在东边旭日之中，统一说着贺词，同顾元白朝拜。

与此同时，各地方香案备起，地方官员衣袍整齐，在官府之中领着官差，朝着京城方向三拜："愿圣体康，天下太平！"

香案烟雾缭绕，各地因圣上生辰而举国庆贺。举国休息的这三日，官府会派遣手艺人上街游闹，以显示大恒在当今圣上治理下的繁荣昌盛。

有钱的地方豪强或者官员甚至自己掏了腰包，为百姓免费提供印有"人寿年丰"四字的糕点，以讨得一个吉利的好意头。

这三日没有宵禁，酒肆菜馆俱是热热闹闹，火红兴旺，人来人往之间说上一句"收成几何？""风调雨顺"，就会笑得见牙不见眼，再不约而同地感叹一句："今年是个丰收年啊。"

而远在千里之外的北地。

薛远抬头看了看正午的天色，勒住了马，扬声道："下马列队！"

身披盔甲的士兵没有半分犹疑，听到命令的下一刻就翻身下了马。

骑兵列队，步兵紧跟其后，大部队顷刻之间已成威风凛凛的方阵。

薛远带着众人面向京城方向，一撩袍子，干净利落地跪了下去，朗声道："祝我大恒繁昌，祝我圣上龙体安康。"

这一道声音被诸位军官一声声往后传。吃着圣上的粮食，穿着圣上的衣服的数万士兵也跟着结结实实跪下，密密麻麻黑压压一片，声音一出，震慑得密林之中鸟雀群飞。

"祝我大恒繁昌！祝我圣上龙体安康！"

薛远同士兵们一同喊了三遍，他看着远方，心道，若是天上真的有不要脸的神仙在，那这神仙可给他听清楚了。

这么多人为顾元白祈愿，小皇帝怎么着都得长命百岁。

◇◆ 第二十二章 ◆◇

京城的百姓们举城欢庆，而在宫中，一年一次的生辰贺宴也准备开始了。

各国使者自然不止准备了一份礼物，贵重且繁多的贺礼已被提前送到了国库之中，留在手中的只有作为重中之重，等着在宴时送上的一份礼。

申时前，宫宴已经开始准备了起来。礼部与鸿胪寺的人忙于宫宴礼仪，待时辰一到，就将各国使者和王公大臣一一引入了位子坐下。

褚卫的官职不高，不能就宴。他留在府中听着外头的欢闹，不由得眉目微展，露出隐隐笑意。

谦谦君子，温润如玉。褚夫人在堂内看着他，看着看着，不由得笑了，同身旁的丫鬟道："瞧瞧，咱们的卫哥儿愈发俊了。"

丫鬟道："整个京城也找不到比咱们少爷更俊俏的人。"

褚卫走进来时，正好听到了这一句话，他不由得道："有。"

可旁人好奇的目光投过来时，他抿抿唇，一声不吭了。

褚夫人朝他翻了个白眼，突然想起来了一件事："昨日你上值时，有人上门给你送了份礼。"

褚卫道："谁？"

褚夫人让人将礼拿了上来，想了想道："那人自称是鸣声驿的人，奇装异服，应当是外朝的使者。我儿，你怎么和外朝使者扯上关系了？"

褚卫眉头慢慢蹙起，上前接过小厮手中的礼物，打开一看，里头正是西尚常有的金花配饰。果然，褚卫眼中厌恶闪过，将礼直接扔回了小厮手中，冷声："退回去。"

西尚皇子长得人模狗样，但心思肮脏，他褚卫生平最——

褚卫突然想到了自己。

他呼吸一窒，不理母亲的呼喊，转身从堂中离开。

一脚踏出门槛时，褚卫突然想到——

西尚的皇子见到他就是如此作态，若是见到圣上了，岂不是更无礼了？

李昂顺被鸿胪寺官员带到位上坐下，其余西尚使者坐在了他的身后。西尚使者旁边坐着的乃是扶国的使者。

扶国的使者本想要同西尚皇子说几句话，但看着李昂顺难看的脸色，明智地收回了视线，和鸿胪寺的官员继续说说笑笑。

李昂顺脸色难看了一会儿，又好了，他顺着毡帽下的黑发，道："没关系，见不到褚卫的人影也没事。今日是大恒皇帝的生辰宴，我就不信那不肯给我半分颜面的和亲王今日还不出来。"

西尚使者问道："七皇子，要是和亲王出现了，您要怎么做？"

"正好在大恒的皇帝和各国使者面前让他下不来台，"李昂顺冷笑，"以报我等颜面落地之仇。

"丢人这件事，也不能就我们丢人。"

稍后，王公大臣同各国使者均已落座。殿中金碧辉煌，明灯已点，亮如白昼之光。

和亲王坐于前排，是最靠前的位置。

和亲王看了一眼自己带来的寿礼，王府之中百名绣娘共同绣出来的那幅锦绣山河图已送到了国库，如今这个东西，还是他前两日口是心非之时，亲自出府去寻到的。

看着这寿礼，和亲王就忍不住质疑自己，就顾元白那副对他怀疑万千的样子，他为什么非要这么尽心尽力？

皇帝没把他当兄长看，他还要上赶着去贴冷脸。

正当心绪烦躁时，外头的太监高呼："圣上驾到。"

殿内乌泱泱站起了一片人，众人垂眼拱手，绣着龙纹的明黄袍脚在眼前滑过，众位宫侍不紧不慢紧随其后。圣上坐下之后，才道："坐吧。"

这声音有些耳熟，李昂顺眉头突然一跳，猛地抬头朝大恒皇帝看去。

顾元白已脱下沉重华贵的衮服，换上了常服。他正侧头同身旁的大太监说着话，距离远，面容也只看得模模糊糊，但下巴瘦弱，气质斐然，正与那日在马车上冰冰冷冷命令李昂顺的人一模一样。

这个人竟然是大恒的皇帝！

李昂顺脸色变来变去。

身后人拽了拽李昂顺的衣袍，李昂顺回过神，顺着力道坐下。身旁扶国使者笑道："西尚七皇子脸色怎么这般难看？"

李昂顺硬声道："没什么。"

后方的太监上前斟满了酒，他端着酒杯的手用力，神色阴郁。

竟然是大恒朝的皇帝！真是白白做了笑话。

他怎么忘了，大恒朝皇帝的身体可不是那般好，在京城中如此说一不二，不是皇帝又是谁？

李昂顺抬头朝上方看去，五官深邃的脸上好像凝着黑云，这么远的距离，也看不清皇帝的长相，但皇帝举动之间尊贵非常。

教坊艺人进入殿中歌舞，顾元白往下处看了一眼，笑着问和亲王："和亲王桌旁放着的那是什么？"

和亲王挡了挡木盒，又收起了袖子。这是他第一次亲自为顾元白准备贺礼，羞耻又烦躁，闷闷道："给圣上的贺礼。"

顾元白看向了田福生，田福生提醒道："圣上，先前和亲王府送进宫中的是一幅锦绣山河绣图。"

"和亲王有心了。"顾元白微微颔首，又笑了，"和亲王手中的这份贺礼，朕得猜猜是什么东西。"

他端起一杯充作酒水的清水抿了一口，想了想和亲王曾给先帝送礼的习惯，说道："是块奇石好玉？"

和亲王沉沉应了一声，太监上前要接过他的礼物献上，和亲王挥退他们，自

己站起身走到了顾元白身前:"前些日子随便找了找,就找到一个看着还算过得去的石头。"

田福生将木盒打开,里头正是一块形状犹如人参一般的玉石,通体暗红,其中还流动着几缕金丝。像这样稀奇漂亮的东西,很容易让人将其和神仙这等传说挂上钩。顾元白接过看了几眼,道:"朕很喜欢。"

和亲王想笑,却硬是板着面孔,淡淡道:"圣上喜欢就好。"

和亲王这一带头,众人都轮流献上了自己的贺礼。这一番礼物讲究的是心意和新奇,里头真的有几样稀奇得很得顾元白的喜欢。

百官在前,各国使者在后。在见到大恒出兵北方后,这些使者当中有不少人暗中加重了贺礼,此时看着别国使者献上的东西,既是惊讶又是庆幸,即便做不成送礼最多的人,也不能成为送礼最少的人。

看着这一幕,西尚人的表情就不是很好了。

西尚使者此次前来大恒,一是为大恒皇帝祝寿,二是打探大恒如今情况,三则是西尚有求于大恒,因此派遣七皇子再备上厚礼,就是想同大恒皇帝谈一谈榷场的事。

榷场乃是两国在边境互市时的称呼,西尚国小,资源缺乏,无法自给自足,许多东西都得依赖于榷场的互市,但在李昂顺前来大恒的两个月之前,大恒突然停了与西尚的榷场。

西尚猝不及防。

大恒马少,一直靠着西尚才有马匹进账,按理来说,大恒单方面这么强横地关掉了榷场,就不怕同西尚闹僵,没有稳定的马匹来源了吗?

此番西尚派遣七皇子前来大恒,正是为了这一事。但李昂顺自恃马源和大恒内盐贩子离不开西尚青盐两件事,心中底气十足,行事也相当嚣张跋扈。

这一跋扈,就跋扈到了皇帝头上。

原本以为这些厚礼也够赔礼了,但他们此时看着眼前这一国国备上的厚礼,只觉得不解又荒唐。

难不成所有外朝的使者都对大恒有事相求?

西尚的礼原本很厚,现在一比,完全被淹没其中,一点也不出彩了。

等轮到西尚献礼时,身后的西尚使者捧着重礼想要递给一旁的太监,李昂顺忽地起身,夺过礼物就大步往前走去,殿中人的视线聚在他的身上,李昂顺越走越近,终于能看清大恒皇帝的样貌了。

大恒皇帝察觉到了他,轻轻一瞥,微微眯起了眼。

李昂顺的脚步停住，瞬息之后又大步向前。走到顾元白面前时，他还没说话，紧跟其后的太监就恭敬道："圣上，这是西尚来的使者，西尚国的七皇子李昂顺。"

"朕有些印象，"顾元白似笑非笑，"西尚皇子，桀骜非常。"

大恒皇帝明明什么都没说，但好似已经嘲讽了人一样，李昂顺心道：错不了，这语气就是那日车上那人。

他按着西尚的礼仪对着顾元白行了一礼，歉意笑道："没有见识的人总会用虚张声势的方法来隐瞒自己的不安。大恒朝地大物博，人杰地灵，我等初来大恒，就被大恒的繁华迷了眼，心中怯弱，才因此做了错事。若是我等行事使您对西尚厌弃，那我等真是死不足惜。"

顾元白轻轻抬手，示意他起身："倒是会说话。"

李昂顺直起身，又见着了大恒皇帝这张好看的脸。李昂顺喜欢长得俊的人。其他不说，单说长相，大恒皇帝就有一张让人无法对他生出怨气的脸。

"西尚送上的礼，朕看了，重得很，"顾元白悠悠地道，"从香料到毡毯，从驼子到马匹，这是下了大功夫了。"

李昂顺一笑，衣饰上的金花就闪闪发光。他的相貌很好，五官深邃如雄鹰，只是眼底的倨傲实在败坏好感，毁了这样一副好容貌。他道："您的生辰，西尚定然得下大功夫。"

他将手里的礼递给了太监，太监上前，再交于田福生。

精致木盒一打开，里头就隐隐有荧光露出，田福生将木盒放到顾元白眼前，原来里面正是一颗近似球形、颜色美丽、呈半透明的夜明珠。

更难得的是，即便是在亮如白昼的殿中烛光下，这夜明珠也主动散发着漂亮的荧光色泽，黄绿透着蓝光，如深海之宝。

李昂顺面色隐隐骄矜，即便大恒皇室有诸多的夜明珠，但此颗绝对是其中的佼佼者。

"好东西。"顾元白果然感叹道，"未曾想到西尚竟有如此好物。"

李昂顺没听出来大恒之主这话语之中的危险，自得地笑了笑，朗声道："我西尚虽不及大恒，但好东西可如过江之鲫，数不胜数！"

顾元白将木盒之中的夜明珠拿到了手上，圆润饱满，一只手竟然刚刚握得住。他把玩着这颗夜明珠，微弱的荧光在他眼底显出一片幽蓝。

"真好。"

西尚，可真是个好地方啊。

青盐、驼、马、羊、蜜蜡、麝脐、毛褐、原羚角……这么好的地方，这么好的夜明珠，西尚当真是让顾元白喜欢不已。

圣上感慨极了，他让田福生将夜明珠装好，含笑温和地看着李昂顺，像是看着一座金矿。这样的目光都把李昂顺看得俊脸发热了。

这样的好地方，就应该到他的手里，成为大恒的一部分才对啊。

◆ 第二十三章 ◆

顾元白心底想着的东西没人能知道。李昂顺再怎么想，也想不到表面雍容华贵的大恒皇帝，心底已经在想着怎么将整个西尚收为己有了。

李昂顺原本满心的怨气，现在只觉得被看得面皮发热。这种尴尬的感觉，直至他被太监领了下去才缓缓消散。

等周围没人了，顾元白擦了擦手，问道："扶国使者是在哪里坐着？"

田福生总觉得圣上好像特别关注扶国前来的使者，低声回道："圣上，就在西尚使者的下首处。"

顾元白抬眼看去，可惜距离过远，看不甚清。他之前特意看过扶国献上的贺礼数目，在几个周边国家之中，扶国送上的贺礼称得上是数一数二的。

扶国一直是大恒的属国，更是在前朝时派人来学习以回国发展自己的国力。前朝易主之后朝代几经波折，如今变成了大恒，扶国对大恒也恭敬极了，仍然想和大恒保持良好的关系。

这个国家在顾元白的眼里，无可否认，确实是特殊的。

顾元白收回了眼，却从左侧察觉到了一道目光，随之看去，和亲王朝着顾元白举了举杯。顾元白笑了笑，也朝他举杯示意。

白玉的酒杯碰唇的一瞬，顾元白眉目一压，倏地想起来，他先前不见的那个白玉杯好似就是被薛远拿走了。

想起薛远，顾元白就想起了那两匹狼。他转身朝一旁看去，那两匹狼早已被专人安置好了，此时正趴在隐蔽角落之中，狼吞虎咽地用着新鲜的生肉。

吃得比朕还香。

顾元白突然想冷哼一声，转过了脸，把其他想法暂时放到一旁，也开始认真用起了饭。

酒过三巡，天色已经暗了下来。宴饮结束之后，宫侍将百官和使者送出，顾元白走出了宫殿，来到御花园中换口清新的空气。

天上明月高悬，微风拂动，花草之香浮沉。

顾元白双手背在身后，仰头看着枝上明月，突闻脚步声，侧头一看，就看到和亲王一身酒气，踉踉跄跄地被太监扶着走了过来。

努力扶着和亲王的太监道："圣上，和亲王醉了酒，怎么也不愿离开宫中。"

听到"圣上"两个字，和亲王打了个酒嗝，挥开周围的太监勉强站直，视线在周围转了一圈，最后放在了顾元白的身上。他瞪着眼睛道："你不许赶我回去。"

顾元白道："这是喝了多少？一身的酒味。"

和亲王却沉默了，只看着顾元白，好像突然之间不认识顾元白了一样。

顾元白哈哈笑了，逗趣地道："和亲王怎么这副表情，不认得我了？"

"你是皇帝，"和亲王沉闷地道，一字一顿，"皇帝，弟弟。"

顾元白带着鼻音应了一声，跟太监说道："将他带去华仪宫里休息。"

太监齐声应"是"。

顾元白收回视线，继续看着皎洁月光，和亲王却不愿意走，固执地站在原地，问道："你在看什么？"

顾元白不理他。

和亲王不依不饶："我叫你，你怎么不应？"

"朕懒得和醉鬼说话。"顾元白悠悠道。

和亲王道："本王没醉。"

顾元白没忍住笑了，朝着宫侍道："还不带和亲王回去？"

宫侍围住了和亲王，低声劝着，手中拽着，半软半硬地想要带着和亲王走人。和亲王动也不动，却耐不住旁人的拉扯。半晌，他好像醒过来了，抹了把脸道："我吹吹风。圣上，让我跟你一起吹一会儿风。"

直到顾元白点了点头，围住和亲王的宫侍才退到了一旁。顾元白漫步在小路之间，头顶的明月也随他而去。

温柔洁白的月光轻轻柔柔洒下，处处皆是雪落的一层银光。

和亲王跟在后头，走着走着，又头晕眼花了起来，脚步开始不稳，经过一处假山时，他突地拽住了顾元白的手，硬生生地将皇帝拉住不动。

顾元白皱起眉："顾召。"

和亲王的呼吸一声接着一声，他的五指收缩，身上的酒味往顾元白鼻子底下

钻去。落在身后远处的宫人正要上前时，和亲王说了话："顾敛。"

他声音低低："你为什么不娶宫妃？"

顾元白冷静回道："朕同你说过一次，你是想让我死在宫妃的床上？"

"可你连女人都上不了，"和亲王头也低着，只有攥着顾元白的手用力，"怎么还能有孩子？"

顾元白道："还有宗亲，还有你。"

和亲王手指抽了抽，心脏也跳了跳："我？"

"你也会有孩子。"

和亲王僵硬了，良久，他主动放开了顾元白的手，喃喃道："不愧是皇帝。"

不愧是先帝选上皇位的皇帝。

他失魂落魄地从顾元白身边走过，脚步有几分摇晃。顾元白正要让人上前扶住他，眉目突然一凝，倏地伸手将和亲王拽到了他的身后。

黑暗之中亮起两双野兽瞳孔，两匹狼身姿矫健，迅猛地朝着这儿冲来。它们的双眼泛着绿光，狠狠盯着和亲王。

叫声一声比一声危险，利齿外露。顾元白厉声命令它们："退后。"

两匹狼绕着顾元白转了几圈，想要找机会咬上一口和亲王，顾元白毫不客气地抬脚踹了它们两下，指着远处道："滚。"

反复几次之后，两匹狼呜咽地夹住了尾巴，缓缓后退到了黑暗中。

和亲王经此一出彻底醒了酒，他后背出了些汗："圣上，你在身边养了狼？"

顾元白敷衍地应了一声，脑子里想的全是薛远说的那些话竟然是真的。

和亲王眉头一皱："怎么能把狼养在身边？"

他话又说了一大堆，但顾元白不耐烦听。他让人带着和亲王去华仪宫，又派了侍卫保护和亲王，别真的被这两匹狼咬掉了手指。

和亲王在走之前，不知想到了什么，语气突然沉了下去："圣上，这两匹狼是不是薛远送给你的？"

顾元白："是又何妨？"

和亲王深深看了一眼他，闷头跟着宫侍离开。

等和亲王没了影，顾元白又散了会儿步，两匹狼跟在他的身后，可怜兮兮地不敢靠近。顾元白不怕它们，但其他人已经因为这两匹狼而脊背发寒，紧绷得浑身汗毛立起。

"圣、圣上，"田福生小心翼翼道，"天色已晚了。"

顾元白瞧了瞧天色："那便回去吧。"

在入睡之前，皇上还去沐浴了一番。在圣上沐浴的时候，那两匹被养得毛发旺盛乌黑的成年狼也踱步进了殿中，讨好地将地上散落的鞋子叼到了顾元白的面前。

顾元白睁开眼看了它们一眼，在缭绕热气之中勾起了唇角："物似主人形。"

他话音刚落，那两匹狼便放下了龙靴，好奇地伏低身子，伸舌舔起了池中热水。

顾元白："……"

这就是薛远这个文化人，千辛万苦驯出来的狼？

◆◇ 第二十四章 ◇◆

文化人薛远，这两日在路上总会打上几声喷嚏。

时间已晚，但北部的天还有些余晖，行军的众人吃过晚饭之后，就着余晖又开始往前赶路。

薛远捏了捏鼻梁，副将关心道："大人，没事吧？"

薛远摇了摇头，继续面无表情地带兵往前走。

副将瞧着他这冰冷无情的模样，侧头看着路旁两侧那些看着他们的灾民，心中暗暗叹了口气。

军队行至灾区之后，就时不时会见到大批的灾民。

这些灾民饿得瘦骨嶙峋，看着他们这一行军队的眼神怯弱而恐慌，但转而看到他们粮草的时候，那种眼神又变成了火热的贪婪。

这些粮草，当真是铺天盖地、堆积如山。运送粮草的军队强壮有力，而这些路旁受灾的难民则是可怜兮兮，里面甚至有幼小的孩童和即将饿死的老人。

被圣上养得好穿得好的大恒士兵，有许多生平第一次见到这样的惨状，他们心中不忍，在第一次见到这样的灾民时就想要把自己的口粮施舍出去。但薛远也在见到这些灾民后的当天下了命令，不准任何人施舍灾民一口粮草。

"谁敢拿出去一口粮草，"薛远那日举着大刀，脸上的神情是骇人到发颤的冷漠，"按军规处置，人头落地。"

这话一出，顿时压制住了所有心怀不忍的人。

但同时，主将的冷酷无情引发了许多士兵心中的怨怼，终于在两日之前，有

几个士兵忍无可忍，偷偷拿出了自己的一部分粮草去救济即将饿死的一伙灾民。然而就在当晚，军队准备安营扎寨的时候，就被数百个饿到丧失理智的灾民包围。他们不顾士兵警告，发了疯地朝着粮车冲去，因为士兵们对他们的退让，这些灾民甚至举着石头和尖锐农具打死了几个大恒士兵。

这样的混乱直至薛远带着人杀光了所有包围他们的灾民才算平息。

动乱平息下来之后，护着粮草的士兵们喘着粗气看着地上的灾民尸体，这些灾民不要命冲上来的样子还印在他们的脑海之中，那种疯狂到癫狂的眼神，让这些士兵还有些回不过来神，整个人都在发蒙。

薛远杀完了人之后，他的脸上溅着灾民的血，大刀染成了暗沉的红色，他转身，面无表情地抬着刀指着士兵们，问道："是谁给他们粮草了？"

将自己口粮匀出去一部分的三五个士兵咬咬牙，从人群之中走了出来。

刹那之间，薛远面无表情的脸瞬间变得狰狞了起来，他把大刀插在地上，大步走过去，越走越快，最后一拳揍了上去，把这三五个士兵压在身下狠打，扯着他们领口怒吼："他们就是被你们害死的，明不明白！"

他的拳头一下下落了下去，周围的士兵们憋得红了眼，但沉默，不知道该说些什么。

副将心头酸涩，被打的士兵们默默扛着揍，灾民的鲜血和他们自己的血泪狼狈混杂着尘埃。天空之上的秃鹫被鲜血味吸引了过来，围着灾民的尸体不断盘旋。

"我之前说过什么？"薛远脖子上的青筋暴出，他攥着士兵们的衣领，"不能给他们粮食！"

"你们以为自己做了英雄？"薛远神情可怖，"我们是运送粮食的，这是什么意思？这些粮食都是给边关将士的，你们觉得这些粮食很多？那你觉得整片灾地的灾民有多少？"

"一根麦穗，他们都会不要命地上来抢，哪管你们的兵马多少，哪管你们是不是朝廷的士兵。数百人可以杀，数千人呢？数万人呢？赶往边关的这一路，因为你们给的这些粮食，他们能一路跟着你，一路找机会去抢去夺。"薛远突然拽着一个士兵的领口，带着他跟跄地走到被灾民攻击得头破血流的士兵处，指着这些人头上的伤口道："看到了吗？给老子睁开眼看清楚了，这就是你们善心的后果。"

这些受伤了的士兵沉默地抬头，和这三五个士兵对望。那些拿出自己口粮去救济灾民的士兵，死死咬着牙，脸上的肌肉颤抖。

薛远又带着他们去看了那些猝不及防之下，不想对灾民动手却反被灾民杀死了的受难士兵的尸体。

这些人眼中的泪再也忍不住了，他们跪下，痛苦地呜咽。薛远放开了他们，从泥里拔出刀，又恢复了面无表情的样子："无视军规，按律当斩。"

"大人——"

"将军！！"

然而他们叫了一声之后就闭了嘴。

慈不掌兵，不令行禁止，还叫什么军队。

军法无情，不杀他们，死了的士兵、死了的灾民就是白死了！

都知道什么叫军令不可为。主将说在前头的话若是违背，死了不冤——即便他们是好心。

薛远走上前，他这一步迈出去，跪地呜咽的三五个士兵就抬头看向了他，既痛苦又卑微地想活下去："将军，我们错了。"

手中的大刀扬起落下，薛远亲自执掌了死刑。身上的血液又多了些，薛远甩下刀，转身看着周围的众士兵："收尸。"

他冷着脸，沉默地最后看了一眼士兵的尸体，眼中晦暗不明。

没人知道他是在为受难的士兵们而沉默，还是在为被迫杀死那数百名灾民而沉默。

一直到今日，这些时日薛大人脸上的表情越来越少，显得分外漠然，但肉眼可见，整个军队的士兵对薛大人的信服和依赖生起，再遇见灾民时，哪怕心有不忍，整个行军的士兵也可以板起脸，目不斜视地日夜赶路。

主将越是理智，越是顾全大局，士兵越是惧怕他，军纪就越是严明。

副将若有所思，心中感叹不已。

薛大人如今年岁也才二十又四，但对待让人一看就忍不住心中生起怜悯的灾民们，他是怎么保持这样清醒的冷酷的？

还是说，薛大人以往经历的事情，要比如今这一幕更为残酷？

副将胡思乱想之间，薛远抬头看了看天色，言简意赅道："通知大军今夜在此休息。"

命令被盼咐了下去，后方的声音嘈杂起来。今日好不容易找到了一处干净的河流，前些日子备的水已经不多了，薛远安排人轮番去河边装水补给，四散的哨兵赶了过来："将军，后方跟着的灾民人数越来越多了。"

薛远道："让他们跟。"

主将说了什么那就去听什么，不只副将对薛远叹服，这些哨兵也听话极了，干净利落地应了声"是"，转身翻身上马，继续去探查四方动静。

还好这些灾民畏惧数万士兵的威严，只敢在身后远远跟着，并不敢上前招惹。

越是接近边关，薛远的话就越是少了起来，他的神色沉沉，只有偶然之间才会露出几分柔和神色，但那几分柔和稍纵即逝，眼中的想念还没生出，就已被寸草不生的灾地驱散得一干二净。

副将道："大人，一起去清洗一番？"

薛远拍拍手："走。"

副将回头往身后看了一眼，灾民就在远处歇了脚，因为之前救济灾民一事，士兵们对灾民也开始有了警惕，即便是这么远的距离，这些士兵仍然戒备十足，已经自觉跑到了粮草车旁，默默守着粮草。

薛远跟着看了一眼，没说话。副将苦笑道："大人的一番心意，下官知晓在心。这些粮草是运送到边关的，我等没有权力处理，只有薛大将军有权用这些粮草去救济灾民。他们要是真的能撑到跟着我们到了边关，也算是有了一线生机。"

说完，副将又有些忧心忡忡："我们的粮食虽然管够，但我心中还是忧虑，不然将士兵们的口粮减少一些，等到边关之后再做打算？"

说话间，两个人已经走到了河边，他们在下游处洗了把脸，薛远道："不用，就这么吃。"

行军数年，很少能吃顿饱饭的薛远也没有想到自己会有说出这样的话的一天，他不由得笑了，脸上的水珠顺着锋利的下颌滴落："圣上在后头，粮食必定管够。"

这已经不是几年前了。顾元白，薛远相信顾元白。

在前方将领不知道的情况下，十万只鸭子正在赶往边关的路上。

不只鸭子，更有今年收成的一部分米粮。为了显示自己对圣上的感激、对圣上的忠心，这些豪强自觉极了，其中几人更是一掷万金，掏出了令人瞠目结舌的数量。

这些消息传到顾元白耳朵里时，他感叹不已，更是亲自提笔，写了数幅"为国为民"的字样，派人赏给了这些舍己为人的豪强。

能得到圣上的赏字，这是何等荣耀的事情。得到赏赐的豪强们心中暗喜，出门走路都带上了风，平白惹人艳羡。不只如此，在此次北部蝗灾中献上一份力的豪强们也会按照所出力多少得到朝廷分发的铜、银、金三种腰牌，姓名、籍贯会被官府记录在册，等蝗灾一过，他们的姓名就会被刻在石壁之上，竖起容百姓瞻仰。

这样的举动一出，大大小小的商户也跟着坐不住了。

户部连续忙了好几天，回过神的时候，前来进京贺寿的使臣们都已经走了，唯独留下一个有求于大恒的西尚使者。

户部尚书汤大人同顾元白一一上报完要事之后，也说起了同西尚的榷场一事："圣上，同西尚的互市到如今已停了三个月。西尚使者心中都急了起来，已经派人往臣同户部官员的府中送礼了。"

"是吗？"顾元白道，"朕瞧着他们皇子的样子，好像还挺悠闲。"

户部尚书哭笑不得，却不得不承认圣上说得有理。

"再晾一晾他们，看看西尚还能拿出什么好东西。"顾元白笑了，意味深长，"朕现在没工夫去搭理他们。若是送礼，你们只管收，正好看看西尚的这批使者究竟带了多少东西来大恒。"

说着，他摇了摇头："送了朕那么厚的一份礼，结果还有余钱在大恒花天酒地，还有东西往你们府里送……西尚可真是有钱得很。"

户部尚书先前没有想到这层，此时跟着圣上的话才转过来弯，细细想了想，也不由得感叹道："是啊，西尚可当真是富有啊。"

君臣二人感叹了一番后，户部尚书就退了下去。顾元白瞧了瞧外头的天色，突然说道："薛将军走了有三个月之久，即便是薛远，也一个月有余了。"

田福生算了算时间，恭敬应道："正是如此。"

顾元白叹了口气："将门将门，薛府的妻女老母怕是心中孤苦极了。"

田福生劝道："圣上平日里极为照顾薛府，又提了薛老夫人与薛夫人的诰命，京城府尹也时常派兵从薛府门前巡视而过。薛府虽是满门女眷，但没人敢上门欺辱。"

顾元白点了点头，余光一瞥桌旁趴着的两匹狼，按按额头，道："安排下去，朕明日亲自上门去薛府瞧瞧，让兵部尚书和枢密使陪同在侧，从和薛将军平日里关系不错的那些官员中，也挑出两三人一同陪行。"

田福生道："是。"

第二日，圣上便带着臣子驾临了薛府。

无论是薛府还是一些武官，俱因为此而松了口气。

顾元白安排薛远前去送粮，一是因为他合适，二是顾元白想告诉薛将军：尽管去做，朕能派你的儿子去给你送兵送粮，就代表着朕相信你，朕是你的强硬后盾。

但总有些会乱想的人，将此举猜测成了圣上忌惮薛府，因此想趁机一举除掉薛府父子二人。

这样的人实在小觑了顾元白的肚量和胸襟，也实在是将顾元白想得窝囊了些。如今圣上亲自带着朝中重臣上门安抚，此举一出，这些人才知晓圣上没有那个意思。

被圣上温声安抚的薛老夫人更是泪水不断："能为圣上做事，便是死了，也是他们父子俩的造化。"

顾元白失笑摇头，道："老夫人此言严重，此战不难，薛将军父子俩必定会给朕带来一个大胜。"

他语气淡淡，但就是这样的语气反而显得胸有成竹，极为让人信服。

安抚好薛府家眷之后，顾元白被请着在薛府转了一转。半晌，他突然想起："薛九遥的房间是在何处？"

常玉言曾说薛远房中的书比他整个书房的书都多，顾元白对这个说法实在是有些好奇。

薛府的小厮连忙在前方带路，引着顾元白来到了薛远房前。众人留在外侧，顾元白独自一人走了进去，踏进房间一看，果然看到了许多摆放整齐的书籍。

他微微一挑眉，走上前随意抽出一本翻看，只见里头的纸张干净整洁，没有丝毫被翻开过的样子。

顾元白将这本书放了回去，又连抽出几本兵书，结果都是一样，别说有什么看过的注释和字迹了，这些书还留着新书特有的油墨香气，宛如刚印出来的一样。

这就是传说中的文化人？

顾元白坐在了书桌之后，将手中的书随意翻开几页，心想：这一墙的书，薛远不会是一本都没看过吧？

仔细一回想，薛远好像曾同顾元白说过，他是个粗人，没读过几本书。

可是听着常玉言的说法，薛远又好像成了不可貌相的人物一般，面上不露分毫，实则深藏不露。

哪个说法是真的？

顾元白翻了几页，正要将书放回去，脚尖却踢到了什么东西。他低头一看，就见书桌之下的空当正放着一个做工粗糙的燕子风筝。

正是薛远曾经放给顾元白看的那一个。

顾元白没有一点儿非礼勿视的自觉，弯身将燕子风筝捡了起来，翻过来一看，风筝上果然写着一行龙飞凤舞的大字。

"若无五雷轰顶，那便天子入天下人怀。"

◇◆ 第二十五章 ◆◇

天子入天下人怀。

天子、入、天下人、怀。

顾元白坐在薛远书桌前，被这一行字震得半天没回过来神。

等回过神之后，纸糊的燕子风筝已经毁在他手下了。

好啊，薛九遥。

你还做了多少朕不知道的事，难道你想造反吗？

顾元白还以为打了薛远五十大板之后，薛远那日当真是老老实实规规矩矩了。还规矩呢，还明理呢，原来就连放风筝时，薛远都能拿着写上这一行字的风筝去放给他看，都能胆子这么大地让侍卫们上前给他放风筝。

胆子这么大，你怎么不在雨天去放你的风筝呢？

风筝的纸面被顾元白捏得咯吱作响，顾元白压着心中暗火，将风筝上写有薛远字迹的纸面撕下来团在了袖子里，早晚让薛远为自己写出来的这句话付出代价。过程之中，顾元白心中还一直道：你还挺敢想。

天子入天下人怀，顾元白冷笑，他记住了。

约莫是回到了熟悉的地方，被薛远调教出来的那两匹狼兴奋极了，待顾元白出了薛远的房门之后，还来不及尝一尝薛府的茶点，就被这两匹狼咬住了衣衫，带着一路来到了狼圈前。

狼圈在薛府的深处，两匹狼嗥叫一声，片刻之后，狼圈中的狼群也开始狂嗥不止，声声响彻云霄，甚至开始撞锁起来的木门，木门被撞得砰砰作响，顾元白周围的侍卫们脸色骤然一变，护着顾元白就要往后退去。

然而顾元白离得越远，狼圈里头的狼就越是狂躁，嗥叫之声含着血性，一声比一声高亢。

顾元白在身上找了一下，没找到什么能让它们如此亢奋的东西。薛府的家仆闻声匆匆赶来，见到那两匹拽着顾元白袖子的成年狼时，眼睛一瞪，吓得两股战战："圣……圣上！"

侍卫安抚道："这是薛大人送到圣上身边的两匹狼，不必在意。你们快来看看，狼圈里这些狼是怎么了？"

家仆回过神，忙上前去查看狼群的情况。顾元白还记得薛远说过的话，他可是将话说得漂亮极了，什么府中众狼全已被他教训完了，都会听圣上的话。可如今一看，一个个桀骜不驯，可不像是薛远话中的样子。

顾元白在心底暗暗又给薛远记了一笔。

家仆上前之后，侍卫长低声道："圣上，臣等护着您先行离开。"

顾元白的双手背在身后，落在手腕旁的衣袖就被两匹狼分别叼在了嘴里，用利齿钩着，不让顾元白走。他让侍卫长看他脚旁的这两匹狼："这两只缠人的东西挡在这儿，朕还怎么走？"

它们非要让顾元白走近看看，顾元白便走上前了。他离得越近，狼群的声音便越是激动，等走到面前时，这些狼已经趴在了栅栏上，锋利的爪子刮着栅栏，一匹匹狼的脖子上面，竟然都缠着一个白色瓷瓶。

顾元白盯着这个白瓷瓶，突然伸手从最近一匹狼的脖子上拽了一个下来，在一旁众人的惊呼声中稳稳拔了白瓷瓶的盖子，里头正放着一张卷起来的字条。

瓶口很细，字条不好拿。顾元白直接将瓷瓶就地一摔，宫侍在碎片之中捡起字条恭敬送上，圣上接过，将字条悠悠展开。

"圣上来我家中看狼，是那两匹狼的牙崩了，还是因为圣上想念臣了？"

顾元白倏地将字条合上，指骨握紧，双眼眯起，危险十足地沉了眉。

薛九遥。

薛九遥带着大兵日夜兼程，随身带着的那袋泉水馊了他也舍不得扔。

风餐露宿，跋山涉水，唯一的休息时间就是入睡之前，有时候众位军官齐聚在一起，话里话外谈论的都是家中的妻女。

说着说着，也有人问薛远："将军，您此次远行边关，家中的妻女应当很是不舍吧？"

薛远盘坐在火堆旁，他的身形高大，火光照映在他身上，明明暗暗。

听到这话，主将这些时日以来冷硬得犹如石头一般的表情终于有了缓和的迹象："我没娶妻，也没有儿女。"

周围人惊讶："竟然没有娶妻吗？"

"要是没有记错，将军都已二十又四了吧？"

薛远这会儿的耐心多了一些："圣上也没娶妻。"

"圣上……"有人笑了两声，"圣上还年轻呢。"

"圣上年轻，我也不老。身为臣子，自然得一颗心想着圣上。"薛远没忍住勾起嘴角，似真似假道，"圣上没娶妻，我就得陪着。"

"若是圣上娶妻，将军也跟着娶妻吗？"身旁人哈哈大笑，"薛老将军要发愁喽。"

正当这时，薛远耳朵一动，倏地抬头看去，就见四散的哨兵快马加鞭往这处赶来，火把飞扬，见到了薛远就是一声大喊："将军！有蝗虫袭来！"

众位军官立刻收起嬉笑，翻身站起，熟练十足地前去排兵布阵。薛远拿着刀剑，牵了马跟上："副将派人看顾粮草，此地距边关越来越近，蝗虫势头迅猛，切不可让粮草有丝毫损失！"

副将沉声抱拳："是！"

顾元白被薛远气得大半夜睡不着觉。

从薛远那儿带回来的二十三个白净的小白瓷瓶摆在面前的桌子上。这些瓷瓶上头印着各色的花样，材质普通，其中几瓶甚至还有些微的裂口。

顾元白看着这些瓷瓶，知晓薛远狗嘴里吐不出象牙，但他还是一瓶瓶地摔碎，从里头拿出了一卷卷的细字条。

这些细字条语句含糊，踩在那条线上反复地试探。二十三张字条再加上顾元白白日里在薛府中砸出来的那张字条，几乎连成了一篇另类的陈情书。

只是写书的人本质终究不是斯文的读书人，话到半程，其中的侵略感越强，表面的臣服越是虚伪，最后还和顾元白说起在山洞中的那一夜。

顾元白把字条扫到枕头旁边，拉上被子蒙住了头。

半晌，他沉沉地叹了口气。

第六卷

粮草辎重

◆ 第二十六章 ◆

第二日一早，顾元白从睡梦中醒来，就察觉到自己的火气了。

他躺在床上缓了一会儿，休息一刻钟之后，火气总算是下去了。

"身子不行，想的还挺多。"顾元白喃喃一句，拉了拉床边的摇铃。

用完了早膳，顾元白前往宣政殿处理政务。片刻，工部尚书连同侍郎二人和孔奕林一起前来觐见。

他们三人上报了棉花已成熟之事。

顾元白大喜，亲自赶往棉花田地中一观，入眼就是如雪的一片棉花田地。被孔奕林叫作白棉花的东西，果然和棉花一般无二！

孔奕林上前摘下一掌心棉花，送到顾元白跟前："圣上，您摸摸，这东西正是臣所说的白棉花，中有丝絮，柔软轻便。"

顾元白拿在手中揉了揉，面上满是笑意，容光大盛："好东西！吴卿，你们可有算亩产？"

工部尚书也是面色红润，喜上眉梢："臣前两日便派人算了亩产，因着这半年多来的小心照料，亩产足有三百五十斤！"

大恒的斤数比现代的斤数要小，三百五十斤的产量，按现代的计数方式也不过是二百五十斤左右。顾元白没种过棉花，但他对这个数已经很满意了，非常满意。

他毫不吝啬地赞扬了工部的官员，更是将孔奕林的功劳说得天上地下仅有，在场的众位官员被夸赞得神清气爽，即便是硬要压制着笑，嘴角也压制不下去。

稍后，圣上将种植棉花的农户也叫过来赞赏有加，赐下赏钱之后，当即下旨："吴卿，立即派人将所有的白棉花采摘下来，召集人手加快速度为边关众战士和灾民赶制冬衣，不得有分毫延误！"

工部尚书立即应了"是"，又顾虑道："圣上，恐怕布庄之中的人没有这么多啊。"

顾元白思索一番，突然道："孔卿如何看？"

"为战士和灾民赶制的衣服，并不需要出众的绣法和缜密的针脚，只需平整无误，使棉絮不露出即可。"孔奕林道，"百姓如今已忙完农活，家中女子都有一手制衣的手艺，不如每日给些工钱，让百姓家的女子前来为边关战士和灾民赶制冬衣。"

顾元白又问："那每日工钱该如何算？"

"不若以成衣数为准。"孔奕林不急不缓，"做好了一件衣服那便是一份的钱，手巧的自然多，手慢的也不花冤枉钱。待她们交上成衣以后，便让专人前去检查针脚，确定不露棉絮、崭新平整之后，再给工钱。"

顾元白轻轻颔首："就依孔卿之言去做吧。"

如今都已十月了，秋风也开始转寒，要想在年底寒冬最冷时将新一批冬衣运送到北部，那就需要在十一月初将全部冬衣装车运走。

这是一个大数量，北部的士兵不论兵种，少说也有三万人，再加上大批的灾民。一套成人棉衣要用掉一斤重量的棉花，即便棉花够，制作冬衣的时间也十分紧迫。

孔奕林将棉花当作进身之阶，自然不会将棉花种子五粒十粒地献上去。孔奕林知晓白棉花此物只有够多才能彰显其价值。他的性子让他在没有确定是否能考中进士当官之前，就已动用了全部的钱财，去购买了足足可以种百亩地的种子。

而这些耗费了孔奕林无数心血种植成功的白棉花，就在景平十年十月，走进了京城百姓和文武百官的眼中。

这一日一大早，已经养成了习惯的农汉三三两两往官府门前走去，到了官府门前时，人头已经围了好几层。百姓们等了没一会儿，官府中平日里给他们读《大恒国报》的官差就准时走了出来。

但在读报之前，官差清清嗓子，大声道："咱们朝廷要为北部的士兵和灾民赶制冬衣，京中的布庄人手不够，若是谁家的女眷有心想要赚些工钱，尽管来官府记名，等明日一同前往布庄去赶制衣物。"

此话一出，百姓群中哗然，不时有人追问"是朝廷给钱吗？""工钱怎么算？""若我婆娘去，她自个儿能行吗？"

"大人，我婆娘的手艺好，女儿的手艺不行，你们是需要带花儿带鸟儿的衣服吗？"

官差一一解释，最后道："诸位不必担心，进出布庄的全是咱们宫中的女官，她们会负责你们家中女眷的膳食和安危，外头还有咱们的官兵守着，每日太阳落山之前她们必定会回到家中。这一块，大家伙安心吧。"

说完后，官差又解释了良多。

许老汉就站在其中，他听得仔仔细细，听完之后，回家的路上也一直在想着

这事。思来想去，他觉得这是圣上和朝廷想帮他们过冬，才给他们一个能在农闲时候挣工钱的活计。

许老汉回到家中就将这件事同家里的人说了，家里女眷一听，都是面上一喜："就我们这手艺，也能去挣朝廷的工钱吗？"

许老汉一板一眼道："那你们可不得好好练练？咱们不求快，不求钱多，就求个稳当。这可是给将士们穿的衣服，没准儿你们做出来的衣服还能被咱们大恒的将军穿上！这事可不能着急，知足常乐，贪财得贫，你们得比在家里时更认真，要是你们一个个都为了工钱，那还不如不去。"

许老汉的婆娘嗔怒道："我们还不知道这事吗？！给士兵穿的衣服当然要认认真真的了！就你，天天出去听《大恒国报》，瞧瞧，现在说话都一股子读书人的味道了。"

许老汉嘿嘿一笑，颇有几分自得："不一样喽！不一样喽！"

婆娘瞪了他几眼，也忍不住笑了，跟儿媳道："还别说，他听人家念报听得多了，懂的事儿也多了，有时候和我一说话，把我说得一愣一愣的，真跟读书人一样了。"

饭桌上的一家人都笑了，大儿子琢磨这件事，跟几个兄弟商量了一下，道："娘，要不你就别去了，就让云娘她们几人去就好。"

"是啊。"大儿媳妇道，"娘，您就在家好好歇息吧。咱们妯娌几个，必定将这事给干得好好的！"

几个女人的脸上带着喜悦和紧张的神色，她们可从没有自己去挣过一份工钱。男人们不在，她们是有些忐忑和不安，但更多的是跃跃欲试。

许氏立刻瞪大了眼，想也没想就拒绝道："不行不行，我一定要去。你们都不用拦着，家里就我的针线活儿最厉害，我去了，几个媳妇儿也有个主心骨。"

几个儿子劝了许久也未劝动，只好点头同意。

第二日一大早，许氏就带着儿媳们出了门，她们心有忐忑，但在路上一看，家家户户都走出来了人，无一例外都是女人。众人你看看我，我看看你，心中都安定了下来，三三两两一同往官府而去。

记上姓名、夫家之后，众人低声交谈着，没有多久，宫中就来了人，客客气气又温和地将人带到了布庄当中忙碌。

等天大亮之后，众多汉子前去听《大恒国报》的时候，也在说着这件事。家中的婆娘都走了，说不担心是假的。许老汉自己听完《大恒国报》后就在家中等着，几个儿子也坐不住。等到晚上天色都暗了，家人开始着急的时候，许氏带着儿媳妇红光满面、笑得见牙不见眼地大步朝着家里走了过来。

许老汉和儿子们这才松了一口气："这是出什么好事了？今天就拿到工钱了？"

许氏和媳妇们坐到位子上，笑着道："哪里能这么快？这一套冬衣赶制出来，就是一天到晚什么都不做，手快的也需要两三天。"

许老汉纳闷："那你们这是？"

"我们开心着呢。"许氏让儿媳将东西拿了出来，"朝廷给我们准备了午饭，那米香喷喷的，包管你吃饱，还不只是好米，还有好几样的菜。说起来你们都不信，我们今儿个中午可是吃到肉了，味儿到现在还没散呢！"

儿媳小心翼翼地将油纸包着的糕点拿了出来，许氏道："瞧瞧，这是照顾咱们的女官给我的糕点，女官说了，这是因为我做得又快又好才赏下来的。这糕点可是皇宫里皇上吃的糕点，可不便宜！"

许老汉一惊，跳起来道："圣上吃的糕点你还在计较便不便宜！这哪里能吃，快供起来！"

许氏一把夺过了糕点，白了许老汉一眼："布庄里头的女官可是说了的，这糕点拿回家就是留着吃的，你供起来还白瞎了这些糕点，要供你供你的那份去，我们还得吃呢！"

许老汉哑口无言。

家中的小儿跑了过来，见着奶奶手中的糕点就扑了过来，抓着就往嘴中塞去，囫囵咽下之后，就眼睛一亮："奶，真好吃！"

小儿还要再抓，却被家中长辈抓住了手，长辈气得脸色涨红："慢点吃，细点吃！你尝尝味啊，你怎么能这么吃？"

小儿懵懂，长辈们叹了口气，也跟着小心翼翼地抬手捏了一块糕点，放进了嘴里。

又甜又香，原来宫里头的糕点是这个味啊。

许老汉尝了又尝，品了又品，等最后一点味也没了，他才停下咂嘴。再让他吃，他不舍得吃了。家里的长辈们把糕点让给了小儿，小儿被看得紧张，也学着长辈的模样，一板一眼地珍惜。

当天晚上，许老汉和许氏躺在床上，琢磨这一天的味。

"没想到还能有见着宫中女官的一天。"

"没想到还能吃到皇宫里的糕点。"

"那些士兵冬天冷，没衣服穿，我得快点，别把他们给冻坏了。"

"是要快，但也别急。"许老汉道，"等朝廷发了工钱啊，你们做主，一人一身新衣裳。"

夜渐晚，鼾声渐起。京城之中陷入安宁，空中明月高悬。

◆◆ 第二十七章 ◆◆

朝廷用民做事，那就一定要在方方面面考虑好细节。万事按着章程来做，既不可欺压百姓，也不可由百姓中饱私囊。

圣上将赶制冬衣的时间压得很紧，负责此事的官员们打足了精神，力求将效率提到最高。

自古打仗，其实打的不只是士兵的战争，更关键的是后勤的战争。游牧民族用肉干当作口粮，他们不需要后勤，可以快速地发动进攻，这正是他们的优势。但在如今蝗虫肆虐、大恒粮食充足的情况下，他们这个优势就不占好了。

顾元白和众臣商议的时候，仗着大恒如今国库和粮仓满溢的底气，也就直说了："朕不只是要送冬衣去边关。大恒的士兵辛苦，但辛苦不能连年都过得辛苦，朕要让他们在游牧人面前好好地过一个年。"

臣子躬身追问："圣上，何为一个好年？"

"吃饱穿暖，有滚烫的肉汤喝，有鲜美的大饼吃。"顾元白看向他们，"那些豪强送了十万只鸭子前往边关，也快要到了吧？"

"驿站的人来信，已快要到达边关了。"户部尚书没忍住笑眯了眼，"薛将军来信时曾说，蝗虫在七月就开始在北部肆虐，他到达边关时，情况已经十分严重。秋蝗三个月后一死，待到十月中旬，应当就进到若虫期了。"

参知政事接道："十万只鸭子在九月就送上了路，再晚，也能在这个月底送到边关。到时正好赶上蝗虫的若虫期，吃完了蝗虫之后，正好也可以给战士们加加肉。"

"豪强们这次做得不错，"几个大臣笑了，打趣道，"终于算是做了一件大好事。"

顾元白笑了："省了我们好大的一番功夫，但这还不够。蝗灾到了如今，只要后方的粮食跟得上，对前方来说已经算是过了危机。诸爱卿，朕现在想要的，是同游牧人的一场胜利。"

"要让游牧人知道大恒的底气，"圣上道，"他们向来自得于自己的战绩，自得于自己的骏马与自己的牛羊，此次蝗虫一出，大军压境，不让他们知道自己有多么弱小都浪费了这次的机会。"

"他们没有粮食吃、没有冬衣穿的时候，咱们的将士要吃得好穿得好，要有充足的力气和精神去应对游牧人的骑兵。"顾元白道，"粮食、冬衣、肉……年底了，百姓家尚且会吃顿丰盛的年夜饭，这些为朕打天下的士兵，也要好好过个年。"

众位臣子应"是"。

午时，顾元白留下众位臣子在宫中用膳。宫中的膳食精美，味道可口，但今日有一道红黄交加的鲜艳菜肴，枢密使试探着尝了尝："咦，这是什么？味道不错。"

酸甜开胃，咸味适当，分外可口。

田福生道："赵大人，此菜是红灯果子炒蛋。"

枢密使奇怪："红灯果子为何？"

"红灯果子是黄濮城的县令在当地发现的一种果子。"田福生说，"这果子颜色漂亮，小巧圆润，食之无害，无论是做菜还是熬汤，都别有一番风味。"

大鱼大肉吃多了，番茄炒蛋是真的开胃。自从太医院确定这些红灯果子对人体没有危害之后，顾元白就把番茄搬上了菜桌。番茄炒蛋只是基础菜式，番茄牛腩、番茄汤拌面、糖拌番茄……他已经吃了好几天。

众位臣子对红灯果子分外好奇，等午饭之后，顾元白让人送上清洗干净的红灯果子，让他们人手一个尝一尝。

众臣试着尝了一尝，这味道十分奇妙，汁水泛酸，但果肉又泛着甜，可还别说，这东西越吃越觉得好吃。既可入菜，又可生吃，臣子们接二连三地夸赞道："圣上，这红灯果子是个好东西。"

顾元白忍俊不禁："但再好的东西，朕这里也没有多少了。此番众位大人尝一尝味就好，待到明年种下长出时，才可知这东西的亩产多少。"

臣子们不由得露出几分失望神色，吃着剩下的红灯果子时，咀嚼的速度也放慢了许多。

下午，臣子们回到了各自的衙门处。而顾元白则留下了户部尚书，带着人换上常服，坐上马车出了皇宫。

尊贵无比的皇帝陛下带着人来到了京中的菜市。

顾元白亲自从菜市的路头问到了路尾，从一个鸡蛋的售价问到了一斤兔毛的

售价。他的气质斐然，衣着即便再低调，在百姓之中也是鹤立鸡群。但顾元白语气温和，态度亲切，被他问话的百姓虽然拘谨，但并无多少害怕。

"公子，你若是买得多，我们这价格就会更便宜。"卖着自家鸡蛋的农户搓着手，小心翼翼道，"我家的鸡蛋又大又好，是最便宜的了。"

顾元白看了看，果然点了点头："老伯，若我买得多了，还能再便宜多少？"

"一斤鸡蛋便算十二文铜钱。"农户老老实实道。

顾元白了然。

他一路走过来，对各物件的售价大致明白清楚了。等到同户部尚书坐上回程的马车时，他感慨道："外头的鸡蛋是十二文铜钱一斤，可这鸡蛋入了宫，就变成六十文钱一个了。"

户部尚书不敢说话。

"该说朕不愧是皇帝吗？就连这一模一样的鸡蛋，到了朕的饭桌上就成了金鸡下的蛋了。"顾元白打趣，"是朕不配吃这十二文钱一斤的鸡蛋？"

"圣上，"户部尚书头顶大汗淋漓，"内廷的账目，这……"

"汤大人，你瞧瞧这才过了多久？"顾元白摇了摇头，叹了口气道，"朕才清了内廷不到一年吧？但天下熙熙，皆为利来，天下攘攘，皆为利往，这不到一年的工夫，就有人敢在朕眼皮子底下钻空子了。"

户部尚书完全不知道该在此时说些什么，马车一晃一荡，他背后的汗已经隐隐浸透了衣服。

"太府寺，少府监。太府管着内廷的库储和出纳，现如今的太府卿和汤卿也是熟识，"顾元白悠悠道，"少府监从未出过什么事，太府寺的事情倒是一件接着一件。前些日子反腐刚过，前太府卿正逢丁忧，这便辞官回乡守孝去了。这新上任的太府卿约莫是不了解朕的脾性，他甫一上来老实了还未到两个月，便把鸡蛋变成金鸡蛋了，你说，以后朕还吃得起鸡蛋吗？"

户部尚书脑中神经紧绷，既为这一句"熟识"而胆战心惊，又恨太府卿这没脑子的贪财行为。

皇帝陛下的脾气，对贪污的态度和容忍限度，这位太府卿如今还不明白吗？

马车正好停下，顾元白拍了拍户部尚书的手臂，语重心长道："朕听闻汤卿正为家中女儿相看亲事，这女儿家的亲事可是无比重要的事，汤卿要多看多思，万万不要随意就下了决定。"

户部尚书这才反应过来圣上对他说这一番话的意思。

最近户部尚书确实在犹豫是否要同太府卿结成亲家，圣上如今单独对他说这样的一番话，恐怕就是在提醒他，莫要和太府卿有过多牵扯。这是圣上对他的爱护啊。

户部尚书心中一松，感动得热泪盈眶，俯身行了个大礼："圣上今日所言，臣字字记在心中。衔草难报皇恩，圣上对臣的爱护，臣真是万言难以言其一，只恨不得为圣上肝脑涂地、万死不辞。"

顾元白点了点头，含笑安抚他两句之后，便让他下车了。

太府卿其实自从反腐之后一直老老实实，近期才开始有贪污意向，但他这手脚刚做，就被顾元白发现了，不得不说也是一个倒霉蛋。

京城中，顾元白一边忙着处置太府卿，一边忙着紧盯棉衣事宜。

而在边关。

十月中的时候，一路草行露宿的送粮军队终于与边关士兵会合了。

薛将军在大风中迎来了这一支长长的队伍，也迎来了被这条队伍护在中央的长得见不到尾的粮车。

这些粮车都装得堆积如山，一辆紧挨着一辆，平旷荒凉的平原两侧，听到声响的难民从灾民居中走出，愣愣地看着这些粮食。

从他们面前经过的粮车打下一道道影子，这影子将他们罩在底下，都遮住了太阳，遮住了天上的云。

驻守在边关的士兵们眼睛眨也不眨。看着这些粮食，薛将军脸上憔悴的神情在这一瞬间变得神采奕奕。

"看到了没有？看到了没有？"老将激动道，"我就说！我就说圣上一定会送大批粮草前来！你们信不信？你们信不信！"

驻守在边关的这些士兵和被薛将军救助的这些灾民，已经吃一旬的稀粥了。

薛将军到了边关之后，就无所不用其极地去救济灾民，然而灾民太多，带来的粮食不够。在等待朝廷送粮的这一段时间，不知从哪里传起来谣言，说是朝廷不愿意往边关送粮。

被薛将军从京城带往边关的士兵们对此说法不屑一顾，他们是被圣上养起来的兵，圣上对兵如何，他们是最清楚的。但原本就驻守在边关的士兵们慌了，他们经历过最黑暗的一段时间，即便这一年来朝廷运往边疆的粮食稳定，还给他们换了盔甲和刀剑，但他们还是害怕，恐慌开始在他们之中传播。听闻此事的薛将军直接抓住了谣言的源头给斩了，才暂时将一部分士兵安稳住。

但这一部分的士兵心中还是担忧，随着时日见长，他们甚至开始心中生了绝望。

然后就在这种绝望之中,他们等来了朝廷送来的粮。

送粮来的大军已经走近了,但即使是走近了,那些粮食仍然看不到尾,好像就没有尽头一样。

驻守边关从未离开的士兵愣愣道:"怎么会有这么多的粮食……"

京城的士兵骄傲十足地道:"圣上爱护我们,当然会给我们运送多多的粮食。不就吃了十天的稀粥吗?我都不知道你们为什么这么慌。"

士兵只顾着看粮食,来不及回他的话,眼睛都要转不过来了。

这么多的粮食,有多少人一辈子能见这么多的粮食?

反正常年驻守在边关的这些将士,他们中没有几个人曾见过这么多的粮食。不知不觉间,这些从未见过如此多粮食的人被身边人一提醒,自己摸摸脸,才发现不知道什么时候,他们竟然眼睛湿润了。

哭什么啊?

士兵们茫然。

他们只是看了一眼粮食,看不够,又多看了几眼而已,心里面还没琢磨过来味呢,怎么就对着这么多的粮食哭了?

他们正想着,就听到有呜咽痛哭声突然在两旁响起,愈来愈响亮。士兵们扭头一看,原来是被薛将军聚集在这一块的灾民们正三三两两地抱在一起痛哭。这些前些日子满脸写着麻木的灾民,在看到这么些粮食之后好像突然有了宣泄的渠道,一个人哭得引起了一大片的哭声,止也止不住。

有粮食了啊,他们得救了。

◆ 第二十八章 ◆

这是因为饿怕了。

在蝗灾肆虐和饿殍遍地时,粮食是最硬的通货,也是最让人心安的镇山石。薛将军见到灾民如此,见到边关士兵如此,心中酸涩又难受。

两个月前,他带着兵粮一踏进灾区,抬头是遮天蔽日的蝗虫,低头是饿得瘦骨嶙峋的灾民尸体。何为地狱?不亲眼看上一眼,旁人想得再多,也想象不出来人间炼狱是何等的模样。

人饿极的时候是没有理智的,什么都可以吃,树、草,甚至地上脚下踩着的土，混着水也能硬吃下去。但这土，人吃多了就会死，等没有东西可吃之后，最后就是人吃人。

这等的惨状无法用言语文字去转述，薛将军写给圣上的折子之中，也只写了"饿殍遍地"这四个字。

蝗灾暴发最早最严重的地方，女人和孩子、瘦小的男人，他们不只自己饿，还得时时恐慌自己会不会被别人吃掉；自己的妻子、自己幼小的只会哭泣的孩子会不会成为别人的口粮。

这样的场面哪怕是最有灵气的读书人也会愣住拿不起来笔，薛将军有心想将灾区严重的情况一一转述，可转述什么呢？处处严重？处处严重之后就没有能单独拿出去写的东西了。

八百里急报派人快马加鞭送往京城的时候，薛将军还担心他写上去的文章是否能将北部蝗灾的严重情况说清楚，会担忧朝廷是否会重视，是否会派来大量的米粮。

直到看到摆在面前的这些一眼看不尽的粮草时，他才彻底安下了心。

一个将军最感恩的事，就是在前线打仗时，后方的皇帝能信任他，并用尽全力地支持。这很难，不只是说起来那么简单，但当今圣上就做到了。

老将很是激动，看到带头的薛远之后更是畅快大笑："我儿，你来得慢了些！"

薛远的容颜一露，常年驻守边关的士兵就惊呼一声："薛九遥！"

"薛九遥竟然回来了？！"

薛远骑在马上居高临下地看了薛将军一眼，嘴角一勾："薛将军数月未见，倒是沧桑了不少。"

他翻身下了马，走到薛将军跟前行了礼，朗声道："下官薛远，奉圣上之命将粮草送到，还请将军审查。"

薛将军笑容止不住："好好好。"

他拍着薛远的肩膀，一时之间眼角也有些湿润："圣上竟然派你来运送粮草，圣上这是看得起你啊。"

薛远咧嘴一笑："这是当然。"

薛将军同几位将领拉着薛远说了几句话，随后就一同去检查了粮食数量。即便带队的人是薛远，薛将军也公私分明，等最后查完之后，他们也被这些粮食的总量吓了一跳。

"这都能吃到年后了吧？"

这么多的粮食,还有送粮食的数万士兵,薛将军琢磨着不简单,正想将薛远叫来问问话,却被人告知,薛远已经带着众位将领前去清洗自己了。

薛将军眼睛一瞪,怒骂一声"兔崽子",也不琢磨了:"把粮食卸车,万事不管,先让大家伙儿吃一顿饱饭!"

等薛远清洗完自己从房里出来后,就闻到了四处飘香的粮食味道。

他抹了把脸上的水,抬眼看着四处飘起来的白烟,慢条斯理地在军中看了一圈。新来的兵听过薛远剿匪的名声,以往的兵知晓薛远驻守边关的大名,他这出去一趟,军里不少人都知道薛九遥回来了。

薛远的名号对边关士兵来说当真是响当当,里头不少人都曾跟着他出入战场,偶尔薛远从他们身边经过,他们还会恭敬地道一声"少将军"。

在以往卢风掌权时期,薛远的功名都被薛将军压了下来,即便之后圣上掌权,因着薛将军的谨慎和担忧,对当今圣上的脾性也不曾了解,因此也没有为薛远表功。薛远在边关时自然没有位列将军,只是他以前桀骜,别人这样叫他,他也就光明正大、理所应当地应了。

现在听到这样熟悉的称呼,薛远却第一时间想起了顾元白,突然有些庆幸顾元白不知道这事。

否则这小没良心的,定会怀疑他用心不良了。

薛远把自己曾经野心勃勃妄图登高位的想法故意忽略掉,悠闲地走到了薛将军的营帐当中。正好饭菜已上,薛将军停下与几位将领的商谈,让他坐下一同用膳。

饭桌之上,薛将军满满的忠君之情无处倾泻,只能不断地问薛远:"圣上如今如何?"

薛远一听这话,眉眼之间就染上了阴郁:"我一月有余未见过他,我怎么能知道。"

薛将军不知道他怎么突然心情变坏了:"那你走之前,圣上怎么样?"

"脸软得跟天上的云似的。"薛远筷子顿住了,不知道想到了什么,"还是瘦,手上就剩骨头了。"

薛将军前半句没听懂:"什么叫脸软得跟天上的云似的?"

薛远没听到他的声音:"他生辰时我也没在,以往他生个病,踩在温泉池边的白玉砖上都会浑身乏力,只能让人背着。我这一走,谁还能背着他?"

"也不一定。"他忽然瘆人地一笑,"老子去荆湖南待了一个月,回来还发现他变得气色更好了呢。

"他身边这么多人，叫谁背不是背？"

薛将军听得稀里糊涂，云里来雾里去："薛远，我在问你圣上的身体怎么样！"

薛远回过神，瞥了他一眼，不耐烦地压低剑眉："好着呢，不用你关心。"

"我怎么能不关心！"薛将军勃然大怒，"圣上对我如此关心爱护，如此信任于你我，我怎么能无情无义，连圣上的龙体都不去关心？"

薛远道："有我关心着。"

薛将军一愣，怒意霎时退去，变得乐呵了起来："好好好，我儿切莫忘记这颗忠君之心。你我为人臣的，就得这样才对。"

薛远摸摸心口，勾唇一笑，眼中有沉沉笑意："那这颗忠君之心跳得还挺快。"

这些时日，一直同边关将士们拉锯的游牧民族正是丹启八部之一，首领名为日连那的一部。

薛远带着兵马粮草送到边关的阵势很大，日连那派出去的哨骑看到此事之后就连忙赶回了部落，将大恒士兵又往边疆派了军粮的事情告诉了首领。

日连那听闻此事，布袋中的牛肉干都不香了，他皱眉道："大恒皇帝派来了多少人？"

哨骑凝重道："足有上万！"

"嚯——"日连那倒吸一口冷气，追问道，"领兵的人你们可看见了是谁？"

"他们也有哨骑探路，我们不能过于接近。"哨骑道，"虽然没有看清是谁带的兵，但能瞧出领头的主将似乎是个年轻人。"

日连那松了口气，哈哈大笑："怕不是大恒朝廷只剩下兵了，连个能用的将领都没了吧？哈哈哈，薛平那个老东西年纪大了，朝廷是不是以为派个年轻的人来就行了？不用担心，像这样毛都没长齐的将领，来一个，我日连那杀一个！杀到这群毛头小子见到我就吓得屁滚尿流为止！"

围在一起的属下也跟着放声大笑。

笑完之后，想着哨骑所言的连绵不绝的粮食，日连那的脸上闪过贪婪："我们的马匹已经很久没有吃过一顿饱饭了。这么久以来，我们的战士都吃掉多少只牛羊的肉干了，你们还记得大恒女人的滋味和大恒粮食的滋味吗？"

属下们满脸凶悍："首领，我们已经被薛平那个老东西打回来数次了。这次

来了个年轻人，说不定还是从没上过战场，从没和我们交过手的年轻人，从他这里突破，必定能给那个老东西一次重击！"

日连那杀气沉沉："说得没错，我们这次一定要连本带利地杀回来。"

属下之中有人开口道："不只如此。首领，如今丹启八部的大首领快要死了，我们要是能在大首领死之前做下一番大事，下一个丹启族的大首领恐怕就是您了啊。"

此言一出，日连那就动心了。

不错，此时正值大首领弥留之际，朝廷来了个年轻蛋子的事要是被其余几部的首领知道，他们必定会为了抢夺功劳而对大恒人发起劫掠。现在是日连那最先知道这个消息，他也离得最近，这不正是上天想要赐给他的功劳吗？

薛平那个老东西严防死守，但是现在，这个铁板出现了一个大大的漏洞。日连那要是不蹋上这个漏洞一脚，他就是死了都会后悔。

杀，必须杀！

要让这些个新兵蛋子知道什么是人世险恶，要让领兵的这个毛头将军知道什么叫作噩梦！

◆ 第二十九章 ◆

薛远吃饱了饭后就出去看了士兵给灾民们赈灾的情况。

这些饿了许久的灾民殷勤地排队等着拿粮，看着前头的眼睛里都是希望，数排数人，布满了整个空地。队伍望不到头，一眼望去都是密密麻麻的人头。

薛远问道："跟在送粮队伍身后的那群灾民，你们将他们安置了吗？"

正在负责看着士兵发粮的军官回道："我等已将这群灾民安置了，只是这些灾民饿得太久，现如今只能吃稠菜粥，伙房正在熬着这些粥。"

薛远言简意赅："派个人带我去难民住处看一看。"

军官派了一个士兵跟上，薛远走进难民居中一看，已经有不少人领了口粮，正围在一起用瓦罐煮着饭。

这些灾民被安置在边关，因为人数太多，许多人的安置之处甚至不能称为房子。四面漏风、屋顶漏雨。薛将军忙碌之中，只临时建起了一些容纳灾民的灾民居，但在边关的寒冷之中，这样的房子不管用。

边关太冷了。

薛远知道这冷是个什么滋味，知道边关的雪尝起来是个什么味道。圣上喜欢他热，嫌弃他热，但即使是热气腾腾不怕冷的薛远，在边关的冬日也会被冻得手脚僵硬，迈不开腿。

如今快十月底，再这样下去，即便有粮也会冻死许多的灾民。这些灾民的命宛若不值钱，一冻死就是一大片。但寒冷和蝗灾之后，可能还会因此而引发人传人的疾病。

小皇帝之所以派了如此多的药材和大夫，正是因为顾虑这点。

薛远看完一圈之后，当即带着人驾马拉车去找建房的用材，准备在真正能冻死人的冬日来临之前，建起最起码能让人活命的房子。

他说干就干，带着人干得热火朝天。薛将军知晓他要做的事情之后，又多分给了他一部分人手。人多力量大，做起来也就更快。

将建房的用材找回来之后，边关的灾民也知晓军队们打算做些什么了，他们默默站起身，也跟着忙了起来。

薛远将最重的一块石头扔在了地上，拍拍手，又从怀中拿起匕首去削尖木头。一旁正在劈柴的士兵满头大汗，瞧见他如此就大声喊道："少将军，来一手！"

薛远手上的匕首绕着手转了两圈，上下翻转出了一朵花。这一手厉害极了，刀芒寒光闪现，在木头上折出好几道烈日的白光。

建房子的士兵们和灾民被叫好声吸引，往这边一看，倒吸一口冷气，也跟着鼓掌叫好了起来。

这些士兵因为驻守边关，时刻要面对蝗虫和游牧人的风险，外有惨不忍睹的灾区情况，内有粮食逐渐减少的危机。在连续吃了一旬的稀粥之后，士兵们的士气很是低落，他们内心深处一直惶恐而不安。薛远带来的粮食是一记重拳，将他们的不安给击碎。但这还不够，士兵和麻木的灾民们，需要一场彻底的狂欢来鼓舞士气，燃起新的希望。

一场胜利。

边关得要一场胜利来鼓舞人心。

薛远想了一会儿，懒懒地将匕首挽出了最后一朵刀花，漂亮地收回了手。

周围站着看热闹的军官们带着士兵叫好声不断，更有人蠢蠢欲动，在起哄声中直接上去打了两套拳。

他们热闹他们的，薛远则又低下了头削着木头，但不知何时，握着匕首的手不由自主地在木头上刻下了三个字。

最后一笔落成的时候，薛远都不知道这名字的第一笔是怎么刻出来的。

他出了神，拇指摩挲字迹，曾在边关同他一起上过战场的将领杨会走近，低头一看，洪亮十足地问："少将军，这是什么字？"

薛远的指尖正好摩挲到中间的字上，他笑了笑，裹着风沙和风吹不散的想念："元。"

顾敛，顾元白。

杨将军恍然大悟："这不就是少将军的名吗？"

"可不是。"薛远笑了，"这就叫作缘分。"

薛远心情好了，在"顾元白"三个字的旁边再龙飞凤舞地加上了"薛九遥"三个字，自己欣赏了一会儿，怎么看怎么舒服。

但刻了这六个字的木头是没法用了，或许还得毁掉，薛远一想到这儿就皱起了眉。他突然起身，带上木头和匕首，大步往军营中走去。

"少将军？"后方的呼喊逐渐遥远。

薛远这会儿的心口正火热着，年轻人的冲劲在他身上直冲云霄地增长。他回营帐之中拿起大刀佩在腰间，牵走烈风翻身上马，扬鞭起马："驾！"

烈风如箭矢般奔了出去，从边界一直往丹启族的地盘跑去。

丹启族之中最靠近边关的就是日连那的部族，薛远悄无声息地驾马接近，躲过了哨骑，在日连那族人营帐的正东方百里处勒住了马。烈风扬起蹄子嘶鸣一声，停住了疾风般的奔驰。

薛远正了正衣袍，下了马，将那根刻有他与顾元白名字的木头竖着插进了土里。

厚厚泥土盖住木头，薛远站在这儿看了一会儿，记住大概位置，笑了。

草原上东边升起来的太阳会最先沐浴这片土地。

敌人的脚底下藏着薛远的这份心意，等这片广袤的草原属于顾元白的时候，大恒的皇帝会亲自发现这个秘密。

风沙带不走，大雨冲不走，顾元白一日不接受薛远，那长木就永远直立不倒。除了薛远，除了天地，谁也不知道。

薛远翻身上了马，驾着烈风转身，快马在冷风中飞驰。

他踏出日连那的地盘时，压低身体回头看了一眼身后已经小如蚂蚁一般的丹启族营帐。

日连那。

你离得这么近，你不死谁死。

日连那觉得攻打毛头将领的事宜早不宜迟，两日后便开始派兵马前去试探，与大恒巡逻守备的士兵发起了多次平原突击战。

双方各有胜负，但因着丹启族的马匹多日以来从没吃饱过，现在虚弱无比。巡逻的大恒士兵按着主将所说，未曾用尽全力，因此给了日连那一种彼此实力拉锯的感觉。

但即便是这样，对一向自得于自己战绩和骑兵的丹启人来说，都是一场侮辱。

几场遭遇战、突击战下来，日连那心中有了数，准备十天后便组织大批的骑兵压境，兵分两批，从东、西两侧逼近大恒边关。

大恒营帐之中，薛老将军从西侧迎击，派给薛远三千骑兵和五千步兵从后方抵御外敌。薛远领命，带着八千兵马前往敌人目的地排兵布阵。

八千士兵站姿规整，形成了薛远所布置的迎战方阵。他们穿着精良的盔甲，拿着锋利得泛着寒光的刀枪。经过十几日的休养，士兵重新变得精神勃勃，盔甲下包裹的是力气十足的强壮身躯。

大恒的床弩摆在四方，巨大的连弩武器可万箭齐射，形成巨大而密集的箭雨阵形，每个床弩都有三至五个士兵作为床弩手操作。

这场战争看在薛远的眼里，已经胜负分明了。

游牧民族的骑兵强悍而凶猛，但他们的骏马已经虚弱无比，冲不起来跑不起来。而游牧民族使用的武器还停留在最为基础的弓箭和刀枪，他们为长城所隔绝，没有学习制作武器知识的路径。而在他们原地打转的时候，大恒的士兵却已经人手一把弩弓了。

丹启人怎么赢？

薛远看着远处逼近的敌人骑兵，挑眉深深一笑，吩咐士兵做好迎击的准备。

日连那亲自带兵绕路赶往东侧去迎战薛远，大批的骑兵军队还未赶到城下，已经看到城池下准备迎战的士兵了。

日连那眼中闪过残忍的杀虐欲望："那就是朝廷派来的将军吗？"

副将点头道："应当就是了。"

他们的野心被大恒的粮草激起，眼中火光滔天。全部的族人声势浩大，号叫着"杀"往前冲去，一直冲到了薛远的面前。

这样大的阵势，往往能将新兵蛋子吓得腿软。骑兵还没冲到敌人跟前，日连那就已经想到了胜利的结局，哈哈大笑了起来。

然而下一刻，他大笑的表情就凝在了脸上。大恒领头人的面孔被他们看见了，这面孔熟悉极了，熟悉得不得了！朝廷派来的年轻将领，竟然是曾经狠狠咬下他一层皮肉的薛远！

是薛平那老东西的儿子薛远！

日连那的表情瞬间变得狰狞。

薛远早就瞧见了日连那，他勾出一抹战意嗜血的笑，高声道："放箭！"

弓箭手的动作整齐划一，干净利落。他们用着工程部制作出来的新的弩弓，对丹启人发动了箭雨一样的攻击。

密集的千万支弓箭从空中急转直下。巨大的床弩箭孔对准表情骤变的敌人，大恒士兵在他们惊恐和不敢置信的表情中展示了这个威力凶猛的武器。

可悲的是，丹启人走进了大恒士兵的射程之内，但大恒士兵还远在丹启弓箭手的射程之外。

他们只能承受，无法回击。

千万支凶猛袭来的弓箭击中了丹启人的身体和马匹，马匹被箭雨惊动，慌乱地四处逃跑，不时有人被奔跑的马匹摔下，再被乱蹄踏死。这些许久未曾吃饱的马匹已经到了崩溃的边缘，这时一受惊，一匹的暴动便带动了更多马匹的暴动。在箭雨和马匹暴动之间，丹启人已经死伤无数。

多么可笑啊。

日连那表情扭曲到有几分惊恐。

在丹启人靠近大恒士兵之前，日连那的族人就已经有溃败之势了。他大吼："盾军！盾军顶上！往前逼近反击射箭！"

副将困难地抵御着漫天的箭雨，脚下无法往前一步，恐慌道："首领，走不了！"

平时的箭雨都是一阵一阵的，中间有个可以反击的时间。但这次大恒的弓箭手不知怎么回事，难道是层层的弓箭手前后交替，才使得箭雨分毫不减，让他们寸步难行吗？

那总该有个结束的时间吧！

前方被弓箭射死的丹启人和马匹的尸体挡住了剩下部族的前进脚步，打死日连那都想不到这箭雨的攻势怎么会如此猛烈，他身边的亲卫甚至为了保护他也死了十数人。日连那咬咬牙，在死亡和被大恒打败的羞耻之间来回拉扯，他脸上横肉颤抖，终于道："撤！"

看着丹启人狼狈逃走的背影，看着满地被箭雨射死的尸体和马匹，大恒的士兵停下了射箭，愣怔片刻之后响起震天欢呼！

而在这欢呼声中逃走的丹启人，驾马的速度更快。他们挡住脸，只觉得万分丢人和耻辱。

敌方死伤惨重，我军无一人伤亡，大胜！

那是丹启，是劫掠边关数次、残忍凶悍的丹启啊，他们被打得落荒而逃了！

原来丹启是这么弱的吗？

第七卷

大胜丹启

◆ 第三十章 ◆

丹启人被以往的胜利冲昏了头脑，大恒二十多年的退让壮大了他们的野心和胆量。在高傲轻敌之下，这一败就败得一塌糊涂。

这场胜利带给士兵的感觉无法言喻，他们如同做梦一样地被薛远带回了军营与薛老将军会合。

薛老将军的脸上也是喜气洋洋，他们同样收获了一场大胜。薛将军已经很少打这么酣畅淋漓的胜仗了，他来到边疆的前两个月，因为蝗灾和灾民事宜，打的也只是防守反击战，根本没有这般畅快。

这场胜利给边关带来的变化显而易见，大恒威力十足的武器让丹启人狼狈脱逃的一幕被许多人深深记在脑海里。

士气汹涌，出击之前的害怕和担忧转为了高亢的战意，多少士兵恨不得仰天叫上一声，把以前的窝囊和屈辱一口气号出来！

胜利的喜悦犹如燎原的火苗，无须多久，百姓们就知晓了边关士兵大胜的消息。

他们走出房屋，放下手中的石头和砖木，看着那些士兵兴高采烈地从他们面前的路上一路高歌地回了营。

边关的百姓们很少见到士兵们这个样子。

在边关，百姓与士兵们的关系并不友好，边关的民众对驻守当地的士兵又怕又恨，恨其没有作为，恨其明明有兵却保护不了他们。他们在暗中骂士兵们是窝囊废，是孬种，是和游牧人同伙的罪人。

军民关系紧张，百姓甚至会对士兵们举起防身武器。但这会儿，他们才恍惚，原来大恒的士兵并不是窝囊废。

他们原来也能打敌人，也能获得胜利。

蝗灾跟前，游牧人来犯跟前，也只有朝廷的军队能给予其重击。

朝廷都不窝囊了，他们的军队敢打回去了，原来在敢打回去之后就能这么轻易地胜利，就能这么轻易地将那群游牧人打得落花流水。

突然之间，边关百姓们觉得，驻守在边关的这些士兵开始变得有些不一样了。

边关的事宜按部就班，十万只鸭子军队也踏进了蝗灾肆虐的范围。

它们一到这里，就不再需要人去提供口粮了，而是就地啄着已经进入若虫期的蝗虫，一嘴一个。在赶往边关的路上，十万只鸭军一天就能解决两百万只蝗虫，个个吃得老香，养得饱肚溜圆。

这些蝗虫连卵都还没产出来便被鸭子吃了，正好省了除卵的事情。

京城之中，顾元白也在时时关注着边关事宜。

京城中的天气也开始转冷了，寒风萧瑟。在其他人至多只加了件袍子的情况下，顾元白已经披上厚厚的大氅了。

精神很高亢，但身体跟不上。他只要多看一会儿奏折，手指便会被冷得僵硬。太医常伴身侧，姜女医也被安置在圣上身边诊治。

姜女医虽然不知如何诊治先天不良之症，但她知晓家中祖父在冬日是怎么照顾小叔的，她也跟着有样学样，将这些方法一个个用在了顾元白的身上。

无论是按压穴道还是药浴，姜女医的办法能让顾元白的身体暖上一段时间。但这样的暖意逝去得太快，同太医院的方法也殊途同归，见效甚微。

而手炉和殿中的暖炉，给顾元白带来的也只是虚假的暖意。

手碰上便热一瞬，离开又顷刻冷去。偶然夜半醒来，在冰冷和体弱的折磨之中，顾元白想到了热乎乎的薛远。

他闭上眼睛躺在床上，盖着冰冷冷的被子，想着薛远身上的那股让他无比惬意的热意。

第二天晚上就寝的时候，侍卫们正要退下，圣上就哑声道："张绪。"

侍卫长疑惑，上前一步道："臣在。"

"去床上，给朕暖一暖床。"顾元白言简意赅。

侍卫长脊背绷起，握着拳头默不作声地脱掉外衣和靴子，爬上了床。

姜女医带着配好的药浴走进来时，就瞧见了这一幕。她面不改色，沉稳地走到圣上面前，缓声道："圣上，到了按压穴道的时间了。"

顾元白看了她一眼，劝道："让其他人来就好。"

姜女医摇摇头："民女亲自来更好。"

这药浴是泡脚的，按压的穴道也在脚掌和小腿之上，姜女医独有一种手法，家传秘籍，也确实不好让她强传他人。

水声淅沥，床上的侍卫长躺尸一般笔直，热气很快便暖了整个龙床，厚厚的明黄被子一焐，更是热得侍卫长浑身都冒着汗。

等药浴结束，顾元白就上了床铺。侍卫长浑身紧绷，乖乖地躺在一旁当个人

形暖炉，听着顾元白与田福生的对话。

床铺很暖，圣上的眉目舒展，和田福生说完了棉衣事宜之后，确定可以在十一月初将棉衣装车启行，顾元白才停住了话头。

"也就几天的工夫了，"田福生道，"边疆也来了信，照薛将军所言，蝗灾已有好转迹象。"

前两日边关的信就送到了顾元白的桌子上。薛老将军的奏折就一封，其余的都是薛远在路上便往回寄的信。到了如今，顾元白也就把薛老将军的信给看了一遍。

圣上点头后，田福生带人退下。内殿之中没了人，顾元白躺下，但没一会儿又开始觉得难受。

侍卫长在一旁动也不敢动一下，热意从一边传来，另一边冷得跟冰块一样。两人之间的缝隙还可以再躺下一个人，风钻了进来，比没人暖床还要冷。这冷还冷得很奇怪，像钻进骨头缝里一样，冷热交替之间，还不如没有热呢，更难受了。

圣上闭着眼："下去吧。"

侍卫长轻手轻脚地下去，片刻之后，门响起"咯吱"一声，又被关上了。

几日之后，棉衣装车完毕，即刻发车前往边关。

顾元白在启程之前特意去看了一番棉衣，随机检查了其中几件，确实都已达到了他想要的效果。

"百姓的工钱可有结清？"

孔奕林随侍在侧："回圣上，分毫不漏。"

"很好。"顾元白点了点头，笑了，"朕会带头穿上棉衣，这等好物，天下人都值得去用。"

孔奕林展颜一笑："今年的白棉花已经用光了，但臣相信有圣上为表率，明年种植白棉花的人只会越加多起来。"

"越多越好。"顾元白叹了口气，"只可惜今年的冬天，我大恒的百姓却用不上这个好东西了。"

一行人从装满了棉衣的车旁一一走过，回程路上，圣上让人在闹市之外停下，带着孔奕林在街市之中随意走走，看看民生。

路边酒馆上，西尚皇子李昂顺一边听着属下汇报有关褚卫的事情，一边往下随意一瞥，就瞥到了大恒的皇帝。

大恒的皇帝穿着一身修长玄衣，外头披着深色的大氅，他的脸泛着白气。如此时节穿得这么厚重，不觉怪异，只显卓绝。

李昂顺拿着筷子的手顿住，追着皇帝的身影去看。

大恒之主哪里是想见就能见到的，李昂顺在大恒待了一个半月的时间，也就在万寿节当日的宫宴上见到了顾元白一面。没想到缘分来得如此之巧，机缘巧合之下又见到这位了。

下属还在说着话："褚卫公子昨日下值之后，就与友人一起在酒楼之中用了顿饭。待半个时辰之后，褚卫公子从酒楼中走出，就回褚府了。"

李昂顺口中问："友人，是男的还是女的友人？"

他眼睛还在看着下面。

下属道："自然是男人。"

李昂顺明显在出神，夹起一口菜放在了嘴里："褚卫的那个友人相貌如何？与他是否亲密？"

下属叹了口气："七皇子，您已经让我们盯了半个月的褚卫。您要是想打听清楚，一个小小的大恒官员而已，直接绑来问不就行了吗？"

李昂顺冷冷一笑："蠢货。在大恒的地盘上去强抢大恒的官员，你被关在鸣声驿中学那十几天规矩的屈辱，是不是都忘了？"

下属道："那我们还盯他吗？"

"当然，"李昂顺漫不经心道，"继续盯着。"

"那您现在在看谁？"

李昂顺指了指顾元白。顾元白此时刚刚走到他们酒馆的楼前，一举一动更是清清楚楚。他的相貌顶好，通身贵气更是妙不可言，连淡色的唇、苍白的脸都好似装点美玉的锦盒一般，看了一眼就想让人看上第二眼。

大恒的皇帝有一张让人生不出怨气的脸，也有让人不敢再看第二眼的威势。在没人敢多看一眼的情况下，李昂顺看得久了，大恒皇帝就好似有所察觉，倏地抬头朝楼上看来。

李昂顺的心脏突地一跳，站起身沉稳一笑，朝着顾元白弯腰行礼，举了举手中的酒杯。

孔奕林随着圣上的目光看去，见是西尚七皇子，便道："圣上，此人骄奢淫逸，在西尚百姓中的名声很不好，但西尚的皇帝对其多有宠爱。臣听闻这些时日此人一直在打探褚卫褚大人的事，以此人的脾性看，应当是对褚大人有几分其他的念头了，想将褚大人纳入自己麾下。"

顾元白温和地同李昂顺点了点头,看着他的目光仍然跟看着会下金鸡蛋的母鸡一样,口中道:"难为褚卿了。"

因着顾元白的恶趣味,他想看看西尚的使者到底从西尚带来了多少的好东西,便一直没有同西尚使者商议两国榷场一事,看着西尚使者东忙西走地送礼打探消息时,他偶尔处理政务处理得头疼,就拿西尚使者的事放松放松心情。

效果绝佳。

孔奕林越是同当今圣上相处得多,越是哭笑不得,他此时应了一声,也跟着无奈附和道:"褚大人确实辛苦。"

顾元白继续同他往前缓步走着,打趣道:"孔卿也是相貌英俊、武威非常,怎么这西尚七皇子这么没有眼光,没有看上孔卿呢?"

孔奕林苦笑:"臣资质平平,圣上莫要打趣臣了。"

"哦?"顾元白问,"那看在孔卿的眼中,哪位俊才能让外邦刻意追踪?"

"比如褚卫褚大人,平昌侯世子李延……"孔奕林不急不缓地念出了一堆的人名,最后道,"薛远薛大人在臣的眼中不输他人,最后,自然少不得圣上您。"

顾元白挑了挑眉,愉悦地笑了,白到有些病容的脸也有了些颜色:"这奉承话朕就当真了。"

孔奕林笑笑,突然低声道:"圣上,最近您将姜女医召在身侧陪同一事,许多不识姜女医来历的人有了许多猜测。朝中暗地里已经有了几种声音,愈演愈烈的一种说法,便是您要收妃入宫了。"

◆ 第三十一章 ◆

顾元白对这些传闻只是一笑置之。

他并没有将此事放在心上,转而同孔奕林说起了边关事宜。他语调悠闲,街道上不能说大事,两个人的对话也好似闲谈一般,到最后,孔奕林主动给顾元白讲起了边关的样子。

无尽的风,望不到尽头的草原,还有蓝天。

顾元白听着他的话,也开始想着,大恒的边关会是什么样的?

这份思绪飞上了天,由风卷着,晃晃悠悠往北方的边疆而去。

大恒士兵们清扫战场的时候，将受伤而死的马匹也带回了营中加肉。

只可惜丹启人的马匹已经饿得皮毛包着骨头，剩余的那些肉也不够几万士兵们分吃，更不用说那些灾民了。

最后这些肉都被做成了马肉汤，能吃到一口肉的寥寥无几，只能用肉汤来解解馋。

行军打仗就是辛苦，救灾之急，肉带得少，很早就已经吃完了。能救济士兵改善口粮的就只有从游牧人手中抢下的牛羊还有战场上受伤的马匹。于是，在小小地打赢了日连那一场战役之后，薛远又同薛将军带上了两万人马，彻底包围了日连那的部落。

圣上的命令是将频繁侵犯边关的游牧人打怕，在其内部准备联合之时议和，以寻求稳定发展，抓住草原上游牧人的经济命脉，形成一条固定商路。

不成功，那就打。成功了，那就换一种方式打。

游牧民族的所有部族人数足有二三十万人，遭受到蝗虫危害的也是其中的一个小角，现在若是要拿大恒的骑兵去对上这些人的凶悍骑兵，七成会输得很难看。

没办法，大恒的马源少，骑兵少，要培养骑兵就得要时间。顾元白培养军队的时间才多久，骑兵别说被大批地培养了，马都没见到多少匹呢。

这次的目的就是利用蝗虫和兵马声势将他们打怕，再勾起他们已经暗潮涌动的内部之争。

薛将军将圣上的话牢记在心底，带着两万人马趁着天时地利，打得日连那抬不起头。大恒的士兵趁机抢夺走日连那部落的所有牛羊和马匹，俘虏了八千敌军，剩下的人被日连那带着，狼狈至极地往北方逃窜。

抢夺回来的马匹被养了起来，这些马匹一吃到鲜美的粮草，也不挣扎了，头都埋在草根底下，大口大口地咀嚼。

剩余的一些同样瘦成皮包骨的牛羊，一部分留下来，一部分全杀了，宰了吃肉。

"留下的那一些牛羊正好可以等着天寒地冻时宰了吃。"薛将军同众位将领议事，"日连那往北边跑了，应当是去投靠万丹的部落。万丹大胆又谨慎，他的部族也受到了蝗灾的影响，他们会接受日连那的部族。但这个冬天，他是不会为了日连那再同我等发起战争了。"

"他们自顾不暇，"薛远道，"今年冬天，不论是他们还是我们，第一件事就是保命。"

俘虏的丹启人被当作了奴隶，为灾民们的房屋建设添瓦加砖。

这个冬天不好过，灾民们衣不蔽体，有个暖身的被褥就是好的，这些时日已经有一些灾民染了风寒，还好有药材和大夫在这儿，才能及时救治。

蝗虫已经进入了若虫期，若是不在这个时期解决掉蝗虫，一旦等蝗虫进入成虫期产卵，他们还要除草割卵，挖沟埋蛹。

营帐里的人沉默半响，心中忧色沉沉。正在这时，外头却响起了一声鸭子叫。营帐中没人将这当回事，只以为是听错了。

但随即，密密麻麻的鸭叫声就响了起来，吵得人耳朵发疼。薛远倏地抬眼，同薛将军对视了一眼后就转身大步往外走去。

营帐帘子掀起，鸭叫声更为响亮，人人顺着叫声而去，一走出去就见到了黑压压一片的数万只鸭子。

这些鸭子"嘎嘎"地叫着，机敏地啄食着路上的蝗虫，然而它们实在太过肥壮，这样机敏的动作也显出了几分笨拙。

肥肥的鸭子，和边疆所有饿成皮包骨的牛羊牲畜完全不一样的鸭子。

许多人咽了一口口水，薛远甚至听清楚了他身边的几个将领也跟着咽了咽口水的声音。这些鸭子一只紧挨着一只，只只都有人的小腿那般高，波浪似的往这边跑来。护送十万只鸭子大军的人着急喊道："敢问薛将军何在？"

薛远身边的将领杨会扯着嗓子声嘶力竭："薛将军在这儿！"

前面挡路的士兵和灾民连忙让出一条路，薛远眼皮跳了几下，在众人期望深重的目光中大步走上前。

来人见到他眼睛就是一亮，高声道："薛将军，小的听令从后方送来十万只鸭子，路上坎坷，失了两百多只鸭子的踪影，剩余的九万九千七百多只，还请薛将军清查！"

身后的人群一片哗然。

十万只鸭子！这、这竟然有近十万只的鸭子！

薛远也被这个数字震了一下，随即回过神，简明扼要道："这些鸭子一路过来吃的都是蝗虫？"

来人笑得更是热烈："是。外头的蝗虫都被吃得差不多了，这些鸭子也都吃得饱肚溜圆，等最后的一些蝗虫被啄食殆尽之后，这些鸭子便是众位将士桌上的盘中餐。只希望诸位将士莫要嫌弃它们吃的是蝗虫就好。"

盘中餐。

薛远看了那些鸭子一眼，眼中泛着绿光。这些鸭子只只毛发光亮，眼珠子有神。蝗虫对鸭子来说是美食。但这些一路走来，身上的肉因为路途而锻炼得更有嚼劲、更为结实的鸭子对士兵来说，也是美食，极为难得极为美味的美食。

薛远的喉结滚动了一番，听到这话的众人也将目光紧盯在鸭子身上，热烈极了，完全移不开眼。

近十万只鸭子叫起来的聒噪声在这一瞬也变得美妙了起来。运送鸭子前来边关的人也有几千，带头的人瞧见薛远这个神情，十分上道地道："将军若是想尝尝味道，今日就宰杀也可。"

"不急，"薛远客气道，然后微微一笑，"留给它们几日将边疆蝗虫啄食殆尽的时间。"

这些鸭子来得太及时了，完全省了他们动用人手去捕捉蝗虫除蝗卵一事。薛远嘴角暗中勾起，心情愉悦极了。

顾元白派这么多鸭子来边关，是想给他省些时间，让他快点回京吗？

大名鼎鼎的薛将军突然闷声笑了两下。

他刚刚还在想怎么去治理蝗虫产卵的事情，结果后来的十万只鸭子已经将这件事情给解决完了。

这样前后恰逢的巧合，给了薛远一种他与顾元白心有灵犀的感觉。

在边关的这几个月里，无论是士兵还是灾民，都知晓了朝廷对他们的爱护。

堆积如山的米粮之后就是整整十万只的鸭子。那些鸭子美味极了，让灾民也跟着吃上了肉。一口下去，肥得流油，美味得让人恨不得连舌头都吞下去。

这样好吃的鸭肉，就是蝗灾来之前也不容易吃到。那鸭子肉一入口，极为鲜美有嚼劲，简直让人觉得这些时日的困苦都被赶走了。

薛老将军也毫不吝啬，十万只鸭子怎么也得让众人都吃上几口。等鸭肉端上桌的时候，别说是百姓了，各个将领都是风卷残云，筷子如同打仗，顷刻间就消灭了一盘又一盘的肉。

那几日整个边关都是畅快而幸福的。鸭子毛也有大用，被人采去准备做过冬的衣物和被褥。即便接下来的日子很是艰难，百姓心想，怎么也得对得起朝廷给他们的粮，对得起吃下去的这些肉。

他们做好了面对寒冬的准备，做好了在最恶劣的情况下也要硬扛下去的准备，却没想到朝廷给他们送来的东西还没有结束。

他们所担忧的，也正是朝廷所担忧的，并已被朝廷解决了。

长长的装车被放置在空地之上，士兵们围在两旁，好奇地想知道车上装的是

什么。

"是粮食和肉吗？"

"咱们的粮食已经足够了，还有鸭子和游牧人的牛羊。"旁人反驳。

还有人担心道："朝廷怎么一直给我们送东西？一趟又一趟的，这该不会是朝廷省吃俭用给省出来的吧？"

后方的窃窃私语不断，议论之声逐渐嘈杂，前方的薛将军同诸位将领已经出来恭迎，也满脸纳闷地想知道这是什么东西。

护送车队前来的官员与薛老将军的关系不错，意味深长地抚了抚胡子，笑道："将军若是猜不出来，不若就让人将这些东西卸车好好一观？"

薛老将军虽然不知道这能是什么，但他知道必定是对他们有用的好物，老将嘴唇翕张几下，既愧疚又感动道："臣有愧，让圣上如此忧心。"

这句话一出，诸位将领的神情都显现出了隐隐的羞愧。

圣上如此待他们，三番两次地往边关花费大量人力财力物力地运送东西，这是他们从未想过的。

原本以为薛远带来了如此多的粮食就已经是朝廷能拿出来的极限，是朝廷对他们的爱重和信任，此时才知，朝廷对他们远远不仅如此。

这怎能不让人羞愧？又怎能不让人激动？

官员安抚他们道："诸位将军何必愧疚？尔等保护我大恒边关安危，为我大恒百姓出生入死，我大恒有如此河清海晏的盛世之景，都全赖诸位将军。"

说着，他反而深深行了一礼："应当是我等感到愧疚才是。"

薛远来到的时候，就见到他们在彼此说着客套话。他听了两句不耐烦，直接让士兵前去卸车，去瞧一瞧圣上派人送来的到底是什么东西。

见他如此，客套说了几轮话的人都停住了话头，一同期待地往车上看去。不到片刻，里头的东西就露了出来，人群之中不知是谁猝不及防，惊声叫出："竟然是冬衣！"

士兵们顿时成了乱哄哄的一片，争先恐后想要探头看上一眼："什么，冬衣？"

"朝廷给我们送了冬衣？"

薛老将军当即在人群之中点了五个士兵上前，让他们换上了冬衣。崭新的冬衣一上身，暖意和柔软的感觉就袭了上来，士兵们把脸埋在冬衣里，只觉得不到片刻，全身都热得冒汗。

薛老将军看着他们的样子，惊讶道："这冬衣见效竟然如此之快？"

士兵们七嘴八舌地道:"将军,这冬衣特别热,而且很是轻便,我们已经出了一身的汗了。"

薛将军半信半疑,亲自拿起一件冬衣穿上了身,过了片刻,他脸上闪过震惊,随即就是大喜。

其余的将领耐不住心中好奇,也上手试了一试,大为惊奇道:"这冬衣怎么如此轻便!"

官员含笑不语,待到他们追问时才给他们细细说了一番缘由。

诸位将军知晓缘由之后,耐不住惊喜,匆匆跑去准备分发棉衣事宜。

官员与薛老将军多日未见,两人落在之后慢慢说着话,薛将军已吩咐手下去备了饭,准备了酒菜。他们二人往军帐中走去,薛远想借机问一问京中事宜,也跟着一同前去。

落座之后,酒过半程,从京城出来的官员突然一笑,低着头神神秘秘道:"薛将军,你远离京城不知,京中之后应当要发生一件大事了。"

薛老将军道:"哦,是什么事?"

薛远正好夹起一块鸭肉。

官员笑着道:"圣上对一女子一见钟情,已准备将这女子收妃入宫了。"

薛远手上一停。

不可能。

薛远完全嗤之以鼻,他非但不信,心中还觉得好笑。

一旁的薛老将军已经在拍手叫好,哈哈大笑,不断追问其细节,那官员说出来的话好像确有其事一般。关于圣上的话,他也敢造假吗?

那如果不是造假呢?

鸭肉上还有蜜色的汁水流下,这汁水因为夹筷人的手在抖,也极快地从皮肉上滑落了下去。

薛远将筷子一扔,大步走出了营帐。

黄沙漫天,冷风裹着沙子往脸上冲,一下下打在脸上,寒气再从肺腑蔓延四肢。

半晌,他钻回了营帐,问:"圣上要收妃入宫?"

声音干哑。

京官道:"确实,圣上……妃子入宫……琴瑟和鸣。"

薛远好像是在认真地侧耳倾听,可跑进他耳朵里的话变得断断续续、忽近忽远。

良久，等营帐里面没人说话了，等薛将军一声声地呼喊薛远的名字，从怒火到紧张，薛远才回头。

他道："我知道了。"

◆ 第三十二章 ◆

薛远在城墙上站了一天，冷风飕飕，他知道冷了。

月上高空的时候，他去找了薛将军，眼中的血丝在烛光之下若隐若现。

薛将军皱着眉问他："你这到底是怎么了？"

"边关事宜稳定了。"薛远没答这话，将营帐的帘子打开，吸着外头的冷风冷气，每吸一口就是泛着酸气的苦，"薛将军，万丹的人得过了冬才能打过来，他和日连那自顾不暇，最起码，边关会有一个月的清闲吧？"

薛将军被冻得胡子瑟瑟："快把帘子放回去。你问这个做什么？边关确实有一两个月的清闲了，敌方与我军都要为再开战做准备。"

薛远收回抬头看着外头月亮的视线，转而放在了薛将军的身上，神色中混着化不开的暗，道："薛将军，给我一个月的时间。

"我要去处理一些事。"

顾元白搞定了太府卿，将六十文一枚的金鸡蛋重新变回十二文一斤之后，又思念了一番上一任老实好用的太府卿，并给还在孝中的前任太府卿寄去了一封书信。

身在孝中收到圣上信封的前太府卿受宠若惊，即刻也给顾元白回了信，信中表明忠心，又暗喻圣上信任无可回报，只愿能继续为圣上尽职尽力。

顾元白心情很好，安抚其道，等他守孝回来，便可重新任太府卿一职。

现在的太府卿，他先交给信任的人兼职。

这些时日，朝廷也不是光出不入，前些日子也发生了一件好事，那就是荆湖南又发现了一座铁矿。

荆湖南简直就是一座隐藏起来的宝藏，顾元白将陈金银手中的金矿拿到手之后便包围起金矿挖金，结果金子还没挖完呢，又来一个大惊喜。

一想到这儿顾元白就想笑。他边笑边批阅着奏折，政务处理完之后已经过去了一天。这样的一天实在是过得太快了，他起身走到殿外看了看，此时也才刚过申时，天色却暗沉得如同深夜。

田福生上前："圣上，和亲王派人递了话，邀您一同去京外庄子泡泉。明日休沐之日，您可要去？"

顾元白问道："是朕赏给他的卢风的那个庄子？"

"是。"田福生心中可惜，"那庄子应该留在圣上手中的。"

顾元白无所谓地笑笑，转了转手中的玉扳指，沉吟片刻道："朕大权旁落时，就听闻那庄子的好处。和亲王既然邀约，那便一同去吧。"

田福生应道："是。"

第二日，京城之中的马车便往京郊而去。

顾元白在马车上看着书，却有些看不进去。他看着窗外的景色飞逝，抱着手炉默不作声。

圣上的马车也分内、外两阁，外阁之中，奴仆正在煮着茶；内阁之中，褚卫正捧着书读，而风姿翩翩的常玉言，则是正襟危坐地给圣上念着书。

翰林陪侍，君子相伴，与初冬的天气一样干干净净。

孔奕林实在是高大，马车坐不下他，他同余下的几个人便坐于之后的马车之中。也是他听闻圣上要出京，才回到翰林与一众同僚一起前来同顾元白请愿陪行，以便在路上及泉庄之中也能同圣上解解闷。

褚卫说是看书，眼睛却有些出神，偶尔不自觉地从圣上身上一眼瞥过，又如被惊动的蝴蝶一般连忙垂落。

然而口是心非，拦不住一个"想"字。等他下一眼再看时却是一顿，圣上的脸上沾了窗外冷风拂面后的露水，黑睫之上，竟然凝了灰白的霜花。

"圣上，"褚卫着急，掏出手帕递到了顾元白面前，"外头寒风凛冽，还是关窗，避免受寒吧。"

顾元白回过神，看着他的手帕稀奇："朕脸上落脏灰了？"

"是凝霜了，"常玉言停下念书，插话道，"圣上未曾觉得冷吗？"

顾元白说笑道："约莫是朕比凝霜还要冷，就觉不出这些冷意了。"

褚卫见他未曾伸手接帕，便自己蹙眉上了手，擦去顾元白脸上的水露和凝霜。被伺候惯了的顾元白侧了侧脸，让他将另一面也给擦了一遍。

外阁的宫侍细声道："圣上，茶好了。"

常玉言将茶水接了过来，水一出壶，浓郁的茶香便溢满了整辆马车。茶水绿

意沉沉，又透彻分明，香味幽深中夹杂着雪山清冽，闻上一口就觉得不同寻常。

常玉言深深嗅了一口香气，惊叹："这是什么茶？"

"是皇山刺儿茶。"外头煮茶的宫侍道，"这皇山便是溢州的雪山，每年降雨次数得在十几次，晴天得在三百五十日之上，全天下只这一处产皇山刺儿茶。每年只有惊蛰到谷雨时期，还有初秋时期的刺儿茶味道最好。

"去年雨水下得多了些，圣上便没吃刺儿茶，吃的是双井绿，常大人如今所吃的这碗，正是秋初时采下来的新茶叶。"

常玉言顿觉手中茶杯重如千斤，挺身坐直："多谢圣上爱戴，让臣今日也尝了一回这刺儿茶。"

顾元白也是刚刚知道这个茶还这么讲究，雨水和晴天并不受人控制，这样一来，更是物以稀为贵。他笑了笑："既然喜欢，那便来人包上两份茶叶，送予常卿与褚卿留用。"

外头应了"是"，顾元白笑了笑，扶起向他道谢的两人，轻松笑道："茶叶再好，也不若两位卿对朕的一片心意。纵然再珍贵，在朕的眼里，能让两位喜欢，才是万金之所在。"

圣上简直无时无刻不忘收揽人心。

君臣之间的甜言蜜语对顾元白来说只是随口一说，我说了你听了就行，大家都是成年人，漂亮话、肉麻话说起来比告白情书都能让人起一身的鸡皮疙瘩。

但圣上这随口一说，褚卫却是心中一惊，被圣上握住的手瑟缩一下，几乎下意识就想要开口辩解。

但随即，理智拉住了他。他暗暗皱起眉，不愿深想，同常玉言一同道："谢主隆恩。"

两匹狼紧跟着顾元白不放，它们脖颈上的项圈系在车上，徒步跑着追上。

这两匹狼护主得很，奔了一个时辰也不敢放松一下脚步，还好马车的速度慢，路上侍卫们怕它们饿了咬人，还一直给它们扔着新鲜的生肉块。

一个时辰之后，马车到了泉庄，顾元白被扶着下了车。

身边与顾元白有亲密接触的人早就知道了这两匹狼的脾性，时时会在身上挂上一个药包，这样做既可以提神，又能防着被狼咬伤。譬如此时，侍卫长就光明正大地碰着圣上的手指，不只碰了，还虚虚握着了，两匹狼也只是看着，没有扑上来。

身后马车也都停了，走下来了一长串的人。和亲王带着人恭迎圣上，看见这么多人后也没有说什么，闷声道："圣上来得正好，庄中已备好了酒菜，待圣上休息一番后，再去泡泡泉吧。"

顾元白颔首："好。"

用了饭，又睡了一会儿。顾元白神采奕奕地起了床，让人备上东西，他去泡一泡泉。

其实皇宫里要什么没有，顾元白来和亲王这里，就是为了露头的泉池。一边泡着一边看看风景喝喝小酒。哦，小酒他是不能喝了，但这样的美事，也只有在宫外才能享受到几分野趣了。

众人等在层层密林与小路之外，只有那两匹已经休息够了的狼跟在顾元白的身后。这两匹狼可比十几个侍卫还凶狠，别人不好跟着进去，它们却是什么都不顾忌的。

因此，众人也安心地在外头守着。顾元白则是带着两匹狼，慢悠悠地顺着硫黄味走着。

泉庄底下就是温泉脉，有温泉的地方，庄子里各季节的花草都开得繁荣艳丽，温度如春。大氅已经取下，穿着单衣也不冷。

顾元白下了水，两匹狼堵在小道之前，在池子里的圣上闭上眼之后，原本睡着的两匹狼不知道听到了什么，倏地站起，眼神警惕凶猛，过了一会儿，又莫名其妙地散去这些戒备，重新趴回了地上。

水声淅沥，顾元白舒服极了。正要闭上眼的时候，草丛之中突然传来响动，他正要回头，不知道是谁在身后叫了一声："圣上。"

声音如破裂发出。

血腥气，风尘味。

顾元白呼吸顿了一下，身后的人已经离他这么近，但那两匹狼没有叫出声。这不可能，除非这个人是薛远。

但薛远在边关。

理智说着不可能，但顾元白嘴上却沉声道："薛九遥，你好大的胆子。"

半响没人说话，只听得潺潺水流声，正当顾元白心道不好，快要皱起眉时，身后人突然笑了，压低身体道："你还没忘记我。"

话音刚落，他便已经跳进了水池，一身的仆仆风尘混着泉水而来。

顾元白知道是他后，微不可见地松了一口气，但隐隐的暗火又升了上来，抬脚就往水流晃动的方向踹去。

"圣上，"薛远好像笑了，但他的嗓音太难听，好像还含着厚重的风沙，笑

声便显得怪异，"我一进京，就听闻你来了这儿，也听闻你要娶宫妃了，那女子是谁？"

"薛九遥，朕说的话你明明听到了却不去做，朕还没有问你怎么会出现在这里，"顾元白脸上一冷，用力要收回腿，"你怎么这么不听话。"

这句话好像是朝着猛兽刺去的一剑般，锋利得直戳要害。薛远像被惊动一样骤然压着水花靠近，在水浪晃动之中压着顾元白靠在了岸边，泉水大幅地冲上了岸，后方的水一拍一拍地推着薛远向前。他牙齿恨不得咬着血肉："我还不听话，我还不够听话？！"

干涸的血味夹杂着硫黄味道扑面而来，涌起的水也拍打在了顾元白的脸上发上。顾元白面上的冷静也被撕碎，他拽着薛远的衣服，把人扯到面前，太阳穴一鼓一鼓的，脸色难看："你给我发什么疯？！你这也叫听话？"

"你要收妃入宫了！要娶妻了！"薛远的眼底通红，控制着脾气，"这个时候了，你要我听话，你嫌我不够冷静？

"怎么算听话？看你娶妻，看你后宫佳丽三千，然后看你死在那群女人的床上吗！"

粗重的呼吸打在顾元白的脸上，顾元白的呼吸急促，头脑一抽一抽地疼，心脏也一下比一下跳得快。他放开薛远，深呼吸几口气，然后好像平静了下来一样："滚回去。"

他尽量理智，平复呼吸："滚回你的边疆去。"

薛远看着他冷酷无情的面容，忽地握拳重重砸在顾元白身旁的地上。

顾元白气息冷了下来，一字一句道："即便我不收妃，这也不关你的事。"

"你也不该闯到我面前，闹到我面前。"说着说着，顾元白又生了怒意，"你是想怎么样？想做什么？你胆子怎么这么大！"

身体弱的人连发脾气都要控制。顾元白竭力压制，薛远低低地问："你要收妃入宫了吗？"

顾元白冰冰冷冷，仿若不为所动，连吐息都是稳的："不关你事。"

这是薛远喜欢说的话，薛远的呼吸已经紊乱，他笑了："别收宫妃，你身体不好，容易伤到自己。"

顾元白冷笑勾唇："什么意思？"

薛远含着热气，水露凝结在剑眉之上："目前大恒周边有多少外敌虎视眈眈？为了大恒的江山，你不能轻易收纳宫妃，一方面圣上的身体暂时不能行男女之事，另一方面这个女子万一心思不纯呢？可能还是个细作。"

顾元白声音也低了下来:"滚蛋。"

"我不滚。"薛远挨得更近,"你不信我说的话?但没办法,我一想到你可能会被算计,就跑了十五天,日夜赶路,十五天从边关跑到京城,就是要阻止你这么做。"

"我知道你现在还不能完全信任我,但没关系。"薛远道,"顾敛,我有一辈子的时间跟你耗。"

◇◆ 第三十三章 ◆◇

你有一辈子的时间跟我耗,然而我却没有这么多的时间。

顾元白的呼吸一下一下,有些急促,也有些闷声的喘息,水汽飘散,在鼻尖上凝结成了一个圆润的水珠。

顾元白的手脚无力,动也动不了,或许是因为温泉,或许是因为怒火,亦有可能是其他。他声音倦懒:"薛远,我们好好聊一聊。"

薛远给他穿着衣服,双手规矩。

给顾元白穿好了衣服之后,薛远慢慢扶着他回到了宫殿,坦然道:"你现在太过冷静,我不占优势。等哪日你能感情用事,我再和你交谈。"

薛远送顾元白回到他的宫殿,伺候他躺下:"先睡一觉。"

顾元白闭上了眼,哼笑一声:"有了第一次果然会有第二次,朕在你面前不是皇帝,也不是你的主子。"

"是我的主子。"薛远低头道,"主子,别犟了,睡一会儿。"

他声音低沉,顾元白还真的疲惫得有了困意,他的神志飘忽了一会儿,真的陷入了梦乡。

在失去意识的前一刻,顾元白心想,好几次了,他为什么总是在薛远面前这么说睡就睡?

薛远站在床边看着顾元白,看了一会儿才去找了身衣服换下。

半夜里,顾元白醒了一次,发现薛远还在站岗,顾元白清醒了一瞬,但神志还有点混沌:"边关……"

"边关很好。"薛远道,"日连那被打得满头是包,跑去找万丹了,但万丹那

个奸人狡猾万分,这个冬天过去,日连那的手下就要换首领了。"

"万丹有个儿子,"顾元白迷糊指点,"他儿子记恨万丹手下第一大将乌南,乌南好几次都想要暗中杀了万丹的儿子。"

薛远:"我记下了。"

顾元白正要闭眼接着睡去,鼻尖却好像闻到了几缕血腥味,眉心一挑:"你跑死了几匹马?"

"五匹。"薛远。

从边关用最快的速度到达京城,怎么也需要一个月的时间。顾元白记得薛远之前所说的话,十五天,十五天他就赶了过来,他一路上到底是怎么过来的?

人都有一个极限,十五日,他连觉都不曾睡过吗?

顾元白冷笑了一声:"你从边关偷偷回来一事,朕还没跟你算。"

"我明日就走了,"薛远道,"等我回来那日,圣上再与我算账吧。"

"圣上有太多太多的账需要同我算了,"薛远道,"年后便是一场恶战,要是我能从战场上回来,那时圣上可以与我一分一毫地算。"

骗人。

顾元白心道:那对你来说怎么能算是恶战,你分明就是在对朕装着可怜,在用着苦肉计。

但薛远只一笔带过地说了这一句:"睡吧,圣上。"

顾元白:"好一个薛九遥。"

"圣上不生气了?"薛远问。

"我生气干什么?"顾元白懒洋洋道,"你敢回来,必定是边关已定,你有了底气。我再生气,生什么气?"

薛远闷笑几下:"那你先前还是怒气勃勃的样子。"

"那是对你,规矩都管不了你,"顾元白道,"我罚了你多少回了,但你下次还敢。"

"我不敢做很多事了,"薛远低声道,"不敢伤了你,不敢吓着你。"

还挺敢想。顾元白随意地想着,什么都不怕,什么都敢做,即便链子被顾元白攥在了手里,但薛远还有怕的东西吗?

他也索性问了出来:"你怕什么?"

薛远沉默了,老半天没说出一个字,而在等着这个答案时,顾元白已经睡着了。

不知道等了多久，窗外的夜色隐隐退去，薛远才囫囵睡了一个小觉。

没过多久他就从梦中惊醒，大汗淋漓地喘着粗气，初冬早晨里的他却像是经历了一场恶战，面色已经狰狞。

薛远收拾好东西启程之前，走到顾元白床边，低声道："等我回来带你放风筝。"

顿了一下，他又酸涩发胀道："别给老子纳宫妃。"

阳光落了满地。

顾元白一夜好眠，从梦中转醒时，薛远已经没了踪影。

皇帝愣了一会儿，将奴仆叫了进来，问田福生道："薛远呢？"

田福生一愣一愣的，比圣上还蒙："薛大人何时回来过了？"

顾元白皱眉，正要下床，却忽地想起了什么，扬手将被子猛地掀起。床上，就在顾元白坐过的地方旁边，正有着几块斑驳血迹。

不是梦。

他十五日赶回来，已然烂掉几块肉。

◇◆ 第三十四章 ◆◇

顾元白看着这些血迹，过了一会儿，下床走到了窗口处，阳光洒进来，晃得连外头的景色都不清不楚。

阳光灿烂，正是适合启程的好天气。

顾元白突然抬手捂住了眼，挡住刺目烈日，闷声笑了几下。

好手段，薛九遥。

身旁的人小心翼翼道："圣上？"

顾元白笑了一会儿，转过身："来人。"

薛远来得如一阵风，走得也如一阵风。

一夜过去，没有人知晓昨日还有一个薛九遥来过。顾元白与人在亭中暖茶时，还在想着他究竟还有些什么本领，听到旁人叫了好几声，才回过神抬眼看去。

孔奕林笑了笑："圣上昨日泡泉，可有觉得暖和了一些？"

"确实，"顾元白道，"就是中途跑来了一只野鸟，在朕的池子里落下了几根羽毛。"

孔奕林感叹："如今这季节，没想到还能在和亲王这处见到鸟雀。"

众位青年才俊陪侍在侧，都想要在圣上面前表现一番，枯坐着无趣，求得同意后他们便将此当作一个小小文会。暂以花枝为介，指到谁，谁就作一首诗。

这是文会常有的开胃菜，常玉言微微笑着，双手背在身后，十分胸有成竹。顾元白有意给常玉言造势养名，他的名声不可同日而语，这些人当中，不少人将他视作劲敌。

汤勉年龄小，还未立冠，他主动跑出亭子去折了一枝含苞待放的芙蓉花，正满面笑意地想要跑回去时，一转身，却对上了和亲王的脸。

汤勉的脸霎时被吓得惨白，说话哆嗦："王、王爷……"

和亲王冷冷地瞥了他一眼，暗含警告："你竟然还敢出现在圣上面前。"

汤勉慌乱极了，与他一同私藏圣上画作的同犯李延现在也不在，只有他一个人面对和亲王，一时之间手足无措："王爷，请听小臣解释！"

和亲王却直接转身，快步朝着亭中走去。

他的衣袍飞滚，汤勉却吓得六神无主，仓皇跟上，生怕和亲王会告诉圣上他曾做过什么。

而在亭子中，久久等不来汤勉的众人正说笑交谈着。圣上被众人围在中间，诸位才华横溢的年轻官员凑在他的两旁。这些官员俱是天之骄子，年纪轻轻便考上了进士，入了翰林院，孔奕林能与这些人交好，恰恰就表明了这些人并非迂腐古板之辈。

腹有诗书气自华，如此多的俊才在此，和亲王第一眼看过去的竟然还是顾元白。

他气息沉淀下去，干净利落上前行礼："臣拜见圣上。"

"和亲王来了，"顾元白含笑拍了拍身侧，"坐。"

诸位官员朝着和亲王行了礼，退开了位置。和亲王走上前坐下，顾元白侧头看着他："昨日朕有些体乏，睡得早了些。今早听田福生说，和亲王昨晚专门过来找朕，似乎有些事想同朕说？"

汤勉紧跟在后，听到这句话只觉得眼冒金星。

和亲王却没有说他，而是低头看着衣服上的蟒纹，平静得宛若一个死潭："圣上，臣只是想同您说一件喜事。前些日子大夫上门诊治，王妃有喜了。"

顾元白猛地看向他。

和亲王还在看着膝盖上的手，侧颜冷漠，手指不自然地痉挛，看着不像是得知自己妻子有了孩子的丈夫，而像是一个冰冷的刽子手："夫人现在不宜面圣，她前些日子受了些惊吓，大夫说了，要时刻在府中好好安胎才好。"

这两位留着先帝血脉的人，总算是有下一辈了。

田福生喃喃道："是大喜事，天大的喜事。"

先帝在时，和亲王一直在军中拼搏，常年在外不回府，和亲王府都要落灰了。回来京城之后，这么长的时间也没有听闻过子嗣的消息，再加上先帝同样是子嗣单薄，不少人都猜测皇家血脉是不是就如此难延。

众人拱手恭贺，脸上都带上了笑，一时之间只觉得喜气洋洋。和亲王客套了几句，顾元白问："胎儿几个月大了？"

"快两个月了，"和亲王扯扯唇，"约莫是在圣上万寿节之后有的，当真是有福气。"

顾元白笑了，朗声道："田福生，赏！"

田福生同样高声应道："是！"

和亲王道："臣替王妃谢过圣上。"

顾元白笑着摇了摇头，拉着和亲王的手臂站起，同他一起缓步下了亭子，打算说些兄弟间的私密话。

圣上同和亲王缓步而去，两人身量俱是高挑修长，亭子中的众人看着他们越走越远，面上或多或少地流露出了几分失望。

孔奕林主动开口道："诸位，我等还继续吗？"

褚卫收回视线，垂眸淡淡道："都已说好了，那就继续吧。"

汤勉送上芙蓉花，孔奕林看着他的脸色，眼中一闪："汤大人，你的面色怎么如此不好？"

汤勉强撑无事："应当是有些受寒了。"

绿叶红花之间，碎石小路之上。

圣上缓步走着，脚步声低低，配着潺潺流水之音。顾元白双手揣在袖中，袍袖垂落，语重心长道："兄长，和亲王妃辛苦，你要多多照看好她。这庄子朕就觉得不错，平日里无事，你也可带着王妃出来走一走，千万不要一动也不动地待在府中。"

"圣上也喜欢这庄子？"和亲王似有若无地点点头，"臣自然会照顾好王妃，圣上不必担忧。话说回来，这庄子直到今儿也没个名字。'和亲王府'四个字是圣上题的，圣上不若给这庄子也题个名？"

顾元白对自己的取名能力心知肚明："不了。你要是想要朕的题字，取名之后告诉朕就行了，朕写完让人送到你府中。"

和亲王神情缓和："好。"

圣上叹了口气："咱们兄弟二人到如今也没有个后代，说出去很是让人不安。朕身体不好，时常忧虑于此，如今听到这个消息，终于觉得犹如云开见月明。"

两匹狼泛着凶光的兽眸紧紧盯着和亲王，喉咙中发出可怖的呜咽声，每一匹都需要两三个侍卫同时费力拽着，以免它们冲上去咬伤王爷。

和亲王瞥了这两匹狼一眼，不喜之色闪过："臣也如此。"

两个人闲聊了几句，眼看快要走到路头，和亲王突然顿住脚，皱眉道："圣上，臣昨晚来找您也并不单单是为了禀报王妃有喜一事。前一个月，西尚使者曾遣人送礼到我府中，说是赔礼，然而却说不清楚赔的是什么礼，我没有收。这些日子他们又给我送上了一份礼，送的礼还不薄，一看就是有事相求。"

顾元白没忍住笑："你收了？"

和亲王冷笑："一个小小西尚，行贿都行到我面前了，真是胆大包天，我怎么会收。"

顾元白倍觉可惜，刚想要表露遗憾，但一看和亲王理所当然、暗藏不屑的面孔，又瞬间对和亲王这种不被金钱虏获的正气心生佩服。

不愧是和亲王，与顾元白这种无时无刻不在看热闹、不在想着怎么再多坑蒙拐骗西尚使者一番的俗人不同。

顾元白敬佩完了之后，又好奇道："他们送了什么礼给你？"

和亲王挑了其中还能记着的几样说了，顾元白眼睛微微眯起，半晌，他笑了，眼中闪着欲望的光："巧了，这些东西怎么这么讨朕的喜欢。"

他也该同西尚谈一谈权场的事了。

薛远在天色茫然时奔出了京城，路经第一个驿站时，却被恭迎在驿站门前的人拦了下来。

这些人牵走了他的马匹，准备了热水和热菜，还有上好的房间，柔软的床铺，绝佳的药材，以及恭恭敬敬等着为薛远疗伤的大夫和殷勤的仆人。

等薛远好好休息了一夜之后，第二天一早，他的马匹就被牵了出来，马匹毛发光滑，佩戴着漂亮精致的马具，马鼻声响亮，马背上已准备好足量的清水和肉干，与主人一般精神饱满。

薛远纳闷地骑上了马，再次往边关奔袭。可他每过一个驿站都会受到如此一般妥帖的对待，有时没赶到驿站，驿站中的人甚至会带上炉子和调料前往荒山野岭中去找他，给他在野外做上一顿香喷喷的菜。

三番两次之后，薛远明白了，这是皇帝的赏赐。

这是他的皇帝陛下在告诉他，即使顾元白身体虚弱、手脚冰凉，是个稍不注意就会生病的主，但皇帝陛下仍然牢牢占据着上位者的地位，他可以用滔天的权力，去给予薛远一路的舒适。

原来是臣入天下人怀，而不仅仅是天子入天下人怀。

薛远坦然受之了。

皇帝的恩宠真切地落下来时，那等待遇是寻常人无法想象的。马匹每日一换，口粮不输京中，水果新鲜透着香气，每日的衣衫都被熏满了悠长的香。

若非薛远时间紧迫，他甚至相信这些人会跟抬着尊像一样把他送到边关去。

这样的行为无疑会延长薛远赶路的时间，但薛远还是把皇帝的安排一一受着了。

再疲惫的心都被化成了水。

这些花了心思的东西，薛远也不舍得拒绝。

◆ 第三十五章 ◆

圣上也是好手段。

薛远想把顾元白当作主人一样对他忠诚，没毛病，但顾元白不会乖乖由另外一个侵略感如此强盛的男人保护。薛远的强悍，恰恰激起了顾元白温和面孔下那根充满胜负欲和征服欲的神经，他直接用行动告诉了薛远：在朕这里，朕用不到你的守护，但你看起来像是少不了朕的恩宠的样子。

顾元白在看到床上血迹的时候，确实有一瞬间的心软。

没法否定，事实摆在面前。

这心软并不是非要带上情感色彩的心软，并不代表着顾元白就对薛远放下了戒心，只是看到血迹，想到了薛远说的那些话，想到了昨夜的一夜好眠，于是猛然一下生起，又很快逝去。

顾元白甚至未曾分清这心软的由来。

可怜薛九遥？他不需要可怜。

顾元白不知道，但他不急着知道。

他只是想了想，就换了一个念头，转而去想薛远是不是已经完全臣服于自己。

顾元白对待他的态度，是不是因为自己高超的政治才能和心怀天下百姓的胸怀。

想到这儿，顾元白便是一声冷笑。

说得再漂亮，身体再病弱，要是薛远真的不把他当成皇帝看，那么他会把薛远剁成肉泥。

信鸽很早就用于军事用途。在大恒的驿站、边关、官府、客栈，与京城和重镇，都有专人用来传递消息用的信鸽部队。

这些鸽子被专门培养过，它们很恋家，对地球磁场很是敏锐。但在北部蝗虫肆虐时，用信鸽传信只会让饿极了的人或者猛禽将其视作口中餐，因此薛老将军放弃了采用信鸽传信的方法。

不过在京城到达驿站的路途当中，用信鸽的方式就要比快马加鞭快上许多了。

薛远还在路上奔袭的时候，圣上的旨意便由前一个驿站传往了下一个驿站，一个一个，绝不间断。

财力、物力，一切让人心甘情愿臣服的东西，在顾元白的身上展现得淋漓尽致。

最重要的是，他不在乎这些东西，他有足够的底气去给予任何人特殊的待遇，磅礴大气的一堆东西砸下来，神仙都能被砸晕。

薛远没被这些东西砸晕，但他被这些东西背后所意味的霸道砸晕了。

薛远一路晕乎乎，醉酒一般神志不清。圣上好手段，这么一下，薛远心甘情愿地成为那个被帝王万里呵护的臣子。

行了，没辙了。自从在山洞之中顾元白说了那句"受不得疼"开始，薛远就给自己缠上了链子，然后巴巴地想把链子送到顾元白的手里。

薛远驾着马，想到顾元白就想笑。只要确定了顾元白没有纳宫妃，他就心情舒畅，穿越高山密林时都想要引吭高歌。

顾元白带着人回了宫，特意将褚卫送到褚府门前，含蓄问了一番："朕听说褚卿近日同西尚使者走得近了些？"

褚卫本有些不敢看圣上，此时闻言，倏地抬起头，脸色凝霜，眉眼间阴霾覆盖。

他在顾元白眼中向来是端方君子、谦谦白玉的模样，有昳丽不失庄重的君子之美姿。看着美，有能力，且有傲气。

但褚卫这样的神色，顾元白还是第一次见到。即便是被他绑到龙床上的那次，褚卫看起来至少也是平静无波。

顾元白暗思，这样的神情，的确是厌恶那西尚皇子到了极点。

褚卫眉目间暗潮涌动，反而镇定了。双目不偏不倚，直直地看着圣上："圣上明鉴，臣与西尚使者间，反而龃龉相恶。"

"朕知晓你的为人。"顾元白安抚道，"这些时日辛苦褚卿了，明日朕会召见西尚使者，褚卿近些时日与西尚使者有过几次接触，明日也一同过来吧。"

褚卫恭敬应道："臣遵旨。"

第二日，宣政殿。

众位大臣站在两侧，太监在外高宣西尚使者进殿。

西尚皇子带着使臣低着头进殿行礼，顾元白坐在高位看着他们。那十几日的礼仪学着还是有用的，至少现在，动作规矩极了，挑不出什么错。

行完礼后，西尚皇子道："外臣李昂顺，与西尚使臣参见圣上，叩请圣上万福金安。"

众位重臣笑眯眯地看着他们，他们中的大多数人都或多或少收了西尚的礼。西尚使者看到他们脸上就一抽一抽的，心里已经对这些老家伙破口大骂了。

哪有收了人家的礼不问问人家送礼做什么的？西尚使者这些日子真的是看透这些大恒官员的虚伪了。

不都说大恒是礼仪之邦，人人以谦逊为美吗？西尚使者给这些人送礼的时候就没好意思把话直说，结果这些人当真是把礼给收了，但一收完礼，他们就跟听不懂西尚使者话里的暗示一般，懂装不懂，硬生生让西尚使者白送了一次又一次的礼。

这些时日的焦急和无法更进一步的挫败，让西尚使者脸上的嚣张早已不见，取而代之的是多处碰壁之后留下的紧张和憔悴。

可见，是被折腾惨了。

然而大恒的皇帝陛下也是个恶趣味的主。顾元白俯身，关切问道："西尚使臣面上怎么如染菜色？"

这话中的调侃也藏不住，西尚皇子的脸一拉，但抬头看着圣上时，心中的怒气又硬生生压了下去，只是沉声道："应当是水土不服，睡得不安稳了些。"

顾元白微微一笑，转了转手上的玉扳指，和他客套几句话之后，就让户部尚书上前，和他谈论两国榷场的事。

如今的西尚还离不开大恒的资源，西尚的青盐因为价格比官盐便宜，也一直是国内私盐的主要来源。

光是青盐一项，便给西尚带来了巨大的利润。西尚不怕顾元白大刀阔斧地禁盐，因为百姓们只要有选择，就会买更便宜的私盐。有市场就有供求，如果顾元白强硬地禁了，说不好会适得其反。但西尚怕顾元白插手脚，给一条生路，再折腾死一半，这样的手法，会让西尚的青盐遭遇大的坎坷。

户部尚书就仗着自己国家的底气，拿出了大国的派头，一开口，就将榷场的利益在以往的条件上加了五成，然后等着西尚还价。

西尚使者脸都黑了。

偌大的金銮殿中，自然不只这些人，鸿胪寺的人也在，户部的侍郎和各官员也在，政事堂的人笑眯眯，也时不时在户部尚书的话头之后插上几句话。

除此之外，还有史官捧书，在一旁准备时时记录在册。

这么多的人把西尚使者围在中间，好像一群狐狸围住了几只幼小的鸡崽崽，虎视眈眈。

大恒的官员们彬彬有礼，穿的是官袍，可面上带笑吐出来的话是一步一个坑。孔奕林也在一旁站着，顿觉大受点拨，在两国官员的交锋之中学习到了良多。

恍然大悟，原来还能这样坑人啊。

西尚使者现在是真的面染菜色了，西尚皇子明明知道这些人话里有坑，但他的脑袋转得再快也跟不上这些名臣的脑子。西尚使者之中有专门负责谈判的官员，此时已经忍不住了，愤愤不平道："你们欺人太甚！"

"欺人太甚？"参知政事无奈地一笑，"敢问各位使臣，我等如何欺人了？"

当大恒真的对外有礼的时候，他们觉得大恒窝囊，觉得大恒守着这些规矩，守着这些美名也只是虚荣罢了，没什么用。但现在，等隐藏在有礼皮囊之下的人真的变成了不讲理的模样之后，他们才知晓一个大国能谦和地给予周边国家的礼让，对其余国家来说是多么好的一件事。

西尚使者对大恒的刻板印象太深，好像他们认为，只要他们开口，大恒一定就会什么都同意一样。

可现在的大恒已经不是以前的大恒了。

李昂顺反应很快，上前一步致歉道："情急之下措辞激烈而不严谨，还请大人勿要与我等计较。"

两个国家在争夺自己的利益时，言辞激烈都是小事，心理战和故意为之的压迫欺辱都是为了让对方退让。大恒官员步步紧逼，说是欺人太甚，只是让西尚的人自乱阵脚，败犬狂吠罢了。

西尚皇子的这一声致歉，被大恒官员坦荡接受，并大方表示了并不计较。

他们越是大方越衬出了西尚的气急败坏。

至此，今日的谈论结束。接下来的两日，宣政殿中你进我退的拉锯持久而缓慢，事宜逐渐细致，随着商谈步步向前，终于，双方都确定好了可以接受的条件。

等一锤定音之后，关于大恒和西尚两国的榷场一事终于立下。西尚还是让出了那些利益，并答应每年会固定给大恒供应最少三千匹马的贸易数量。

榷场之中，大恒商人可以占据其中的六成，税收和牙钱更是比以往高了三成，还有其余的零散琐事，总之，收获颇丰。

答应完这些事情之后，西尚使臣的脸色都不怎么好看。李昂顺也冷着脸，面上敷衍的笑意都已僵了下来。

顾元白眼睛半眯半睁，他的面色有些苍白，唇角却带着笑，虽然动也没动一下，但大脑高速运转到现在，也是有些难受。

不过隐藏得很好，谁也没有看出来。

太阳当空，时间正好到了午时。御膳房的菜肴一个个摆上，今天是招待西尚的国宴，自然要下大功夫。等菜肴和酒水摆上后，在众位官员的敬酒和说笑之中，西尚使者的脸色终于缓和了些许。

李昂顺也是在这个时候，才发现褚卫竟然也在这里。

大恒皇帝先前护着褚卫上了马车，并为此训诫了一番他。如此看来，褚卫和大恒皇帝应当关系还不错。

李昂顺看了褚卫一眼，喝下一杯酒，又莫名其妙地看了一眼高高在上的皇上，再喝下一杯酒。

三番两次之后，他的神志有些模糊。李昂顺突地站起身，端起酒杯走到褚卫面前，不由分说地拽着褚卫的手臂来到了圣上面前。

顾元白身后的侍卫目光定在西尚皇子的身上。

西尚皇子喝醉了,大着舌头道:"外臣,想、想向您要一个官员。"

顾元白面无表情地看着他。

西尚皇子硬是拽着褚卫,眼睛却盯着皇帝不放:"外臣退了这么多步,就欣赏他,大恒皇帝,您、您可同意?"

褚卫冷颜,怒火深深,他刚要甩开西尚皇子的手,余光一瞥,却停住了动作。

他侧过头,沉沉看着李昂顺。

第八卷 大修火炕

◆ 第三十六章 ◆

顾元白道:"西尚皇子看样子是醉了。"

他的眼神让西尚皇子稍稍清醒一瞬,头顶冷汗突生,顺着话道:"是,是我喝多了酒,忘记规矩了。"

这件事被不咸不淡地放下,午膳之后,西尚使者同众位臣子走出宣政殿。宫侍将西尚人引出皇宫时,褚卫也正好从皇宫出来。

他第一次主动朝西尚皇子走去,李昂顺瞧见他,站在原地不动了,等人上前后就轻佻笑道:"褚大人这是舍不得我吗?"

褚卫心平气和,双目凝视着他,好似要透过皮囊看到内里:"七皇子,你说你要我去西尚?"

李昂顺愣了一下,随即道:"当然。"

他抚了抚胸前微鬈的黑发,毡帽下的面容有着几分同大恒人不一般的深邃。西尚人和丹启人有通婚,李昂顺的母亲就是丹启一位首领的女儿,这让他的容貌也有了几分异国风情的味道,但他的眼神倨傲,很是让人不喜:"难道褚大人心中动摇,真的想跟我回去西尚,然后辅佐我吗?"

褚卫深深看着他,冷冰冰的,突然来了一句莫名的话:"你最好老老实实。"

然后褚卫转身走人。

李昂顺的表情阴沉了下去,沉默地上了马。就连大恒的一个小小的官员都敢威胁他了,都敢教训他了。李昂顺好歹是西尚的七皇子,他想着褚卫刚刚那厌恶、隐藏不屑的面孔,想起大恒皇帝对褚卫这个人的维护,面上阴晴不定。

皇帝的事情大大小小,可谓繁多。越到年底,顾元白越忙,整个政事堂都跟着忙得头昏脑涨,各地官员到年底的政绩报告逐渐被递交了上来,官员的评定、赏罚,等等,都需要一件件地过。

在全朝廷各个机关高速运转的时候,顾元白推开了所有的事务,光明正大地翘班,他打算盘炕了!

当皇帝这么多年,前三年的时候忍辱偷生,别说盘炕了,能不能活下来都得看人脸色。去年他终于掌权,但一场大病就熬过了整个冬天。今年到目前没有生病,没有权臣挡道,不盘炕、不把火锅搞出来,顾元白都要忘了自己不是书里的人了。

火炕，分为炕炉、炕体和烟囱三部分。盛京皇宫内就有许多盘炕的宫殿。顾元白身子骨不好，晚上的汤婆子一冷，顾元白能被生生地冻醒，几天下来，他烦不胜烦，干脆找来了皇家的工匠，跟他们说了记忆里头火炕和地暖的方法。

前朝的时候，青砖地下铺的就是烟道，顾元白可以先不要地暖，但他一定要火炕。

听完圣上的想法，几个工匠若有所思之后倒是说了"不难"："难的是对烟道的处理。而且宫殿如此之大，只一个火炕也暖不了整个宫殿，若是多设上几铺炕面，也要寻准好位置。"

炕面不难，难的是怎么让其显得美观而华贵，不会破坏整个宫殿的美感。

顾元白点点头："砖上是石板，石板上是泥，内里就有一层炕间墙，烟道应当就在炕间墙中。"

工匠们连连点头，看上去神情轻松："圣上，您放心，我们会尽快将样式画出，稍后再交给您。"

顾元白欣慰无比："那就辛苦各位了。"

几位工匠从皇上那里离开后就凑在一起，商量怎么去做出这个火炕。圣上用的火炕自然不能将就，要看什么样的材料保暖能更长久，里头的烟道必须通畅顺达，还要干净、漂亮，无异味无噪声。方方面面一考虑上，简单的也变成不简单的了。

但之前从未想过这种取暖方法，圣上一提出来，工匠均有醍醐灌顶之感，他们谈论时也多是激动兴奋，研究图纸时更是精神勃勃，堪称废寝忘食。

几日之后，顾元白就收到了火炕的图纸。

工匠们结合宫殿样式加上了火炕，圣上常待的几个宫殿都会盘上火炕，特别是寝宫与办理朝政的地方。因为宫殿地方大，若想要整个房子都暖融融的，那就需要多盘些炕。

光是圣上休息的寝宫，就设了七个炕面。

顾元白一看到这个图纸，就好像已经感受到火炕的热意似的，全身都暖洋洋了起来。他又将火炕的图纸单独拿出来看了一眼，排气孔、烟道、承重墙和炕面，工工整整，很是漂亮。

古人的智慧不可小觑，除了顾元白说的那些，工匠们还就此加上了许多小的细节，样样妥帖有用。

顾元白当即道："准。即日拨去银两，开始承修火炕。"

皇宫内因为圣上的这一声命令开始热火朝天地干了起来。宣政殿的偏殿也有人进去盘炕，偶尔有大人从旁边走过时，听到里头的响动，也会追问这是在干什么。

顾元白一概道："盘炕。"

圣上用的东西，往往会让百官跟随。百官一用，那便带着百姓也倍感向往。如同圣上先前穿的棉衣，棉衣一出，穿着锦罗绸缎的官商也想要换下绸缎跟着穿上棉衣。但棉衣都被送往了边疆，很难得到一件。但越是如此，越是备受追捧。

弄懂了这火炕的作用之后，进出宣政殿的官员都有些心动。圣上用的都是好东西，但这图纸是在皇室手中，大臣们即便心动，也不知道怎么去出声。

于是他们迂回找了户部尚书，户部尚书一听，灵机一动，有了赚钱的想法，特地来找顾元白禀明："圣上，众位大臣对宫中火炕很是心动，不若等皇宫的工匠们忙完宫中的火炕之后，再收一收钱，上门去各大臣宗亲府中盘炕？如此一来，朝廷也能多挣一份盘炕钱了。"

顾元白正在翻看着奏折，闻言忍俊不禁："朝廷已经穷到你户部尚书需要做到这般地步了吗？"

户部尚书讪笑，不肯放弃："圣上，京城之中多多少少也有数万人有余力盘炕。若是真的如工匠们口中所言，有如此卓绝的取暖之效，那必定这个冬日，光盘炕就能进项不少。"

"朕的火炕还没盘出来呢，你们就开始想着了。"顾元白头疼道，"朕原本是打算等宫中忙完之后，再派人去官员和宗亲的府中盘炕，以作犒赏。你这一打岔，朕难道以后收了钱，再去降下恩宠吗？"

户部尚书想了想："圣上。皇宫里的工匠亲自前往臣子府中建起此等取暖之物，确是莫大的恩宠。臣等必定心怀感恩，时念圣上恩德。但臣子们用得好，也会想起父母妻女，一户人家怎么也要盘上十几面炕，如此一来，还是不够啊。"

顾元白已经放下了手中的奏折："说下去。"

户部尚书行礼道："臣想着，除开大臣宗亲，商贾、百姓之家也向往火炕之法。圣上降下恩宠后，朝中必定知晓了此物的厉害，那时想多多盘炕，大臣们也不好直接前来找圣上。不若皇宫中的工匠便接了这些活计，只做百官与宗亲中的生意。而民间百姓和商贾，则是将图纸给予民间工匠，允他们接盘炕活计，再按盘炕数量，每盘一个，便交一份钱与朝廷。

"如此一来，也能让民间工匠多挣份钱，过个好年；让百姓们屋内暖和，舒舒服服过了这个严冬。"

圣上思索了一会儿，颔首道："你们去写个详尽的章程来。"

户部尚书大喜："是！"

很快，宫中的火炕就能用了。

顾元白最为欣喜的不是可以用火炕给朝廷进项，而是他终于可以手脚暖和地睡一个好觉了。

然而火炕怎么都好，唯独却是太过干燥。顾元白早晨起来时，需要喝上好几杯水解渴，再摸一摸唇，唇上已经干得起皮了。

田福生时刻关注圣上的身体变化，如今是冬日，火炕虽暖但干，他担心圣上体内虚火过大，但御医把完脉后道："这些时日还好，火炕防止寒气入体，反而有益。圣上只需要多喝些解渴降火的茶就罢了。若是口干舌燥，肝胃炙热，那才是内火过大，需要忌口了。"

"冷了不行，热了也不行。"顾元白叹了口气，"行了，朕知道了，下去吧。"

御医下去之后，田福生又拿出了药膏："圣上，御医跟小的说过，太过干燥还会使手脸皲裂，药膏也需要用上了。"

顾元白把手递给他，待到田福生上完药后抽回手，鼻尖却闻到了一股清淡的草药香味。他抬起手放在鼻前一嗅："朕之前好似闻到过这个味道。"

田福生的徒弟上前送茶，也跟着鼻尖一嗅，想起什么道："圣上，薛大人还在殿前上值的时候，曾问小的要过护手的东西。那东西里也加了草药，味道同这个有几分相似。"

护手的东西？

顾元白想不起来："什么时候？"

"正是您染了风寒那次。"小太监条条有理地道，"在花灯节之后，您刚在褚大人府上做了一个花灯的第二日。"

顾元白想起来了，若有所思道："是那次啊。"

难怪之后在避暑行宫之中他的手变得细腻了一些。

薛九遥，真是会啊。

◆ 第三十七章 ◆

皇宫里的工匠将会分批给京城之中的王公大臣、宗亲权贵们盘炕,第一批中,正有薛府的名字。

薛老夫人知道这件事之后,和儿媳一起,上上下下地将需要盘炕的地方好好清扫了一番。

细细嘱咐了府中仆人从何处开始打扫之后,薛夫人便亲自带着人,忧心忡忡地去了薛远的房间。

薛夫人进院就开始拭泪,身边扶着她的丫鬟道:"夫人,您可是想念大公子了?"

"想念他做什么,"薛夫人的眼泪湿了一个帕子,"好好的男儿郎,就是不正经……"

薛夫人就这么一路哭到了薛远屋中。

过了几天,比盘炕的人先进薛府的,却是送信的人。

是一封薛远寄给薛林的信。

躺在床上的薛林一听到薛远的名字便是浑身一抖,但他不敢不接,信纸到了他手中,展开一看,他顿时眼前发黑,恨不得自己不认识字。

只是薛远从边关寄回来的一封信。

它自然不是什么家书,而是语调悠悠的一封威胁信,若是薛林不按着薛远的话去做,薛林就永远别想从床上起来了。

薛林没忍住,握着信哭了起来。

哭完了之后,他又重新振作,唤来人道:"瞧瞧,这次可是大公子安排的事,你们可别再耍滑头了。派人去盯着这几个人,褚卫、张绪……咦,怎么还有常玉言?"

小厮乖乖应下,又问:"盯着他们之后呢?"

"去看看谁靠得圣上近了些。"薛林说着,又哽咽了起来,"圣上九五之尊,我怎么敢去窥探圣上行踪。但要是不做,我这一双手也别要了。你让盯着这几个家伙的人注意,要是谁得了圣上的恩宠,日日和圣上待在一块儿,那就暗地里找个机会,把他们……"

薛林抹了一下脖子:"懂了吗?"

小厮点点头，多问了一句："常大人也是如此吗？"

薛林一时有些幸灾乐祸："大哥生起气来都能杀了我，一个常玉言，十几年没见的儿时好友，你觉得大哥会饶了他吗？"

"小的懂了。"小厮领命而去。

这封信是薛远在边关所写，是他在还未被刺激得从边关跑回京城前写的。那时因为他几个月往顾元白面前送的信都没有得到回应，薛远就以为圣上忘了他。这一封寄给薛林的信，正是要薛林去看看圣上有没有在薛远不在时被其他人蛊惑，如果有，那么就记下来是谁。

"离他近的人，心怀不轨的人。"薛大公子信中的语气懒散，却跟护食的狗一样阴沉，"一个个记着，写信寄给我。"

这是薛远的原话。

薛林猜他是打算亲自动手杀光这些人。

薛二公子认为自个儿还是了解薛远的，知道薛远的狠。虽然薛远在信里没有明说要处理掉这些人，但薛林也有想法，他想要更进一步讨好薛远。

万一人死了，薛远一高兴，就不在乎他曾经想谋害薛夫人的事了呢？

随着皇宫之中火炕的盘起，百官之中也掀起了一番盘炕的热潮。

但现在正是皇上赏下恩赐的时候，只有皇上可以决定谁家能盘炕，等一番赏赐轮完，才可以自己去请人来家中盘炕。

也是在这会儿，朝廷放出去了民间工匠可学习盘炕之法的消息。皇室工匠主动教导，但每盘一个炕，就要交上一份钱。

收的钱并不多，也不收教导他们的费用。朝廷对待百姓一向宽容，此举相当于把这个聚宝盆分发给了天下工匠。

这个消息一放出来，京城之中的工匠连犹豫都没有，当即前往官府报名学习，等到了官府门前时，队伍已经排得长长的了。

有老工匠一看，几乎熟识的工匠都已在这儿了，老工匠跟着徒弟感叹不已："都是来学习盘炕的。"

徒弟踮起脚往前后一看，咋舌："怎么这么多的人！"

"这人不算多喽。"老工匠道，"听官府的消息，那盘炕之法可神着呢！学到手之后，只靠着这一手就能吃一辈子的饭。"

徒弟怀疑："能吗？"

"怎么不能！"老工匠给他算着，"咱们大恒得多少人啊，以往也没听过有什

么盘炕的办法，要是每个人都要盘炕，你一天盘一个，一辈子都盘不完。人生人，人多了总得建新房子，新房子多了总得去盘炕。人都怕冷，要是能盘，谁不想盘一个炕？"

徒弟一愣一愣的："是。"

"大户人家盘得更多，上上下下的，十几个几十个炕面。"老工匠不由得大笑，"这个冬天得忙起来喽！"

这个冬天确实忙了起来。

朝廷中的官员，本身大多数便是各个学派中的代表人物，他们的文采自然不凡。待火炕一成，躺在其上时，暖融融的热乎劲儿便从身下钻进了四肢，舒爽得让人连手指都不愿意动一下，从内到外地疲惫，只想就这么闭上眼睛睡上一觉。

试想啊，冬日里外头大雪飘飘，而他们却能在火炕之上，享受着热气，饮着温酒，有时候小菜摆上一些，便可看着窗外纷飞的大雪悠然自得。

这样的日子，真像是神仙的日子。

于是体会过火炕之后，众位官员便诗兴大发，一篇篇文章和诗句从京城往天南地北扩散，篇篇都是《咏炕》。

只是在兴致大发，妙作连连之时，官员们也不由得在心底暗忖：圣上为什么要叫这东西为火炕呢？名字简单粗糙，总是失了几分诗意。

被自己的臣子们暗忖不会起名的圣上，则是躺在自己刚刚盘好的炕上，处理着先前几日残留的政务。

他半躺半枕，黑发垂在手臂外侧，看着奏折的神情时而皱眉，时而含笑。

茶香味袅袅，顾元白看完了奏折，道："这个建州的官员倒是有意思。怪不得政事堂会将这则奏折递到朕的手里。"

田福生好奇："圣上觉得写得好？"

顾元白起身，从田福生手中接过湿帕擦了擦手脸："说不上好，也说不上不好。他这封折子，写的是海关十利十弊，看在朕的眼中，八成都是言之有物的东西，还言辞恳切地让朕千万不要忘了对水师的训练。水师之重，不输陆军。"

说着，顾元白又拿起了奏折看了一眼："正好是临海一个县的县令，叫作林知城。这名字你可耳熟？"

田福生想了想，迟疑地道："似乎是有些熟悉，但小的不记得了。"

顾元白也只是随口一问："那等回头让政事堂的人调上他的宗卷。"

田福生应了，等候在一旁的时候不由得再次想着这个林知城是谁，怎么隐隐有些印象。他越想越觉得熟悉，想得抓耳挠腮，最后眼睛一亮，连忙上前跟圣上道:"圣上,小的想起来那个林知城是谁了!"

顾元白随意道:"是谁?"

"是先帝时收服的海盗!"田福生语速很快,"林知城这人年轻时有侠义之气,也有胆有谋。他可是那时的海盗魁首。当年两浙和福建一地的海盗要建立各帮各派,林知城便带着人剿灭了那片海域多支海盗,独自一人坐拥了千里海疆。因着他歼灭了这些海盗,净海有功,便多次上书想要大恒大力发展海上贸易,但这一上书,先帝便知道福建与两浙的海域竟是他一人独大,便驱使水师打算围剿林知城。"

顾元白听得入了迷:"后来呢?"

"林知城的许多手下在朝廷的围剿之下逃往了扶国,但林知城放下了海盗魁首之位,主动上了岸,同意了朝廷的招安,先帝便将其放在了临海一地,成了福州的一个县令。"

顾元白几乎扼腕,他起身踱步,走来走去,叹了好几次气:"如此人物,如此英雄,先帝就让他成了一个小小县令?可惜了,可惜了。"

田福生很少见到圣上这般模样。圣上对奇珍异宝没什么喜好,唯独对人才的渴求是全大恒的读书人都知道的事。他跟着一想,也觉得极为肉疼,跟丢了金子一般难受:"林知城似乎在县令一职上,已经待了五年。"

顾元白脚步一停:"五年?大恒的县令任期可是三年一换。"

田福生道:"似乎便是从一地的县令,调到了另一个地方当县令。"

顾元白:"……"

先帝和卢风,究竟埋了多少珍宝在这样的职位上?先帝身为顾元白的父亲,顾元白不好去责怪他。这样的时候,就得把卢风拿出来当一个挡箭牌,拉出来出出气。在心里把卢风骂爽了后,顾元白总算是觉得解气了,他将林知城的折子放到一边,打算明日再好好看看他的宗卷。

他有预感,他要捡到一个会名留青史的名将了。

◇◆ 第三十八章 ◆◇

第二日,顾元白就让政事堂调出了林知城的宗卷。

宗卷中将林知城曾上书先帝的几封信也记录在册了,顾元白看完之后,当即

修书一封，让林知城年后回京述职。

一个小小县令，又在新地未满三年，哪里需要回京述职。虽然圣上并没有说将林知城召回来做什么，但京中与林知城交好的人，已经热泪盈眶地等着同林知城见面，并暗暗期待林知城能够被圣上重用了。

十二月，气温骤降，京城彻底迎来了冬日。

这个冬日特别了些，先是北部出了蝗灾被朝廷雷厉风行地压下，后又是边关与丹启人发起多次冲突，捷报连连传来。这些大事，由着《大恒国报》辐射性地往四周蔓延，也为百姓所熟知。

但这些事离百姓们太远，他们愤怒于边关游牧民族的侵犯，自豪于大恒士兵的胜利，可听完之后，还是更关心京城新兴的火炕。

离京城近的人家，已经动手想要去请京城的工匠来家中盘炕了。

不过他们如今想请也不容易请到。京城中的工匠早已忙得脚不沾地，京城中到处是富贵人家，这些富贵人家一盘就是几十个炕，本地的还忙不完，还想去外地？

不去不去，太遭罪。

倒是有偷学到盘炕技术的人想要去外地为这些人家盘炕，但这些人拿不出官府给的证明。国报上可是说了的，若是请了给不出证明的人上门盘炕，盘得不好，烟道乌烟瘴气，朝廷概不负责。因着这些人未曾受过皇家工匠的教导，若是为了贪便宜省那几个小钱，自己就负担起万一盘不好的后果吧。

因为这样的一番话，很多人都不愿意用这些偷学到盘炕之法的人。本来人家正儿八经盘炕的工匠收的钱和偷学的人收的钱也就差几个铜板，何必去冒这个险呢？万一真的盘了还不能用，这出的钱岂不是全浪费了。

所以即便是等，这些人也愿意等着京城的工匠来，或者本地的工匠前去学习。

而在这会儿，西尚使者终于决定，他们要启程离开大恒了。

但在离开之前，西尚皇子想到了褚卫在皇宫门前看着他的那个表情。

明明是欣赏褚卫，但一想到他，西尚皇子心中反而会生起一股恶意。这恶意混着不知名的火，越是到了离开的日子越是烧得厉害。

李昂顺想来想去，自己找到了原因，觉得这是褚卫太过不识好歹，才让他这个西尚七皇子生起如此深深恶意。

在大恒的地盘，理智让李昂顺什么都别做，但是在西尚养成的跋扈暴戾的脾气，却让他无法忍下这口恶气。

于是，西尚皇子准备在暗地里做些什么，以出了这口莫名的火气。

顾元白在等今年的第一场雪。

京城中的雪往往十二月就会降下来，且还是鹅毛大雪那般的下法，时时一夜过去，外头已是一脚能盖住脚踝的厚厚积雪。

一到冬天，人人都在等着雪，好像不下点雪就不是冬天一样。顾元白也在等着，等一个瑞雪兆丰年。

他躺在火炕上，薛远送给他的那两匹狼也舒适地伏在炕旁，热气不只让顾元白觉得舒服，也让这两匹狼舒适极了。

跟着顾元白一段时间，这两匹狼被养得极为慵懒，有事没事就趴在地上不动，除了吃就是睡，每日跟着顾元白出去放风的时候是一天当中最有精神的时段，抖擞得英俊又神武。不过它们虽懒，但是聪明，知道谁是赏肉的主子，因此格外讨好顾元白。

就像这会儿，顾元白甫一从床上移下脚，两匹狼便积极撑起身子走了过去，蓬松的灰发柔软，圣上的脚就直接落在了狼背上。

顾元白哭笑不得，从狼背上移开脚："你们真的是够机灵。"

他伸手揉了几把狼，正要收回手，狼就探过了头，用猩红的舌头亲昵地舔着顾元白的手心。

狼头巨大，利齿就在手旁。顾元白拍拍它的狼头："见手就舔，哪来的毛病，干不干净？"

田福生捏着嗓子道："咱们圣上的手必定是干干净净的。"

"朕是说它们的舌头干不干净。"顾元白反手掐住了狼头下颚，扳开大嘴，去看狼龇出口的牙齿，"它们可洗过澡？"

专门照顾两匹狼的太监上前："圣上，前些日子刚洗过的。"

"还算干净。"顾元白一只只地检查牙齿和口腔，看得其他人胆战心惊，最后他满意地点点头，放过了这两匹狼，"不错。"

这两匹狼还没有正式的名字，顾元白就"大狼""小狼"地叫它们，更俊一点的是大狼，另一匹就是小狼。

顾元白让人牵着它们下去喂食，宫人端上温水净手，他随口问："京中盘炕的人可多？"

"听起来是很多。"田福生喜滋滋地道，"圣上觉得好用的东西，百姓们也都觉得好。听说外头热闹着呢，盘了炕的人家吹嘘火炕的妙处，没盘炕的人听着越

发好奇，京城里头的工匠忙得很，吃饭也只有几口的工夫。"

顾元白笑了："真让户部尚书又开了一个进项。你看户部尚书如今这个铁公鸡的样子，同以往真的是区别大了。"

"户部尚书是越做越尽心了，"田福生道，"顶好的良臣。"

自从顾元白因为爱惜户部尚书的才能而提醒其莫要和太府卿结姻后，户部尚书便开始在自己的职位上发光发热，为顾元白尽心尽力，比以前都拼命了好几倍。

顾元白点头，正要说话，外头忽然有人来报："圣上，边关送来了东西和折子！"

顾元白立刻道："呈上来！"

通报的人连忙走了进来，将一个沉甸甸的木盒呈了上去，宫侍检查之后，打开一看，里面竟是一个被冰块冻住的血淋淋的人头！

顾元白呼吸一顿，上前定睛一看，虽然他从没见过这个人，但他还是很快认了出来："万丹！"

"是。"通报的人道，"边关传来消息，万丹的部族冬日无粮，妄图偷袭我军，却被我军发现，一场混战之中万丹就被我军斩于刀下。"

顾元白顷刻之间想到："砍了万丹的是谁？"

"薛将军。"通报人道。

这个薛将军，是薛平薛老将军，还是薛远薛将军？

顾元白压下这句话，心中直觉能做出送人头这事的非薛远不可："万丹的头颅送给朕做什么？万丹死了之后，丹启八部的其他人现在又是如何？"

一个万丹死就死了，之后的事若是处理不好才是麻烦。

通报的人呈上厚厚的信封："您一看便知。"

顾元白接过信纸展开，一目十行地看了下去。

原来是万丹的部族也受了蝗灾之害的影响，虽比日连那好些，但也没好上多少。接受了日连那的残兵之后，很快，万丹便没有了粮食。

但万丹不是日连那这等莽撞之辈，他提前设好了埋伏，再引大恒士兵交战，打算以俘虏来换粮食。接战的人正是薛远。在故意激怒薛远时，万丹曾大笑嘲讽道："汝主是个未离母乳的小毛头子，病得风吹即死，要是来到我面前，我一指而捏死之！"

先前无论怎么挨骂都笑眯眯的薛远，在这句话中变得面无表情，盯着万丹的眼神阴沉。

· 192 ·

他没有受激将法，万丹只好带队撤回。而等夜深时，万丹更是声东击西，派日连那、自己的儿子与麾下大将乌南四路进攻，准备从关口长驱而入抢粮而归。

那夜是一场大混战。最可笑的是，万丹的儿子遭受了埋伏，万丹上前去救时，却被向来对万丹儿子暗藏杀心的乌南大将当作其子，于是乌南派兵趁着黑夜释放箭矢，打算以"被流矢所害"为名杀了这个和他不对付的小子，谁承想等大恒士兵点起火把以后，乌南才发现他杀死的竟然是万丹。

乌南惊呆了。

乌南的手下也惊呆了。

那一刻，整个万丹的部族手下都心情复杂至极，呆愣在了原地。直到大恒士兵的弓箭手开始攻击时，他们才慌不择路，群龙无首地仓皇逃出了关口。

这颗头颅，正是薛远斩下，以给顾元白发泄怒火之用。

敢说顾元白会死得早，那万丹就早点死吧。

顾元白看到万丹的死法后，顿时知道这是怎么回事了。

万丹所中的这一根要了他命的箭，表面看上去是乌南所害，实际有八九成的可能是大恒的人趁乱射出，以此嫁祸给了乌南。

信纸上将此事的过程写得分外详细，顾元白几乎可以从信纸之中感觉到那晚的刀光剑影和重重危机。他看完之后，长呼一口气，放下手去看木盒之中的头颅。

不管过程如何，这个结果当真是漂亮极了。万丹死在自己信任的一员大将的手中，无论这大将是想要杀死其儿子还是想杀他，事实摆在面前，万丹的部族要乱了。

丹启八部已乱两部，剩下的人也应该急起来了吧。或许同边关互市、建起商路的目标，能比预想之中更快一步。

顾元白看着万丹的头颅，看着这一双已经没有了生机的眼睛，怜悯道："你不会白白死去的。"

"朕还得多谢你，为朕以后挑起你们的内乱和侵入奠定了这么大的基础。等着吧，看看你嘴里的这个一指捏死的还没断奶的小毛头，"他道，"是怎么让你们消失在历史长河之中的。"

◆ 第三十九章 ◆

万丹的头颅，是顾元白第二次近距离看到的死人头颅。

很巧，这两颗头颅都是薛远送到他面前的，一个是为邀功，另一个是为让顾元白泄愤。邀功的那个头颅是王土山的寨主，而这个，不得了，是丹启八部的首领之一。

当初荆湖南的反叛军被押回京城斩首示众的时候，因为徐雄元自始至终都是顾元白掌中的一条线，是个彻底的手下败将，顾元白没有想去看他被砍头的兴致，因此满打满算，他也就见过这两颗死人头了。

但顾元白很是镇定。

他是打心底地镇定，他也没有想过自己能够这么坦然，甚至坦然到跟一个死人的头颅驳其生前的话。

派人将万丹的头颅拿去处理之后，顾元白问："没有其他东西了吗？"

通报的人道："驿站还送了一样东西过来，是薛将军给送来的。"

说着，他从怀中掏出了一条手帕，双手举过头顶，恭敬送到顾元白的面前。

顾元白看了这条手帕好一会儿，才伸手去拿起，缓缓展开。

手帕之上却是什么都没有，空茫茫的一片。顾元白眉头蹙起，以为是用了什么秘方："端水来。"

在宫侍端水来的时候，他走到殿前，将手帕举起，对着空中烈日，这时才勉勉强强地发现，手帕正中央的部分，有一点细小的沉色。

像是混了风沙的水干透后的痕迹，若不仔细就完全看不出来。

"这能是什么？"顾元白沉思。

通报的人这才记了起来："圣上，手帕当中还带着一张字条。"

他找了找，将字条递给了圣上。顾元白接过一看，就见上方写着——

边关的第一片雪花，你的了。

边关的风雪如鹅毛飞舞。

在薛远写信的时候，有旁人探过头一看，哈哈大笑道："薛九遥，应当是边关的风雪如鸭毛飞舞。"

此话一出，众人大笑不已。

营帐外头的风呼呼地吹着，吹得帐篷沙沙作响，得要石块压着才能不使风雪吹进来。

薛远面对这些人的笑话，面不改色地蘸墨，继续往下写着字。

旁人笑话完了他，继续闲聊着，过了一会儿，有人问："薛九遥成天写的这些信到底是给谁的？"

众人都说不知道，等有人想要问薛远的时候，薛远已经拉开了帘子，独自跑到外头没人的地方继续写信了。

外头的风雪直接打到了脸上，全靠身上的棉衣护着热气。薛远身强体壮，穿着冬衣后更是浑身冒着热气，大雪还没落到他的身上，就已经被他身上的热气融化得没了。

薛远将墨放在一块石头上，把纸垫在手上继续写，速度变快。没有办法，外头太冷，要是不快点写，要么墨结冰，要么毛笔结冰。

这都是给顾元白写的信。

薛远先前也写，在奔袭到京城的那一日前给顾元白寄过了许多信，但顾元白这个小没良心的，就是不回。从京城回来之后，明知道对方不回，但薛远还是写得更为频繁了。

不知道为何，从京城回来之后，薛远更担忧顾元白了。

很奇怪，先前的思绪还能被压下去，如今比先前的更为猛烈，更为无法压制。乃至现在在风雪里写着信，薛远也只觉得心头火热，甚至带上了些焦灼，烫得肝火难受，嘴皮燎泡。

风雪同样打在这张信纸上，但湿透的那点点沉暗反倒有了不一般的意味。薛远把信收起，揣在怀里抬头看着天。

呼吸出来的热气往上飞去，他想了一会儿顾元白，后悔没有拿个贴身的东西回来惦念。之前带过来的白玉杯早就没了顾元白的味道，手帕之上也只剩下龙纹了。薛远深深叹口气，回了营帐。

在外巡查一番的薛老将军也回来了，极为纳闷地看了他一眼："大冬天的，你火气怎么这么大？"

"不知道。"薛远撩起眼皮看了他一眼，摸了摸唇，叹气，"薛将军，赶紧进去，都在等着你。"

父子俩走进军营，摆在众位将领中间的是一个沙盘，上方已插好不同的旗帜，那是边关其余游牧民族的地盘。

"来商量商量年后的作战。"薛老将军道，"哈哈哈，等咱们商量完这最后的作战，接下来就能准备过年的事了！今年必定是个好年。这最后的关头，还需要

大家伙儿再坚持坚持了。"

众位将领神采奕奕，齐声道："是！"大家开始热火朝天地商谈起来。

时间一迈入了冬，白天亮着的时候就变得越来越短了。不只边关如此，京城也是如此，且京城的冬季，也就比边关好上那么一手指的工夫。

圣上在十二月中旬时，特地出来巡视了一番京城百姓的生活。褚卫也在身边，一行人深入看了看，回程路上，顾元白的脸上就加了些笑意。

在他们一同前往乡间的路上，盯着褚卫的人便走了一个偷偷回了薛府，将这件事告诉了薛二公子。

"圣上和褚卫同游？"薛二公子猛地撑着床面坐了起来，"那你们还不赶快找机会处理掉褚卫！薛远那狗脾气你们不知道吗？要是他交代的事情没办好，是你死还是我死？"

小厮道："是您死。"

薛二公子被吓得抖了一下："知道还不赶快动手？"

"二公子，不是我们不动手，"小厮道，"是我们发现，还有另一伙人盯上了褚卫。"

薛二公子好奇："谁？"

小厮摇了摇头："不知道。但他们今日从一早就跟在了褚卫身后。如今褚卫就同圣上在一起，他们要是动手的话，怕是这些人都要性命不保了。"

"好好好！"薛二公子喜道，"那你们就别做什么了，就让那群跟着褚卫的人去替我们动手。"

小厮恭敬："是。"

这些跟着褚卫的人正是西尚皇子派过来的。

西尚皇子是想暗中教训褚卫一番，但也不会做得太过分，就是派人将褚卫绑来，让褚卫被他羞辱羞辱，等他出完气了，这人就可以放了。到时候大恒皇帝就算要查，也得讲究证据不是？

西尚皇子派过来的人并不知道顾元白的身份，他们一边提防着顾元白和褚卫身后的一众侍卫，一边相互传递着消息："这么多的人，现在不好下手。"

"但他们在京城里头时也不好下手，"领头的人急得满头大汗，"城里有巡逻的人，也就在乡间时有机会了。"

"你看走在最前头的那个公子哥，一看就知道身体不好，手无缚鸡之力。"属下道，"前头正好有一处山坡，我们埋伏在那里，一批人去掳褚卫，一批人去掳这个公子哥，把这个人带上正好能拿他威胁那些侍卫，让那些人不敢上前。"

领头人点头，擦去头上的汗："就这么办了！"

顾元白和褚卫缓步走着，有说有笑。正当他们走到一处山坡时，旁边突然有人大声叫着冲了出来，手里拿着大刀，凶猛异常。转眼之间，十数人就从两侧朝着二人冲来。

身后侍卫们立刻拔出刀上前，褚卫神色一变，当即护在了圣上面前："圣上，快走！"

说话之间，这些早已埋伏在这儿的刺客已经冲到了面前。褚卫不闪不躲，正当他准备大义赴死之时，只听耳侧有几声破空之音响起，身前最先奔来的刺客已经一声惨叫，捂胸跪倒在地。

褚卫一怔，转身一看，圣上面容无比冷静，正拿着一个小巧无比的弩弓，对着面前的刺客连连着短箭。他当真是镇定极了，握着弓弩抬起手臂，在这个刺客中箭之后又平稳地转向了下一个人。

不过眨眼之间，侍卫们已经冲上前去与这些人开始争斗，只听了没几次的兵戈碰撞之声，这些刺客就已经被侍卫们押着跪了下来。

顾元白将工程部给他特制的弩弓收起，见到褚卫眼眨也不眨地盯着他看，冷面上勾起一个温和笑意："褚卿，吓着了？"

褚卫倏地觉得胸腔之内心脏乱跳，捏紧了手，面上瞬息之间飞上了薄红，如玉光洁的额上，甚至转瞬之间出了细密的一层薄汗。

顾元白安抚地拍了拍他的手臂，而后上前，走到那最先扑过来的刺客跟前，冷冷一笑："朕拿到这个弩弓也有半年了，今天还是第一次用，就用在了你的身上。"

弓起身子疼得面色惨白、浑身鲜血的刺客一听他的话，眼睛顿时瞪大，面上狰狞出了青筋。

皇上？！

◆ 第四十章 ◆

顾元白审视地看着这群刺客，道："派人在周边继续搜查，看还有没有漏网之鱼。"

侍卫们沉着脸齐声应"是"，随即快步搜查周边，还当真搜查出了几个还没逃走的"漏网之鱼"。

薛府的小厮们跪成了一排，一个个地低着头不说话。顾元白语气喜怒不定："你们都是一起的？"

薛府的小厮面面相觑，跪在最后的人出了声，毕恭毕敬道："圣上，小的们和这群刺客不是一路人。"

顾元白凉凉地问道："那你们又是谁？"

"小的们都是薛府的人，"小厮为难道，"此次是奉……公子之命来到这儿的。"

大公子的命令，二公子照做。他们实在不知道该说是哪位公子的名号，就含糊一句带过。

顾元白听到"薛府"两字，正要蹙眉，突然转念一想，冷笑几声："薛远派来的人？"

小厮的面上露出几分惊愕。

果然。

薛远往顾元白身边放了狼还不够，还派了人盯着他的行踪？薛府这是做什么？要时时刻刻盯着顾元白做了什么，把皇上看成什么了？

圣上的脸色变来变去，怒火隐隐生起，但怎么看，都不是什么友善的好面色。

薛府的小厮好像知道了他在想什么，连忙解释道："圣上，小的们不敢窥探圣踪，我等是跟着褚大人来到这里的。"

顾元白面上一僵。

半晌，他忽而柔柔一笑："很好。"

看他的神色，小厮心惊胆战，于是灵机一动道："我等并无恶意，只是来保护褚大人的！"

保护褚大人这个借口总比实话中要杀了褚大人好。

原著中的摄政王派人跟着原著中自己未来辅佐的皇帝，正常，太正常不过了。他们是一伙的，薛远远走边关，是应该派人保护褚卫。

褚卫听到此，唇角冷笑勾起，几乎轻而易举地想到薛远这样做是因为什么。

因为薛远去了边关，因为褚卫留在了圣上身边，所以他看不惯褚卫，担心褚卫勾结西尚。田野小路，四处无人，是打算将褚卫在这里杀害吗？

在褚卫快要嗤笑出声的时候，顾元白还真就信了，他道："既然是你们与褚大人的私事，那朕就不插手了，你们自行处理吧。"说完，他微微一笑，视线滑过薛府的小厮时，这些小厮浑身一冷，不由得打了个冷战。

顾元白就这么一路风平浪静地回了宫。那些行刺的人被侍卫押着，立即准备审讯。

圣上一走回宫中，那两匹狼就想要冲上来嗷呜撒娇，但顾元白无视了它们，当作没看见一样走到了桌后坐下。

两匹狼好似察觉到了他的情绪，夹着尾巴蔫儿着走到了桌旁趴了下来。顾元白面无表情，随意抽出了本奏折看了起来。

宫中伺候的人已经知道了圣上遇刺的事情，个个嘴巴紧闭，小心翼翼。宫殿中越来越静，呼吸声都好似清晰可闻。过了一会儿，突然有奏折拍桌声响起，田福生一个激灵，下意识抬头往前一看。

顾元白察觉到了他的视线，笑了："怎么一个个都这么紧张？"

田福生声音发紧："小的们都担忧您被刺客气着了。"

"这有什么可气的，"顾元白觉得好笑，将刚刚拍在桌子上的奏折扔在了批改好的那一摞奏折上，慢条斯理道，"都是一群不入流的东西，不值得让朕生气。"

行了，田福生默默地想，确实是气着了。圣上平日里可不会这么说话，温和得如同不会发脾气一般，那些刺客可真是有本事，就这么将圣上气着了。

等待侍卫审讯刺客的时候，顾元白又从底部抽出了一本奏折，打开一看，字迹龙飞凤舞，他眸色一冷。他看着里面的内容时，更是突地一声冷笑溢出。

薛远，你当真是好样的，你真的是好极了。

跑到朕的面前跟朕说着忠心，跟朕一遍遍地强调；长途奔袭到朕的面前发疯，说给朕拼命。

然后背地里，派人去跟着褚卫，去保护你的命定好兄弟。

真是好一个薛九遥，好一个薛将军。

边关的第一片雪，好一片边关雪。

顾元白直接把这一本奏折扔在了地上。

宫殿中的太监宫女呼吸一窒，齐齐跪在了地上："圣上息怒。"

顾元白站起身，摸着手上的玉扳指，冷冷地、居高临下地看着那本奏折。

薛远可以背叛顾元白，可以去辅佐褚卫，可以为任何一个他认可的主君奋斗。但他不应该一边朝着顾元白许诺，一边再去和褚卫你进我退，简直可笑至极。

即便到现在都相当于顾元白在免费利用薛远，但薛远这个举动一出现，原著中的关系就清晰浮现在顾元白的眼前。顾元白压抑着怒火，好像自己才是被耍的

那一个。

你把我当傻瓜耍？

"烧了。"顾元白突然出声道。

田福生应"是"，正要弯腰捡起地上的奏折，顾元白又道："不，烧了可惜了。把这些东西都给我一个个退到边关去，谁写的，就给我退到谁的怀里。"

他声音越来越冷，将薛远以往寄来的都要落灰了的书信一封封找出扔在了地上："告诉他，他敢再给朕写一个这样的字，朕直接杀了他。"

田福生小声应了，低着头，手发抖着去捡地上的奏折。

顾元白已经坐在了位子上，拇指上的白玉扳指转来转去。他面无表情地沉默着，威严让空气也开始紧绷。

终于，前去审讯刺客的人过来了，表情怪异道："圣上，那些刺客说，他们是西尚使者派过来的。"

顾元白转着玉扳指的动作一停，抬起眼看着侍卫，扯唇道："西尚使者。"

很好。

出气筒来了。

侍卫们再也没有见到比西尚使者、比这群刺客更蠢的人了。

但他们才不管西尚使者是不是被一时的激动冲晕了头，而是即刻领旨，前去包围鸣声驿捉拿西尚使者。

身着重甲的禁军快步往鸣声驿中跑去，带着锐利武器逼近鸣声驿。而皇宫之中，众位臣子快速飞奔着朝宣政殿而去，跟着皇帝陛下的思路紧急制订策略。

西尚使臣试图刺杀皇上，人赃俱获，罪大恶极！他们从现在起就是大恒的罪人，需要以刑犯的身份关押在大恒之中，需要西尚皇帝拿东西来赎！

时间紧迫，顾元白直接一锤定音："五千匹良马，一万头牛，一万头羊，五百万两白银，三百万石粮食。让西尚皇帝掏空国库来赎！"

圣上语气中杀意满满，众位臣子只以为圣上是被西尚使者派人刺杀一事气着了，其中几位为难道："圣上，这么多的东西，对方不给怎么办？"

"到时候再慢慢谈。"顾元白道，"他不给，那就等着收到他儿子的尸体，等着朕的大军吧！"

兵家大忌，最忌一军两边开战。如今边关正急，大恒无法和西尚开战，但怎么也得剥下来西尚一层皮。

西尚那么点的地方，这些东西几乎就是他们的整个国库了。

最好西尚的国库也没有这么多东西。西尚皇帝宠爱七皇子李昂顺,最好他爱子如命,强征豪强们的钱财才好。

在西尚使者被禁军带回来的路上,大臣们已经就着赔偿一事来回争论好几番了。顾元白见他们竟然还在纠结着赔款的数量,品了一口茶,轻飘飘地道:"诸位大人,尔等是忘了西尚使者曾给你们送礼的事情了吗?"

众位臣子一愣。

"夜明珠,珍稀药材,百年一见的稀奇东西,"顾元白微微眯了眯眼,笑了,轻声道,"人家西尚有钱啊。"

对啊。

众位大臣们恍然大悟,西尚有钱啊。

他们仔细品了品,又向周边的大臣们看了一圈,朝中的老家伙正悠然坐在位上,品着圣上特地让人泡上的尖儿茶,优哉游哉,好不快活!

争吵的人回过了神,也不吵了,都坐了下来歇歇气,再品口美滋滋的热茶。等到心胸舒畅了之后,先前争吵最厉害的儒学大家、觉得要将赔款再降一番的黄大人憨憨一笑,道:"那圣上,现在定的数量,是不是有些少了啊?"

顾元白缓声道:"倒也不少。"

枢密使叹了一口气:"黄大人,西尚虽富,但毕竟是个小地方,老臣倒是觉得圣上定的数量是刚刚好。口气先大些也不怕,若是西尚皇帝真的拿不出来,咱们大恒便体谅体谅他们,可适当降一降。"

"说得是。"参知政事像煞有其事地点点头,"我大恒毕竟是礼仪之邦,也要宽以待人,善解人意。"

黄大人抚了抚胡子,欣慰道:"是当如此。"

第九卷 信任危机

◆ 第四十一章 ◆

西尚使者在被禁军押着去见皇帝的路上，已经明白事情的缘由了。

李昂顺面色沉着，没有半分挣扎地跟着禁军走。入了宫殿时，那些被他指使着只是想要去将褚卫绑过来跟他说说话的刺客正狼狈地跪在地上，衣角之上还有斑斑的血迹。

一直面无表情的李昂顺瞧见他们，表情才猛地骤变，恨不得上前去抓起他们的衣领怒吼：你们竟然敢对他挥刀，谁让你们去抓皇帝了？！

但他终究还是没说出来，而是阴沉着脸跪在了地上。

顾元白以往面对使臣时的温和面孔已经撤下，沉声道："西尚七皇子李昂顺。"

李昂顺抬头，没在他身上看到伤口，这才确定他派的人确实没有伤到大恒的皇帝。

没受伤就好，他不由得想。

大恒皇帝语气还好，只是将李昂顺意图派人刺杀他的事情一一阐述。两旁站着的大臣们比商讨榷场那日的神情还要冷漠，等圣上说完之后，便有官员站出，言辞激烈地怒斥西尚不轨之心，索要赔偿。

西尚有苦说不出，完全不知道该怎么去反驳。但等他们听到后面大恒的索赔数量时，脸都要绿了。

这一次刺杀事件，直到夜幕降临时才落下了帷幕。西尚使臣们将被软禁在鸣声驿，他们亲笔写下了求救的书信，与大恒的索赔条款一同送往了西尚。

到一切快要结束时，李昂顺突然请求和圣上说一句话。顾元白仰躺在龙椅上，摸着指上的玉扳指，看了他一会儿，面无表情道："上前来吧。"

西尚皇子被禁军跟着走上前，看着顾元白的眼神复杂："外臣并没有让人去刺杀您。"

刚刚不狡辩，现在来狡辩了？

顾元白搞不懂他的脑回路，本来心情就不好，这个时候更带出了些冷漠的不耐烦："哦？那这些刺客朝着朕刺过来的时候也只是朕看错眼了？"

李昂顺道："这些人确实是外臣指派的，但不管您信还是不信，外臣没让他们伤您。"

西尚皇子很奇怪。

他看上去好像不是记恨顾元白的样子。

顾元白几乎没有什么动容:"带下去。"

西尚皇子沉着脸转身走人,褚卫真的是个灾星,都是因为他,才会落到这种局面。

大恒皇帝的这副样子,分明就是不信他的话。

等人都走了之后,顾元白问道:"什么时辰了?"

"快到戌时了。"田福生道。

顾元白起身,朝他看了一眼,田福生已经将那些书信都给收拾好了,待第二日天亮就往边关送去。

圣上想起了什么:"那块手帕、那张字条,凡同边关战事无关的东西,都给朕统统退回去。"

田福生立即道:"是,小的这就收拾。"

顾元白眉目压低,一路回到了寝宫。

将西尚使者当出气筒的时候是快乐的,怒气都被压了下去。但等到现在夜深人静、无人出声的时候,那种被人耍了的怒火又冲了上来。

薛远对顾元白的每一样举动都好像是要把心掏出来给顾元白一样。

但是现在一看,呵。

顾元白很少被人耍,不管是以前还是现在。在成为大恒的君主之后,薛远还是第一个耍他的人。

疑心病很强的顾元白,几乎要相信薛远是真的忠于自己的,可就在这个时候,原著中两个主角之间的联系轰然出现,嘭的一下使顾元白想了起来,他正在做一个梦,梦中他身处的世界是一本书。

原著中的两个主角还是夺取自己皇位的政敌。

有意思。

薛远真有意思。

顾元白这一夜睡得有些火气大,等第二天一起床,嗓子都被火气燎得有些疼,吞咽茶水都有些困难。但当他躺在床上闭目休息的时候,突然想通了。

挺好的,他们两个能勾结在一起,挺好的。

但薛远最好有自知之明,他最好清楚地知道什么能做、什么不能做。他既然和褚卫有苗头了,那就别来顾元白面前凑,暗中一套明面上一套,耍着顾元白的时候好玩?

顾元白是个社会好青年,更主要的是,他一直在被薛远耍得团团转,他没必要被人耍了一次就去千里外追杀。但薛远最好能给顾元白一个解释,如果没有解释,如果他还敢光明正大地往顾元白这边表忠心,那这样的人死不足惜。

田福生正在收拾着东西,颤着音道:"圣上,薛大人送的那翡翠玉扳指——"

"送回去,"顾元白眉眼被茶中的缥缈雾气挡住,看不见神情,"扔给他,朕让他留给他以后的主君。"

顾元白不打算继续依靠薛远了。

没意思。

冬日过得很快,好像一眨眼就能过去十几天一样。

一月的时候,寒冬腊月,离过年就二十多天的工夫,最后一批从京城送到边关的信终于到了诸位将领的手里。

驿站的人糊着满脸的雪,层层叠叠的衣服也挡不住寒气,被冻得瑟瑟发抖,朝着薛老将军道:"将军啊,这是年前咱们驿站最后一次前来送信了,之后要是想送信,就要等到年后了,那时下官会再来这边收信。"

这信自然是常规的书信,不是有关边关战事的奏折。薛老将军笑呵呵道:"好,我等记下了。"

等驿站的人走了之后,有人上前查看,惊讶道:"怎么全是寄给薛九遥的东西?"

薛远原本漫不经心地站在一旁,完全不认为自己会收到回信,听到这话,眼皮一跳,大步上前一看,可不是,落在最上面的一个大包袱上,就别了一张写着"薛远"二字的字条。

这一个大包袱都是寄给他的?

薛远有些不确定了,顾元白能给他回封信就不错,这架势,难道之前的每一封都写了回信?

这个包袱大得显眼,人人都围在了薛远的身边,混着醋意羡慕地道:"好小子,这是家里人多么想你,给你寄了多少的家书啊?"

薛老将军捏着他手里薄薄两三封家书,觉得丢人,看着薛远都格外不顺眼:"你娘寄给你的?"

薛远眼皮跳了好几下,心情混杂着不敢相信和受宠若惊,抱着包袱就往外走:"我去看看。"

薛远三步并作两步地回了自己营帐,把门紧紧一闭,激动兴奋地去解包袱。

顾元白不可能给他一封封回信的。

薛远嘴角勾起了笑意，眉头一挑，神采飞扬。包袱一打开，里面率先就滚出了一个翠绿的玉扳指。

薛远目光一凝，眼神追着滚走的玉扳指，及时伸手捡到了手里。

这个玉扳指眼熟极了，不就是他送给顾元白的东西？

薛远心里生出些不好的预感。他将玉扳指攥在手心，往包袱里翻了一番，样样都眼熟极了，全是他寄给顾元白的书信。

里头还有一件衣服，但那件衣服是薛远的，是顾元白在薛府躲雨的那日借穿的薛远的衣服。

为什么他给顾元白的东西都被寄回来了？

是不喜欢万丹的头颅，被吓到了吗？

也是，薛远想，他曾用碰过头颅的手给顾元白剥荔枝时，顾元白都嫌弃他的手不干净。

想是这样想，但心里的焦灼感越来越深。薛远的下颌绷成了冷硬的模样，一一将包袱里的东西翻找出来。

终于，他在最底下找出了田福生的一封信。

田福生将圣上同他说的两句话都写在了信上告诉薛大人，一是以后不准再给圣上写无关边疆战事的信了，如果写了一封无关的信件，那么就按罪处置；二是既然薛大人你曾经讨要过这个玉扳指，圣上便派人将东西寄回给你，圣上说了，让你送给未来自己认可的明君。

田福生写在信中的语言尽量委婉了一些，但圣上的原话，他还是直接照搬了上来。

看完信的薛远傻了。

他看着一地写满他心意的信，彻底地蒙了。

他又低头将田福生的信读了五六遍、十几遍，翻来覆去地读，甚至开始倒着读，但怎么读也搞不明白顾元白为何会说出这样的两句话。

难不成是他书信之中的话语太过奉承，因此惹怒了顾元白？

可是他早就这么许诺过，他奔袭回京城的那一次，不是也与顾元白再次表明了自己的忠心？这样的人，会因为自己的信而生这么大的气？

回程路上还是千里护送，现在又是怎么回事？

薛远越想，脸色越是难看，手背上的青筋暴出，手心中的玉扳指发出了承受不住的咯吱声。

他被这声音唤醒，低头展开了手，那个翡翠玉扳指还好没有碎掉，仍然通透凝沉地待在他的手心。

薛远将这个玉扳指戴到自己的手上，他的掌心比顾元白的掌心大，指骨也比顾元白的大上一些，在顾元白大拇指上尚且宽松的玉扳指，被他戴在了另外一个手指上。

薛远站起身，眉目压抑。

是谁同顾元白说什么了？

谁同顾元白说了薛远的坏话？

到底是谁说了什么样的话，能让顾元白大动干戈地将这些东西给送回来。

薛远心中暗潮涌动，越想越深。

是谁？

◇◆ 第四十二章 ◆◇

薛远没办法回京城，更难的是，驿站现在不送信了。

这怎么成！

这岂不是过了一个年之后，顾元白就会完全忘了他了？！

薛远想到这里，当即大步走出了营帐，黑着脸驾马追着驿站的人而去。

还好边关的风雪大，驿站的人不敢走得快，没过一会儿薛远就追上了驿站的人。他驱马上前，打着好脾气地客气道："你们驿站真的不往京城送信了吗？"

驿站中的官员眉毛、眼皮上都是层层的雪，大声喊道："大人，我们是真的不送信了，这天太冷了。"

薛远喃喃自语："这话我可没听见。"

他突然勒住马翻身下来，快步上前伸手拽住了驿站官员的马匹，然后手指往下一钩，让人弯身。

驿站官员看着他高大的身形就心里发怵，乖乖弯下腰，讨巧道："大人啊，您这是有什么事吗？"

"我是想跟大人你商量件事，"薛远因为着急，没有穿棉衣，身上的衣着在冰天雪地之中让别人看着就觉得冷，但他的手却有力，修长的、被冻得微微泛红的五指抓着驿站官员的衣领，免得这人直接逃跑，好声好气，"这位大人，要是我有一封着急的信必须往京城送呢？"

"只要是与边关战事有关，会有专人朝京中送去的。"驿站官员老实回答，"你要是有急信，得看是哪个方面的了。"

就是现在只能送战事相关的信，其他不能送。

薛远抹了把脸："行，我就送战事相关的信。"

他必须得问出来是怎么回事。

驿站官员为难道："只有主将才有在年底上书的权力。"

薛远："……"

他笑眯眯地收紧了手，在驿站官员惊恐的表情之中彬彬有礼地道："我不送信了，我只往京城传句口信。驿站中来往的人数不胜数，总有人会回京述职，你们不去，总有人会去。"

"我只有一句，"他的眉眼瞬间沉了下去，"去跟圣上说，关于薛远的事，不要相信那批人口中说出来的话。

"包括其他姓薛的人，包括常玉言。"

京城终于在一月的时候下了雪。

雪连续落了三日，在大雪纷飞当中，有一人冒着雪天进了京城。

他裹着披风，戴着厚重的帽子，层层白雪落在肩头。此人偶尔抬起眼去看京城道路两旁的人家，生疏地在其中找着记忆之中的府邸。

鹅毛大雪四处飞舞，京城的道路上却没有积雪的痕迹。厚雪俱被扫到了道路的两旁，裸露出来的平整路面上，时不时有慢腾腾的马车和裹成球似的孩童经过。

这人驾马也驾得极慢，在京城之中慢慢悠悠地看了半个时辰，找到了自己要去的地方时，他的披风已成了沉甸甸的雪色。

府邸主人出了府门就笑骂道："好你个林知城，我们等你多长时间了，你怎么现在才到！"

林知城下了马，笑着问道："你们？"

"快进来吧。"林知城的好友搓搓手，跑过来带着他往府中走去，"是我们，除了我，知道你回京了的人都已经过来了。"

片刻后，众人坐在炕上，围着中间的饭桌吃吃喝喝，说笑之声不断，看着如今气质沉稳却还不失正气的林知城，都有些眼底湿润："圣上不是让你年后回来述职？你怎么现在就回来了？"

"我心中着急。"林知城已步入中年，他坚毅的脸上露出了笑，"好不容易见到了曙光，又怎么能不急？况且我又未有家人牵绊，自然可以随时起行上路。"

说着，他把早就想问的话给问了出来："你们这床是怎么回事？怎么还透着热？"

刚刚有所触动的友人们顿时笑开："这正是圣上弄出来的东西，叫作火炕。你可知道什么叫火炕？"

林知城道："知道，自然知道，我看到你们的文章了。"

他用手摸着暖炕，若有所思了一会儿，道："我刚刚在京城之中转了半个时辰，发现许多条偏僻狭窄的小道，如今也铺上青石板了。"

"是，"好友轻轻颔首，然后感叹道，"你不知道，京城中变了许多。"

"确实，"林知城道，"我一路走来，已经很少看到有乞儿蜷缩墙角了。"

好友道："那便等用完饭后，我带你去京中再看一看吧。"

林知城举杯道："好。"

不久，顾元白也知道了林知城回京述职的消息。三日后，他将林知城召到了宫中面圣。

在林知城行礼的时候，顾元白特意打量了一下他。林知城已过三十，是快要到了四十的年岁，正是龙精虎猛的年龄。他虽然做过海盗，还是海盗魁首，但身上并无匪气，眉目之间正气凛然，是很正儿八经的一个人。

顾元白和他叙旧了一番，这旧自然是从先帝时期开始叙起。顾元白看过林知城以前写给先帝的书，语气很直接，不讨人喜欢。顾元白原本已经做好了他不会说话的准备，不过没想到经过这五年的磨炼后，林知城的话语已经缓和了许多，偶尔还会说些让人捧腹大笑的妙语。

他官话说得不错，但还会带上口音。和顾元白聊完天后，林知城自己就道："圣上，臣这口音有些浓重，还不知您能不能听得懂。"

"能的，"顾元白笑，"林大人的官话十分不错。"

闲聊之后，林知城就说起了水师一事，顾元白点点头，敲敲扶手："朕同林大人同样是此想法，水师之重，不输陆师。奈何对于训练水师的将领，朕一直找不到合心意的。"

圣上的意思显而易见，这句话说完，林知城心中就有了些激荡，沉声抱拳："若圣上不嫌弃，臣愿为圣上尽犬马之力。"

顾元白朗声道"好"，笑着亲自走过去扶起了林知城："朕得林大人，如得一珍宝。林大人，大恒的水师就交给你了！"

"是！"林知城深深俯身。

等说完正事之后，林知城本应该退下了，但他突然记起了一件事，道："圣上，臣经过驿站时，曾被驿站官员托着要捎一句话给圣上。"

顾元白有了些兴趣："是什么话？"

"似乎是一位将军所说的话，但这位将军是谁，驿站的人却忘了同臣说。"林知城沉吟一声，道，"他说：请圣上不要相信那批人口中说出来的话，无论是其他姓薛的人，还是常玉言。"

那批人。

顾元白沉默了一会儿，表情怪异地点了点头，让林知城退下了。

他有些想笑，又琢磨起了林知城话中的这个将军。

必定是薛远，不会是其他人。

顾元白转了转手上的玉扳指，问田福生："年根了，驿站是不是都歇着了？"

田福生道："是这样。"

"田福生，你说薛远这话是什么意思？"顾元白闭上眼睛，神情看不出喜怒，"他让朕别信别人说的话，这话说得有道理。关于边关战事，关于大恒政事，朕从来不会偏听偏信。他口中所说的其他姓薛的人，还有常玉言，一个是他府里的人，一个是他的好友。这些人都不信，他让朕信他？"

田福生小心翼翼："那您信吗？"

顾元白瞥了他一眼，反问："哪方面？"

这话一出，田福生就知道圣上还是信任薛大人的，他心里也替薛大人感到冤枉。毕竟，田福生实在没法怀疑薛大人对圣上的一颗心。

田福生只好道："圣上，没准儿薛大人也是有苦衷的。"

有苦衷？顾元白心想，不要相信旁人口中说出的话，无论是姓薛的人还是常玉言。难不成那些人还不是他派过去保护褚卫的了？褚卫这些时日也三番两次地倒霉，又是被人抓到巷子里教训了一顿，又是被西尚七皇子盯上了，被薛远派人保护也应该。

薛家公子倒是还有一个薛二，但薛二公子和褚卫可是从未有过交集，褚卫和薛远又是原著中的两个主角，而且那些薛府仆人的表情……他揉了揉额头，不知道自己想这个干什么。

又不打算重用薛远了，他和褚卫之间是干净的还是不干净的关自己什么事。

不对，他什么时候主动重用过薛远了？

被薛远耍了这件事，还是一想起来就郁闷。

如果薛远真的是被冤枉的，如果他真的什么都不知道……

他睁开眼，冷声道："去将那日的薛府仆人和侍卫们都叫过来。"

如果是顾元白误会了，是顾元白错了，那么顾元白会干脆利落地认错并给薛远赔偿道歉。如果是薛远做了却还嘴硬不肯承认，一边对着顾元白忠心耿耿，一边去同褚卫暗中勾结。如果他真的把顾元白当成傻瓜一样去戏耍，那么薛远也最好做好被顾元白狠狠还回去的准备。

顾元白会把事情查得清清楚楚，去按照薛远说的话，一件一件地查清楚。

"薛远，"顾元白眸色沉沉，"你最好别耍我第二次。"

◆ 第四十三章 ◆

顾元白说要查，那就干净利落地去查。小半个时辰之后，当日所有的人就来到了顾元白面前。

大内的宣政殿，金碧辉煌，威武非常。

两旁的宫侍垂首站立，空气之中一片醇厚幽香。红柱高耸，阒然无声，这样的恢宏气势，要比那日在荒郊野外之中更让人来得畏惧和紧张。

跪在下面的薛府众位家仆汗不敢出，顾元白坐在高位上，看向薛家的仆人，淡淡道："说说吧，那日到底是怎么回事？"

薛府奴仆躬身行礼，小心翼翼道："圣上，小的们那日只是跟着褚大人来到了乡间，绝没有窥探圣踪，也绝没有和那群刺客同流合污。"

他们说完，就屏息等着圣上的态度。顾元白漫不经心道："继续。"

他们只好继续说道："小的们未曾想到圣上也在那处，这是小的们的罪过，小的们甘愿受罚。"

薛府的奴仆对主子也是一条条忠心不二的狗。

顾元白笑了："那你们告诉朕，是谁派你们去跟着褚卿的。"

褚卫默不作声，他也在这里，因为被召来得急，身上还穿着青色的常服。

黑发被冬风吹得稍乱，额头冒出薄汗。他被圣上特许，笔直地站在一旁垂首听着这些薛府奴仆的话。

跪地的众人不敢欺君："是二公子派我们跟着褚大人的。"

褚卫这时才有些惊讶地挑了挑眉，微微侧着头，朝着这些家仆看去。

这些家仆个个都很是强壮，肌肉发达，体格魁梧，看上去都有一番高强武艺在身。是了，要是没有本事，怎么会被薛远派来杀害他呢？就是不知道这里面有没有曾经在巷子之中殴打他的人。

褚卫想到此反而笑了，青衫袍袖在空中扫过一阵清风，行礼俯身，微有疑惑道："二公子？可我从未认识这位二公子。"

薛府上的家仆心里一咯噔，道：坏了。

他们面露苦色，绞尽脑汁地去想怎么接下这话。顾元白却已经不想再听他们口中真假不明的话了。

他侧过头，下颌的线条连着修长的脖颈，冷漠道："派东翎卫的人去将薛府二公子请来。既然这些人不敢和盘托出，那就有必要去惊动一番薛老夫人了。"

"一点一点地查，大大方方地告诉薛老夫人他们家中的奴仆做了什么事。将他们府中两位公子房间里往来的书信全部找出来，"顾元白半俯下头，黑发柔顺地在如玉般的脸庞滑落，余光瞥过跪在地上的人，"连他们的房间也都好好查上一遍。"

薛府众人忙道："圣上，小的们什么都能说！"

顾元白笑了笑，道："朕却不愿意听了。"

顾元白会用东翎卫作为自己的眼睛，作为自己的手，去代他看看事情终究如何。

东翎卫的众人都是精兵中的精兵，他们的身体素质已是强悍，逻辑思维更为缜密。经过半年的训练，他们对蛛丝马迹的敏感和锐利，已经上了一个新的台阶。

东翎卫先礼后兵，客气地同薛老夫人示意过后，便兵分两路，分别去查圣上想要的东西。

东翎卫的脚步很轻，进入一间房后也不会在其中待上许久。不到两刻钟的时间，东翎卫的人就如潮水般退去，干干净净地从薛府离开了。

被他们查看过的房间仍然规规矩矩，不见丝毫混乱。除了少了薛府的二公子，几乎就没少其他的东西。

薛二公子被东翎卫的人抬到了皇宫，送到了圣上的面前。

他的腿还是断的。若说京中谁的名声最为难听，那么谁也比不过面前的这位薛二公子。

顾元白端起茶杯抿了一口，眼睛还定在奏折上不动，继续批阅着政务："这

就是薛家二公子？朕还记得你。"

被圣上记着的那件事不是好事。薛二公子躺在地上，却比跪在一旁的人还要紧张，战战兢兢地说着话："圣上，草民薛林，感念圣上还记着草民。"

顾元白撩起眼皮朝他看了一眼："你倒是同你的兄长不像。"

薛二公子道："小的比不上兄长。"

顾元白不说话了，在奏折上写了一个"可"字，将其放在一旁，开始看起东翎卫放在他面前的证据，其中，最上处的就是一封被撕得四分五裂的信。

东翎卫发挥了强大的侦查本领，将这些碎片从薛府各角落一一找了出来，只是还有一些已经消散在风雨之中，再也找不到了。

东翎卫的领头秦生沉声道："圣上，薛老夫人只说一切都由圣上定夺。"

顾元白神情稍缓："朕知晓了。"

他坐了一会儿，才伸出手，细长的手指上白玉扳指沉沉，将那张碎纸片拿到面前看了起来。

一句口信从边关传到京城，这里面有诸多不确定的风险。

薛远没法确定这句话能不能真的传到京城，能不能传到顾元白的耳朵里。

而万一真的传到京城了，经过驿站的层层传递，这话最终又会变成何种样子？

如果里头有糊涂记性差的人，有不把这事当一回事的人，或许还有同薛远有仇的人，这句话就会被完全扭曲了。

在边关什么都干不了的这段日子，薛远什么想法都想过了，越想越是将事态往严重的方向想。他的精神状态看在身边人的眼里，暴躁得好像是被踩了尾巴无法入眠的狮子。

最近的丹启部族已经深入草原，也没有战事可上书。薛远阴郁了几日，觉得只有早日处理好游牧人，才能早一日回京。

他同薛老将军请令，带着人在冰雪掩盖之下三番五次去查探匹契和吐六于两部的情况，发现这两部已经有了联系，隐隐有结盟的意向。

驻守在边关的数万大恒士兵终究让这些部族感到不安了，他们原本以为大恒士兵在年前就会退回，没想到看他们的架势，这是要留到年后了。

为什么要留到年后？大恒士兵要在边关驻守这么久，有点脑子的都知道来势不善。

等薛远将这个消息带回讨论时，京城之中，圣上已经将东翎卫查出来的东西看完了。

包括薛远写给薛林的那封拼凑出来的书信。

薛家家仆只以为信中写的就是要褚卫的命，这会儿都有些脸色灰白。但薛二知道信中的内容，反而比他们好一点，甚至有些幸灾乐祸地想，他又什么都没做，这信也是薛远写的，要降罪那就给薛远降罪吧。

顾元白看完后，抬起头，脸上阴晴不定。

"褚卿，这里没你的事了，"圣上压着语气中的火气，"辛苦你多跑了一趟，回去吧。"

褚卫心中万千思绪闪过。

是圣上查明了缘由之后，认为同他没有关系了吗？还是查到了薛远想要杀他的证据，不便和他明说？

然而薛远的人在他跟前都能不要脸面地颠倒黑白，将刺杀说成保护，现在褚卫一走，他们撒起谎来岂不是更加不管不顾了？

但褚卫还是风度翩翩，悠然出了宣政殿。

何须和这等小人争这等蝇头小利，圣上如何看待他们才是最重要的。

殿中只剩下了薛府的人，顾元白靠在椅背上想着事情，宫中静默得连呼吸都好似清晰可闻。

沉默是个无形的刽子手，压得人脊背弯曲，心中忐忑难安。

"说吧，你们还有什么话没说。"顾元白沉沉道，"朕让你们说实话。"

薛二原本想率先将实话给说出来，以免身后的那些家仆把错事推到他的身上。未曾料到身后的家仆们比他更直接，说得要更快："圣上，是大公子从边关给二公子寄回了一封信，二公子看完之后便派我们去盯褚大人。"

就是这封被撕碎的信。

信里缺了几块，有的话便不明不白，但薛远派人盯着褚卫的话语绝不算什么好语气。顾元白的目光移到薛林的身上。薛林一害怕，张嘴就将书信里的原话一字一句地给说了出来。

这些话语之中对顾元白的忠诚展露无遗。

"闭嘴。"顾元白突然道。

薛二公子乖乖闭了嘴，发现圣上的脸色更为深沉了。

"你们先前还同朕说是被派来保护褚卿的，"顾元白压抑道，"就是这样来欺君的吗？"

欺君之罪压下来，这些人怎么受得住？轻则杀头，重则株连九族。薛家家仆

们当即抬手打着自己的脸："小的们被迷了心，那时正巧有刺客行刺，便心中胆怯不敢说实话。"

这些人被顾元白交给了东翎卫去处置。等人都没了之后，圣上看着桌子上的东西，揉了揉额头。

薛远没耍他，一次也没耍。

这些东西每一样都和顾元白有关，他隐藏在其中的秘密完全和褚卫无关。

薛远只是想要紧紧守护着顾元白，他一点也不害怕被人看出他的心思。

没被耍的这一件事，让顾元白的怒火下降了许多，变得心平气和了起来。但同样，这样的一封书信，这样的一些太过逾越的东西，他终究是把皇帝看作了什么？

看作他的所有物？

在自己面前说自己是他的主子，但暗地里已经对主子生出了强烈的掌控欲望。

顾元白一时因自己怒火攻心之下让薛远白白被误会而自省和感到愧疚，一时又因为薛远对自己的这种心思觉得被冒犯和隐隐较劲。

他难道把我看作囊中之物？

他胆子怎么这么大，还能大到什么地步？

复杂情绪杂糅，最后出来的心情顾元白也说不清楚是如何。

想了没一会儿，他就觉得前些日子上火的嗓子又隐隐泛疼。

不管其他，只说薛远写给薛林的这封信。他让薛林记下这些和顾元白密切接触过的人，然后等他回来。等他回来做什么？

一个个调查吗？

顾元白捏着眉心，闭目抿直了唇。唇用力到发白，百味杂陈，一时怒火占了上风，一时因为怒火而误会别人的愧疚又占了上风。

他正一言不发，那旁的侍卫长却忐忑地道："圣上，其实一个月之前，薛大人也曾给臣写过一封信。"

顾元白一愣，抬眼看他。

侍卫长表情怪异，似乎也猜不到薛远到底是什么意思："薛大人说他得了一种病，心里慌慌，得时不时吃一吃花瓣才能止住心慌。但边关哪里有花？他便让臣给他送了些晒干的花瓣过去。"

顾元白奇道："这话同你说干什么？"

· 216 ·

心里头的那些愧疚顿时灰飞烟灭，跟着的那些怒火都变得不伦不类。

哭笑不得。

顾元白突然清醒了。

何必烦恼呢？

错就是错，对就是对。顾元白做错了，他认错。薛远怎么想，顾元白阻止不了，他只要没做出切实地威胁别人的举动，顾元白就不应该在这些事未发生的时候拿来使自己烦扰。

相比较之下，反而是顾元白的思维好像已经被古代的大环境限制住了。

他是要融入当前的大环境，但他也应该时刻保持清醒。顾元白觉得自己身上最可贵的正是现在的思维方式，而这种思维方式告诉他，没人可以去控制别人的想法。

他自省了一番，把其他的事都暂时压下，只看自己的错误。

顾元白说好了要给薛远赔偿，他是想要花瓣？

顾元白侧头，朝田福生道："去将京城中所有的名贵花儿找出来，找来风干。"

边关的第一片雪花既然被还了回去，那就赔偿他京城所有的名花吧。

◇◆ 第四十四章 ◆◇

古人所说"吾日三省吾身"不假，顾元白睡前这么一自省，审视一番自己到目前为止的所作所为，头脑一时清醒了许多，对于之后要做的事情更为清晰分明了。

不久之后，田福生就将京城之中的名花找了出来，特意去了好几座皇家的泉庄，将其中被精心侍弄、不该在冬日开的名花也一一采下。

这些花，每一株都价值万金，遥想先帝在时，宫中曾有一朵西府海棠流落民间，就被一位富豪以万金买下供奉。当今圣上对宫中管得严，没人敢拿着宫中的花去外头贩卖，因此更是物以稀为贵，只要是什么花冠上皇家的名头，都能换来白花花的银子。

当田福生把这千百株的花摘下风干时，心里头都疼得要滴血了。

薛远说是要入口的花，那处理花瓣时的手续可就多了，来来回回也要小半个

月的工夫。顾元白将事情吩咐下去后就很少过问，但不知何时起，民间却生出了圣上爱花的传闻。

一时之间，京城的花价又迎来了一拨高涨。

时间缓缓，终于走到了年根。

边关，在大年三十的前两天，大恒士兵们也在游牧人警惕的盯梢之下，开始准备欢庆新年了。

春节，正是农历初一，俗称"过年"，这一日是自古以来一年之中最为热闹、喜庆的一日。身为将领士兵，这一年不能回去和家人同欢，虽然遗憾，但他们也得弄得热热闹闹的，要让将领们与士兵同乐，要共同迎来新的一年。大肉摆上，好酒灌满，大吃大喝告别蝗虫之灾，让那些灰头土脸的游牧人好好见识一番他们大恒朝的底气。

驿站在年前便给边关送来了足够的盐巴等调料。一大早，薛老将军就带着人去宰羊宰牛，再派另一批人去给鸭子拔毛，提前煮着鸭汤。

边关的大恒士兵这一日就忙着处理食材去了。一条条红花花的肉晾在铺了一层布的地上，一眼看过去满地都是骨头和成堆的鸭毛，轻易让人想到了丰收，士兵来来往往地忙碌着，偶尔往食材上看上一眼，就觉得倍满足。

当晚，这些成批的肉就被火头兵处理好，放在外头冻了一夜存放。第二天的时候，人人又起了一个大早，开始准备包饺子。

包饺子的馅儿早就被伙房提前几天准备好了，伙房的人一点也不客气，有现成的大批士兵可以用，他们就把这重任交了出来。上战场的都是大老爷们，平日里挥舞的都是刀枪棍棒，士兵们看着面和馅料，面面相觑，大部分人都感到了手足无措。

薛老将军与众位将领也在其中，与众位士兵一起慢腾腾地包着饺子，众位大名鼎鼎的将领将包好的饺子一放，个个奇形怪状，没有几个能看得过眼的。

薛老将军哈哈大笑，指着杨会将军道："杨将军，你这包的是饺子吗？"

杨会抓耳挠腮，看了看左右，苦着脸："将军您瞧，没几个包得好看的。"

薛老将军一瞧，又是一阵好笑，突然注意到这群人中并无薛远的影子，他眉头一挑，心中不妙："薛远那小子呢？"

"薛九遥带着人去剔骨头了。"有人解释道，"伙房的火头兵缺人，那骨头又硬，薛九遥力气大，就带着人先过去把骨头给剁了。"

"这是要熬骨头汤啊。"薛老将军安心了，咂咂嘴，"从今儿个就开始熬，等两天过去，那不得香得吞口水了？"

饺子也是，肉馅的、素馅的都有，从边关这些牛羊身上炼出来的油可真的不少，调馅的时候，油和调料都好似不要钱地洒在了饺子馅之中，筷子夹上一块馅料，都能看到馅料中掐出的油来。

军中的铁锅都被清洗了出来，到时候油往锅中一浇，无论是饺子还是牛羊肉入锅，都能飘香十里。

这么一想就觉得肚子已经开始咕噜噜地叫响了，馋得恨不得现在就到大年三十，赶紧去吃一口流油的酒肉。

薛老将军和同僚们包了一会儿饺子就搭伴去伙房看了看，好家伙，一走进伙房就是扑面而来的雾般香气。一众人顺着香气去看，鸭汤就煲在大锅里，锅盖一掀开，那个香味香的，顿时让众人的口中下意识地沁出唾液，都快要了老命。

众位将领矜持地擦擦嘴，又往熬着大骨头汤的地方看了一眼，担心问道："你们人够吗？"

"军队和百姓里会一手的人都被咱们找过来帮忙了，人应该够，就是肯定要忙晕头了。"火头兵满头大汗，手下不停，"哎哟，将军们啊，你们要是没事就多去包一个饺子，凑在这儿干什么啊。"

薛老将军带着人讪讪离开，又跑回去包饺子了。

这两日士兵们的士气格外高涨，跟着埋头热火朝天地处理了两天的食材，精神饱满地等着春节的来临。

除了春节，他们还得注意会不会有游牧人来犯。士兵们心里嘟囔着，希望这群游牧人能长点眼，别在这种好日子来犯，要是真的在这个时候来进攻了，那边关士兵们可真的是满肚子的火气也没地方出。

而这会儿，还真的有游牧人在不远处盯着梢。

大恒士兵同日连那交战的动作太大了，丹启诸部都已得到消息，对于大恒看上去要派兵和他们硬杠的态度，丹启诸部既有些不敢置信，也存着恼火和些许不安。

他们部族之间的联系稀稀散散，冬日作战对丹启人来说没有好处，他们只能派人驻守在边界处，时时盯着大恒士兵是否有进攻的举措。

这两日北风呼呼，将大恒士兵那边的香气一个劲儿地往外吹，吹得各个部族派过来盯梢的人眼睛都绿了。

太香了，真的太香了。

浓郁的食物香气，有肉味，有骨头味，还有米面之中混着甜的香味。这香味

一吸进鼻子里，口舌都生津，呼啸的风和满地的雪，也冻不住这传来的香味。

站在边界上往关口那边看着的游牧人脖子伸得老长，恨不得伸过去看一看大恒士兵们这是在干什么。

怎么这么香啊，这要到年底了，他们这是在给新年做准备？

他们竟然还弄了肉，香气之中还有荤油香味，他们还有油。

不都受蝗灾影响了吗？他们怎么就能吃得这么好！

干巴巴看着的游牧人惊讶："你们闻到这香味了吗？"

"闻到了。"另一个人吸吸鼻子，"不就是吃肉吗？有什么大不了的。我们以前行军打仗，吃的也都是肉干，大恒人吃的是猪也不吃的糟糠，都比不过我们！"

"是啊。"游牧人惆怅道，"没想到边关的这些大恒士兵会有吃得这么好的一天。但是现在，他们都在吃肉了，咱们却在吃草。"

其他人不说话了，也没有心情站在这儿继续盯着了。一伙人回到营帐里，可营帐也隔绝不了这个香气，一闻，还是让人肚子都受不住的香味。

游牧人没有铁锅，没吃过炒菜，他们想象不到能有这么浓重香味的肉，和他们以前吃的肉干是不是一样的。

为什么以前的肉干没有这样的香味？

或许是有的，只是以往的他们从来没有注意过，这会儿好久没吃过肉干了，没尝到肉味了，才想得满嘴都是口水，咽着咽着就心生羡慕。

他们在前线盯着大恒人，但是后方给他们寄来的粮食装备越来越敷衍。他们吃到嘴里的东西都是部族剩下的，马匹能吃的草粮也越来越少，在这个时候，他们闻着大恒那边传来的香气，心里想着，他们什么时候才能吃到这些东西。

把大恒占为己有之后吗？

年三十的晚上，大篝火熊熊燃起，士兵们围在篝火旁边，人人脸上都带着期待欣喜的笑。

等时间一到，军里准备的鼓就被敲响，轰鸣之声不绝。在响彻天地的鼓声中，薛老将军举起酒杯，大声高喝："感念圣上时刻记挂我们，我们才能在这一日吃上这么多的好东西。今日不计数量，诸位敞开肚子去吃！旧年已去，新年一来，恭贺诸君明年平安！"

士兵们齐声应"是"，声音响彻百里。

篝火热烈，火舌吞吐着柴火。士兵们拿到了自己的那一份美食，吃得狼吞虎咽，大笑着和战友们挤在一起取暖。

鸭汤里头的鸭肉都炖烂了，香料和盐巴放得很足，随着热乎乎的鸭汤一块儿入嘴，每嚼一下就觉得唇齿留香，没嚼几下呢，喉咙一咽，这就着急地给吞下去了。

这个时候，大家谁还管和谁的矛盾呢，哪里还有新兵旧兵之分，人人都搭着肩膀靠一块儿，在火光之中只感觉无比畅快。

人多，就是热闹，就是喜庆，笑压也压不下去。

有新兵大口嚼着肉馅的饺子，烫得呼呼吸着冷气，不忘问以往就驻守在边关的士兵们："你们以前过年都是这么快活的吗？"

边关士兵们埋头扒着肉块，也跟着烫得话都说不清楚："哪儿能啊，这是第一次！"

京城来的士兵牢牢记着，道："那是因为以前圣上没有钱，现在圣上有钱了。等着吧，好的东西更多呢。"

边关士兵点点头，感叹："真好吃。"

他咂咂嘴，觉得只说这么一句不够，又道："真的好吃啊。"

底下的士兵在大吃大喝，军官将领们也没有落后。众人敬完了酒，看着伙房送上来的烤肉和饺子，以及鸭汤骨汤，顿时胃口大开，拿着筷子就开始风卷残云地吃了起来。

薛远也在其中，他吃着喝着，很少说话。薛将军看了他几眼，琢磨了一番，问道："你是不是想回京？"

薛远摇了摇头："不能回。"

是不能，不是不想。薛将军瞪着他："你还和我打马虎眼？"

"既然薛将军这么说，那我也直说好了。"薛远放下筷子，拿起酒壶喝酒，"我是想回去，但也不想回去。圣上的事情都还没做呢，我回哪儿去？"

"这么想才是对的。"薛将军稍稍满意，"说吧，你回京是想干什么？"

◇◆ 第四十五章 ◆◇

薛远的神情慵懒了下来，戴着凝绿玉扳指的手指圈着壶口，指腹摩挲杯口，兀自喝着酒水，不理薛将军的话。

但酒过半程，薛远突然想起来在年前的时候，薛夫人也曾寄给他一封信。只是那封信同圣上退回给他的东西放在一块儿，因为太过单薄，薛远便将其给忽视了。

　　他记下了这件事，等庆贺结束之后就回了营帐，找了许久才将薛夫人寄给他的那封信找了出来。

　　信纸薄薄，本以为没什么大事，但打开一看，薛夫人语气着急，说的正是圣上去过薛府的事。

　　薛远捏着信的手指一紧，他的目光转到自己手上的翡翠玉扳指上，呼吸一顿，眼前豁然开朗。

　　原来如此。

　　薛远总算是明了了，顾元白大概正是因为自己留的字条才会如此生气。可天地良心日月可鉴，薛远只是想表达自己的忠心，并非挑衅皇权，也并非展示自己已经琢磨透顾元白的心思。

　　小皇帝怎么不想想。

　　薛远眉头皱得死死的，后悔自己怎么没有及时看到这封书信。要是当时追上驿站使者前看到这封书信，他完全可以换另外一番说辞，去解释这些事。

　　薛远将信纸收起，在房中来回踱步许久，最后好不容易沉下了心，去想先前托付驿站官员传到京城的那话。圣上也不会为其所动了，因为他找错了解释的方向。

　　只有等年后驿站重新送信时，才可在信中好好解释一番了。

　　等年后驿站的官员如约前来边关收信的时候，已经是正月初五以后。

　　薛远早已准备好了书信交给他。这次前来驿站的官员换了一个面孔，应当是受了前任驿站官员的叮嘱，见到薛远后，他态度更为恭敬，堪称诚惶诚恐："小的会将将军的信平安送到京城的。"

　　薛远好声好气地笑了笑，斯斯文文："那就拜托大人了。"

　　这一封书信要经过千万里之远的路程，或许即便到了京城，薛远也得不到回响。看着驿站官员离开的背影，薛远笔直地站在雪地之中，黑发随发带飞扬，战鼓在身边咚咚作响。

　　他将目光转到了更北的地方。如果快一点的话，如果再快一点的话，他是否可以在春风二月回京？

边疆的春节过得热热闹闹，而京城之中的圣上，在大年三十之前，迎回了派去行宫的太监。

太监奉上了宛太妃写与圣上的书信，顾元白将书信放在一旁，只认认真真地问道："宛太妃身体如何？"

若不是顾元白身体不好，更因为去年的大病而对冬日杯弓蛇影，他必定要亲自前往避暑行宫，同宛太妃好好过个年。

太监道："回禀圣上，太妃身子尚算安康，只是着实想念圣上。小的到达行宫时，正瞧见太妃望着一碟梅花糕出神，太妃身边姑姑道，那正是圣上年幼时最喜吃的糕点。"

顾元白感慨，笑道："确实，朕现在也很是喜欢。"

太监便细细将宛太妃的琐事一一道来。

顾元白听得很认真，时不时出声问上几句，宛太妃现如今一日吃上几次饭，一次又能吃多少？他问得不嫌烦，回话的人也不敢有丝毫应付，一问一答之间，便过了一个时辰。

顾元白回过神来，让人退了下去，然后展开手中书信，一字一句读着上面的内容。

宛太妃也极为挂念顾元白，但她不厌其烦地说了许多遍，让顾元白切莫冒着寒冬前来看她，她在行宫之中一切都好，吃得好住得好。唯一遗憾的，那便是皇帝不在身边吧。

只是若皇帝在身边了，宛太妃也不会过多地和顾元白见面，以免天人相隔那日，顾元白的身体会撑不住如此悲戚。

顾元白看完了信，信中细如流水的思念仍然萦绕在心头。他突然让人送上狐裘，戴上了皮质手套，在众人陪侍之下，走到了御花园之中。

御花园有一片梅花地，淡红一点于雪地之间，走得近了，清香也带着凛冽寒气袭来。顾元白走到了这处，上手去摘下了一瓣滴着化雪的梅。

梅花红色碾于手上，顾元白道："拿些手帕过来，朕采些梅花，做一做梅花糕。"

除夕时，宫中本应该办一个宫宴，但圣上以身体疲乏为由，只让诸位宗亲大臣阖家团圆，勿来陪他。

圣上宫中并无宫妃，也并无孩童。以往未曾觉得什么，年根总会觉得寂寞。顾元白也察觉到了宫中的寂静，想了想，让田福生挑了几个品性优良又不失活泼

的宗亲孩子，待年后送到行宫之中，去陪一陪宛太妃。

田福生应"是"，又多问了一句："圣上，宫中可否也招来几个小公子在殿前逗逗趣？"

"不用，"顾元白哭笑不得，"放到朕的身边，宫中就不安宁了。"

宫中的这个年便这样平平淡淡地过去了。等年后冬假结束，大恒朝上上下下的官员重新回到了官府之中，朝廷一马当先要开始准备的事，正是三月的武举。

武举五年一次，这一次正好轮到了文举的次年。大恒朝的武举盛况同样不输文举，顾元白下了朝后，去翻了翻宗卷，将以往的武举状元的卷子也拿出来看了一遍。

武举并非只考武学，除了身体素质之外，还须具备军事思想，学习过兵书，懂得排兵布阵以及如何寻找地方安营扎寨等的学识。

顾元白将以往的武举计分方式重新制订了一番，考验身体素质的方式也换了另外一种。

他想着这些折腾武举生的办法时，眼角眉梢之间都带上了轻松的笑意。

自己的身体不好，折腾起别人来确实别有一番乐趣。

在皇帝陛下满足了自己的恶趣味之后，时间，也很快走向了二月。

边关的奏折开始一封封如雪花般飞入了京城。从二月初开始，边关战士就频频与游牧民族发生冲突，在一次又一次的冲突当中，这些已经离了心的丹启部族分批承受了大恒士兵的攻打，他们终于摒弃前嫌，打算共同对抗大恒了。

而在这时，丹启八部还完备存留的部族，只剩下其四了。

游牧人拧成一股绳后，他们对大恒的威胁力将会大幅提升。将士们对此严阵以待，正准备在适当时机提出议和之事时，丹启部族之中却发生了一件谁也没想到的事。

丹启病重的大首领死了。

原本打算联合起来的丹启各部族之间又是暗潮涌动，用不到大恒的人动手，他们已经隐隐有敌对分离之兆。

二月中旬，丹启人在内、外不安之下，竟然主动找了大恒人求和。

薛老将军既觉得惊讶，又觉得此事在情理之中。他同丹启人好好商议了一番求和事宜，将圣上那番将其同化的想法，暗中埋下了一条引线。

等大部分的游牧人不必通过战争，也不必掠夺就能得到粮食、茶叶、调料和绸缎时，当他们想要的东西只需要去商市用大恒的钱币就可以换来时，他们还愿意掀起战争吗？

百姓不会愿意。

他们会逐渐安于现状，最后会成为大恒饲养骏马的马场。

从去年八月到今年二月，长达六个月的边关对峙，到此刻终于告一个段落。在薛老将军上书的奏折之中，他表明将会留守原地看管商路建起一事，而负责运送军粮和军队的薛远薛将军，已经带着人马回京了。

日思夜想，薛远飞一般地奔驰回京了。

顾元白将这则奏折足足看了好几遍，身体中的血液也好似跟着薛老将军这简短的话语而沸腾起来。他的面上泛起薄红，眼睛有神，朗声道："好！"

六个月，终于结束了！

顾元白忍不住站起身，都想要高歌一曲，但他终究只是平复了胸腔之中的激荡，双手背在身后，站在殿前看着外头景色，双眼好像穿过千山万水，看到了边疆的万马千军。

开心，很开心，开心得只想要笑了。

天时地利人和都好似站在了顾元白这边，丹启人的内乱注定要掀起可以搅动其整个部族的大动静。这样的内乱，若是没有强有力的领头人横空出世，甚至有可能会持续几年以上。

顾元白满脑子只注意到了这一件事，只想着这一件事。等到夜色稍暗，晚膳时分时，他才想起了薛老将军奏折之中所言，薛九遥要回来了。

薛九遥啊。

顾元白有些恍惚，刹那之间，他眼前突然闪过薛远朝他嘴角一勾，虚假笑着的模样。

修长挺拔，客客气气。

圣上想起什么，回头同田福生问道："前些时日，薛九遥是不是送上了一封书信给朕？"

田福生点了点头，恭敬应道："是。"

顾元白还未曾看这封信，但一想，八成应当是感谢他送花的恩德，便随口道："去拿过来让朕看看吧。"

第四十六章

奔袭回京的军队在半路经过驿站时，恰好遇上了从宫中送往边关的花。

知道他们送的是圣上派人晒干的花瓣后，面无表情的薛远一怔，翻身下马，步步生风地走到送花队伍跟前。

千百片花瓣处理起来的时间要比田福生想得久了些，足足到一月底，这些花瓣才被装在了木盒之中，被驿站紧赶慢赶地往边关送去。

两方消息不同，一个往前走，一个往回赶，若是没有在驿站前碰到，怕是真要就此错开了！

薛大人的手上还戴着边关百姓用鸭绒织成的手套，粗笨的手套套在他的手上，却被他比常人略长的手指撑出了修长的形状。

鸭绒从木盒上轻轻拂过，薛远的目光定在上方不动："这是圣上送给臣的？"

驿站官员道："是。这一木盒中的花瓣全是圣上派人采下晒干的名花，株株都备受推崇、价值万金。经过二旬日的工夫，才处理成如今模样。"

薛远的手指从木盒边缘摸到了锁扣，啪嗒一声，木盒盖被他掀起。

清幽花香随着微风拂动，各色花瓣艳丽柔软依旧。薛远脱下了手套，从中拾起一枚看了看，笑了："名花，沾染过圣上的福泽了吗？"

在驿站官员说了"没有"之后，薛远笑了笑，将手中花瓣送到嘴里，舌尖含着花瓣吸吮、翻转，才喉结一动，咽了下去。

满嘴都是花香。

他擦去指腹上留下的花色，将木盒盖上，抱起木盒转身离开，披风猎猎飞起，他干净利落地翻身上了马。

这盛放了千百株名花的木盒并不小，横摆在马背上时已经盖住了薛远的小腹。驿站官员问道："薛大人，不若下官再给您运回去？"

"不了。"缰绳一扬，大批军马，漫漫尘沙，跟着薛远飞奔而出。他哼笑一声，说给自己听："我得带着。"

十九日后，料峭轻寒之际，边关的将士回京了。

消息传来后，薛府就派了小厮日日前往城门等待。大公子去年九月离府，距今已过五个月，薛老夫人想念他，薛夫人也想念他，因府中缺少能当事的男主子而忧心的奴仆们，也欣喜期盼地等着他。

但薛府大公子一回了京，第一件事便是径直前往了宫里，脚步紧急，边走边问着引路的宫侍："圣上这些时日可有生病？"

"圣上前些日子略有些受了寒气，"宫侍拣了几句没有忌讳的话说了，"但是今年各处都有了炕床，圣上休息了几日便也就好了。"

"炕床？"薛远念了一遍，"这是个什么东西？"

"薛大人不知道也是应该，这是圣上今年派人做出来的新东西，也就在京城周边有了名声。"宫侍笑着道，"外似实床，中有洞空，跟个暖炉日日在身下烤着似的，热气不灭，可把整个屋子也暖得热气腾腾。圣上今年很少会觉到冷意了。"

薛远敷衍扯唇笑道："是吗？"

他好似不经意地问："那圣上可喜欢这个东西？"

"喜欢。圣上体凉，有了炕床后才能睡一个好觉，怎么能不喜欢？"

薛远笑着应了一声"好"。

宣政殿就在眼前了，薛远不知不觉之间，步子越加快了起来。身边的宫侍都要跟着小跑起来了，跟在后方的将领低声提醒："将军，慢些。"

薛远深呼吸一口气，道："好。"

然而他还是越来越快，沉重的靴子打在地上的声音响亮。顾元白在宣政殿之中，似有所觉，抬头往殿外看了一眼。

薛远走近后就看到了他抬起的这一眼。

呼吸一停。

圣上穿着明黄色的常服，殿中温暖，他就未在身上披上大衣，亮丽的色泽衬在他的脸庞上，生机比春日的阳光更为勃勃。

黑发束起，玉冠温润，唇角似有若无地带着笑意，手指捏着奏折，眼眸中有神。黑眸悠远，正在看着风尘仆仆的自己。

薛远好像被一道天雷击中了身体，浑身发麻，只知道愣在原地，呆呆地去看着小皇帝。

身后的将领喘着粗气跟了上来，他们连忙整了整袍子，推了一下薛远："将军，面圣了。"

殿内的小太监正好同圣上通报完了，憨着笑看了薛远一眼，扬声道："请各位将军进吧。"

薛远回过神，带头走了进去，和身后的将领一起朝着圣上行了礼。

顾元白勾起唇，很是温和。他让人赐了座，又赏了茶，与诸位将领谈论了一番边疆事宜。

薛远一言不发，好像渴极了，端着茶水一杯杯下肚。然后借用饮茶的动作，他在袍袖遮掩下偷看着圣上。

他做得实在太过隐秘，没人发现薛大人的行径，只是在心中调侃不已：薛大人喝了这么多的茶水，若是一会儿有三急，岂不是得辛苦憋着？

顾元白也跟着抿了一口茶水，突觉一阵炙热视线，他朝着薛远抬眸看去。

薛远正低着头，热茶雾气遮住了他眉眼间的神情，遮住了他的唇角若有若无的笑意。

似乎是察觉到了圣上的目光，薛远才撩起眼皮，朝着圣上露出了一个笑。

顾元白收回了眼。

将领们正在同他说着丹启大首领病死一事，道："耶律大首领病死的时间太过于巧合，先前病了许久还能强撑数年，如今却在众部族准备联合时猝死。丹启人大乱，大首领的儿子耶律征认为其父一定是为奸人所害。"

"看耶律征的样子，不是没有怀疑过我大恒。但他们后续也查出了一些指向其余部族的蛛丝马迹，其内部已有分崩离析之兆。"

圣上点了点头，再说了几句话后，笑道："众位长途跋涉回京，本该休息一日再来同朕复命，今日急了些，难免疲惫困顿。如今趁早回府休息，待明日养足精神再来同朕好好说一说边关的事。"

众人也不推辞，因为确实疲惫，尤其是薛将军这般不要命的赶路方式，他们已经许久未曾睡过一个好觉。

众人一一告退，顾元白翻过一页奏折，随口说了一句："薛将军留下。"

薛远便留了下来。

宫殿之中很暖，不过片刻，薛远便出了一身的热汗。他起身恭敬询问道："圣上，臣能否将外袍褪下？"

在觐见之前，他们身上的武器和甲衣已被宫侍取下。顾元白看了看他额角汗意，微微一笑道："不可。"

薛远闷笑了两声："是。"

圣上将他留了下来，却不说是因为什么事，薛远便好好地站着，脊背微弯，偶尔抬起一眼，状似无意从圣上身上滑过。

长如羽扇的眼睫晃动，在眼下遮下一片细密的阴影。

这一站就直接站了一个半时辰，等外头的天色从明变暗，顾元白才合上了奏折揉了揉手腕，瞧见了薛远之后，不知是真是假地讶然道："薛卿怎么还在这儿？"

薛远咧嘴一笑，自个儿主动道："没有圣上命令，臣不敢走。"

"那就陪着朕出去走走。"顾元白站了起来，往殿外走去，随意道，"薛九遥，许久不见，近来可好？"

薛远有些受宠若惊，他紧跟在圣上身后："什么都好，只是极为思念圣上。"

顾元白笑了笑："你从边关回来的时候，那里还有飞舞的鹅毛大雪吗？"

"有，怎么没有，"薛远回忆，"臣回来的时候正是风雪满天，雪化成了水，在甲衣上盛满。烈风跑得再快也快不过它落下的速度，臣有时回头一看，谁的头顶都有了一层皑皑白雪，像是一夜之间白了头发。"

顾元白听了一会儿，点点头道："京城也落了雪，但终究比不上边关的凶猛。"

薛远："臣心喜于此。"

圣上一笑而过。

第十卷 上元佳节

第四十七章

"宫中人说圣上做了个炕床,"薛远话里话外都是暗示,"臣当真没见过这个东西,心中倍感好奇。不知今晚可否宿于宫中,去试一下这取暖之物?"

顾元白坐下,慢慢喝着汤,薛远见他不说话,便又换了一个话头。

"臣收到圣上赏给臣的那盒花了,"薛远的嘴角不由自主地扬起,心里嘴里都跟着发甜,"臣一路没舍得多吃,花里带甜,香气弥久不散。"

"那薛卿便慢慢吃。"顾元白睨他一眼,"不吃便会心慌?那就每日多吃一点吧。"

薛远笑道:"是,臣记下了。"

说话间,被宫人带出去喂食的两匹狼已经走了过来,它们老远就闻到了薛远身上的味道,离得近了之后,便用力挣脱了宫人,嚎叫着奔向了薛远。

薛远皱眉,抬脚把它们踹到了一旁:"臣不在的时候,它们也是这么对圣上的吗?"

"倒是没有这样热情。"顾元白放下了汤,朝着狼伸出一只手:"过来。"

那两匹被薛远踹得呜咽的狼顿时忘记了前主子,颠儿颠儿地跑到圣上面前,撒娇着舔着圣上的手。

它们像是在舔一块连着肉的嫩骨头,舌尖从掌心到了指缝,猩红的舌只须一卷,就能将细白的手指三两根地卷入口中。

薛远眉心一紧。

"下个月就是武举的日子,"顾元白没看到他的神情,慢腾腾道,"你要是没事,那会儿也跟着,去看能不能有几个好苗子。"

"是。"薛远紧盯着两匹狼的舌头,"圣上这几日可都是在宫里?"

顾元白想了想:"过几日我倒是想要出去看一看,若是记得没错,户部和政事堂是不是要举办一场蹴鞠赛了?"

田福生连忙答道:"是如此。前些时日小的还听参知政事说过,户部官员可是对政事堂叫嚣了许久,参知政事憋了一股气,一定要好好带着官员在蹴鞠赛中给踢回去。"

顾元白笑道:"好志气!"

"两位大人将蹴鞠赛的日子定在了休沐日,就在两日之后。"田福生问道,"圣上，您可要去看看？"

"去看。"顾元白点了点头，"不必大张旗鼓，暗中前去就好。"

田福生应了声，顾元白瞧了瞧外头天色，对着薛远道："回去吧，薛卿。"

薛远收回盯着狼的眼："圣上，那炕床——"

"薛府也有，"顾元白慢条斯理道，"你房中也有。"

薛远不可控制地露出了一副失望的表情。

顾元白心道：你再怎么失望，君子一言驷马难追，我已经说过不会白用你了。

他刚这么想，薛远又道："臣想和圣上求个恩典。"

顾元白审视着他："是什么？"

薛远低声："两日后的休沐，臣也想上场，要是臣赢了，您来臣府中走一趟，怎么样？"

这话声音低，只让顾元白一个人听见了。顾元白不由自主地想：他这是什么用意？

顾元白心里头思索良多，最后意味深长地看了薛远一眼，问："你要是输了呢？"

好手段啊，薛九遥。

这是想把他骗到府里，等夜深人静时谋点私利？

英明神武的皇帝陛下想了良多，看着薛远的眼神便越发地深邃。

薛远在他的眼神下，又吞咽了一口口水，才收起狼皮，斯斯文文地道："臣怎么会输呢。"

他舔了舔嘴巴，裂口处渗出了几缕血丝，他就着血味笑得越加温和。

两日后，休沐日。

户部和政事堂的蹴鞠赛快要开始，这两伙人都是常年在衙门里伏案工作的。要是把薛远扔在里面，那就像是一匹狼掉进了羊窝里。

为了自己官员的心理状态不被打击，也为了比赛场面胶着好看，顾元白便从东翎卫中挑出一队人和薛远同队，又让保护在殿前的御前侍卫组成另一队与其对抗。

这两队的人个个都是人高马大，赛事的地点被定在了之前顾元白观看国子学与太学蹴鞠的位置。这个位置自从圣上亲临后，已成为一个固定的蹴鞠赛点，热爱蹴鞠的老百姓们时不时会从这里经过，看一看有没有什么激烈精彩的比赛。

当东翎卫与御前侍卫这两队人马上了场后，他们的精气神和高大的身形瞬息便吸引来了许多看热闹的百姓。还没开始踢，热烈的叫好声和口哨声就将气氛弄得高涨了起来。

顾元白的人早已在凉亭之中布置好一切，他穿着常服，正眺望着街道上的百姓。

寒冬刚过，春日瑟瑟地探出头，如此时节，冷意虽然依旧，但高亮的太阳毫不吝啬地洒下一日比一日暖和的光。这会儿正是正午，百姓在街市之中摩肩接踵而过，步调闲适，时不时停下脚步同商贩砍价。更有三三两两的人围于蹴鞠场旁，激动亢奋地挥臂鼓舞赛场上的人。

喧闹，生机勃勃。

顾元白披了件深蓝色的大衣，如玉葱指从深衣之中露出尖头，抱着一个金色手炉。偶尔从前方吹起一阵微风，便将他两侧黑发吹起散落在肩背之上。

厚重的衣物几乎要掩埋住他的半张脸。田福生小声道：“圣上，这处是风口，移移步吧。”

"等一等，"顾元白道，"朕再看看。"

蹴鞠场上的两队人正在热着身，彼此之间虎视眈眈，火气足得很。他们越是如此，吸引来的百姓越是多，不少人大笑着道："俊哥儿好好踢，踢得好了给你相看好闺女！"

引起一片哄然大笑。

东翎卫和御前侍卫中已经有不少人涨红了脸，只能当作没听见，不理百姓们这般大胆的调侃。

顾元白也是一笑："朕去年来这儿的时候，记得还没有这么多的人。"

"是。"田福生道，"圣上未来这儿看蹴鞠时，这处空旷，人迹也不是很多。但等圣上来过这里后，渐渐地，官民之中有什么大的蹴鞠赛都会来这里举办。商贩也跟着来了，人也就越来越多。"

"这里面还有张氏的功劳。"顾元白神情缓和，"他们回了京城，大批的外地商人也跟着赶了回来。今年京城之中记录在册的商户，要比去年多了两成。"

说起商户，就不得不想起如今不被重视的海域。

林知城早已在年后便着急赶往沿海水师赴任，但顾元白让他留下了一篇关于海贸的策论，在翻阅文献结合当下环境之后，那篇策论，顾元白认为可行。

事情是永远做不完的，顾元白被百姓的喝彩声叫得回过神，往下一看，原来是蹴鞠赛已准备开始了。

他移了步子，专心看着这两队的蹴鞠赛。

◆ 第四十八章 ◆

底下人玩着蹴鞠的时候，穿的是薄衫。薄衫将他们的身形勾勒得分明，侍卫们个个都有着肩宽腿长的好身材，偶尔停驻在一旁看着蹴鞠的女子，看着看着就捂住了嘴，粉面薄红。

顾元白的目光轻而易举就被薛远吸引住了。不是说顾元白对他的感知很敏锐，而是薛远实在是显眼。

他跑得很快，跑起来时薄衫便紧紧贴在身前，双腿紧绷，如猎豹般藏着骇人的爆发力。跳起，后翻身，花样让人眼花缭乱，两队之中谁也没有他的风头更让人瞩目。顾元白看了他一会儿，上半场就这么结束了。

思绪飘了一瞬，下一瞬再移回来时，场中的人已经不见了。顾元白下意识地看了一圈："人呢？"

田福生摸不到头脑："圣上，谁？"

亭子下方传来一道喊声："圣上——"

顾元白往前一步，双手搭在亭子栏杆旁，低头往下一看，正见到薛远胸口起伏不定，呼吸微微粗重，拿着一个油纸包，抬头带笑看着他。

顾元白不由得道："你手中拿的是什么？"

"牛家的驴肉火烧。"薛远道，"这家的驴肉火烧可是出了名地好吃。肉卤得入味，配料更是相得益彰，吃起来让人胃口大开，香得不行。圣上要不要尝一口？"

顾元白被他说得发馋，让人将驴肉火烧接了过来，待身边人检查过之后才交到他的手中。

顾元白解开油纸包，低头咬了一口，令人满足的香肉混着葱姜的酥脆声在唇齿间响起，里头的肉是用舌尖便能尝出来的香，巴掌大小的饼更是柔而不腻，面香分明。

好吃得顾元白咬了一口又一口。

他在凉亭上吃着驴肉火烧，薛远在下头抬头看他，逐渐唇角带笑，眼里都是笑意。

薛远从没想过有一天，他竟然会为了一个人多吃了两口饭而感觉欣慰和欣喜。

这个驴肉火烧吃到一半，薛远便被东翎卫叫走了。顾元白看着他的背影，又咬了一口火烧，没看到身后田福生看着自己的表情，感动得都要流出泪了。

薛远为了能让圣上去薛府一趟，当真是用尽了功夫。即便是同为队友的东翎卫也很难跟上他的节奏，等到下半场结束后，果然是薛远赢了。

顾元白上了马车，外头就传来了薛远的通报之声："圣上，臣可一同前往薛府吗？"

顾元白揉了揉额头："上来。"

薛远上了马车，一身汗臭味靠近了圣上。他凑得近了，一闻，满足地笑了："圣上身上都是驴肉火烧的味道。"

顾元白嗅了嗅："朕只闻到了你身上的汗臭味。"

薛远想到了他娇贵的鼻子，立刻往后退了退，但再退也退不到哪里去，无奈叹了一声，正想要打开车门跳出马车，顾元白却开始咳嗽了。

薛远被他的咳嗽吓了一跳，双手都有些无措，慌乱得找不到头。顾元白抚着胸口咳嗽得眼角发红了。

"怎么突然咳嗽了？病了？吹到风了？"薛远急得自己都不知道自己在说什么，"冷吗？哪里不舒服？"

顾元白一句话也说不出来，他有心想要控制自己，但是控制不住，咳得肺部呼吸不上来，头脑缺氧发晕，才缓缓慢了下来。

鼻尖的空气混合着汗味，顾元白无神地抓着手里的指尖，直到缓过来了，才转转眼珠，往旁边一看。

薛远握紧了他的手，哑声道："圣上？"

顾元白不想要自己露出这么狼狈的一面，侧过头，把脸埋在发丝和衣衫之中，不想说话。

吹一吹冷风，就可能会咳得如此厉害，而若是咳嗽结束，就是手指也抬不起来的程度。

喉间有淡淡血腥味。因为太过娇嫩，所以承受不住连续不断的咳嗽，咳出了血味。

不用看御医顾元白也知道的，他知道自己这具身体的情况，知道自己是有多么虚弱。

他甚至知道了自己大概的命数。

不甘心。

手指想要攥紧，想要装出一副若无其事、镇定无比的模样，可是心中疲惫，便不想要再装下去了，想要短暂地放松片刻。

薛远俯下身，在顾元白耳边道："顾元白。"

顾元白沉沉应了一声。

他的面容被黑发遮掩，看不出是喜是悲，但应该是悲的。心有壮志和野心，怎么会为了身体的虚弱而感到开心？

薛远轻轻拨开顾元白脸上的发丝，顾元白闭起了眼睛，却觉得薛远的手好像在发抖。他不由得重新睁开眼一看，原来没有感觉错，薛远的手当真在发着抖。

"怕什么？"他哑声，语气悠悠，"我这几年还死不了。"

薛远从牙缝中迸出字眼："几年？！"

顾元白眼睛动了动，笑了："难不成薛大人还想要我长命百岁？"

只是他这笑实在勉强，唇角勾起都好似万分困难。薛远冷着脸，太阳穴鼓起，脖子上的青筋暴出。

等马车到了薛府门前时，顾元白已经好了，他整了整衣袍，又顺了顺发冠，淡淡道："朕去年在床上躺了好几个月，吃的饭从未有片刻是不带药味的。你或许会认为我如今已是孱弱，但在我看来，却已经好了良多。最起码像是刚刚那样的咳嗽，入冬以来，也不过四只手数得过来。"

鼻尖一痒，或者喉咙一痒，就会咳嗽起来。顾元白的体质好像是只要一开始咳嗽，那就停不下来。

说完后，顾元白朝着马车门扬了扬下巴，道："下去扶着朕。"

薛远沉着脸跳下马车，伸手将顾元白也扶了下来。但等圣上下来之后，他也未曾松手，只是低声又坚定地道："我会找来神医。"

顾元白笑了笑："朕也在找。"

放弃生命，原地等待。

顾元白嘴上说得再好听，但私底下从来没有放弃过。

他斜瞥了薛远一眼，勾唇，这一瞬间表露了年轻人的冲劲和挑衅："薛大人，看谁能先找到吧。"

这种笃定能活下去的语气，让薛远紧绷的大脑一瞬间放松了下来，他松开了顾元白的手，风轻云淡地"嗯"了一声。

顾元白会长命百岁的。

神仙都同意不来抢他了。

薛府中能主事的男主子只有薛远一个。

两位老少夫人派人来询问是否要过来请安，被顾元白拒了。而薛二公子，早在知道圣上亲临时，已经缩成了一只鹌鹑，躲在屋里一句话也不敢说。

顾元白多半猜到了薛远会赢的结果，他之所以会答应薛远大着胆子求的恩典，只是想知道薛远要做些什么。

今日休沐，皇帝也休息一天，政务没带一本，只带上了几本常看的书。

薛远带着顾元白来到了庭院之中走了走，顾元白偶然之下，在薛远的院子中看到了上次前来时还未有的秋千。

石桌旁都是被扫下的木屑，顾元白看了几眼："这秋千是你做的？"

"嗯。"薛远直言，"圣上坐在秋千上，臣坐在石桌上，臣想给圣上雕个小人。"

顾元白稀奇，当真走向秋千坐了下来："你上次送予朕的那把木刀难道也是你亲手做的？"

"自然。"薛远唇角勾起，大马金刀地坐下，让奴仆送上了匕首和木头，在顾元白的面前状似无意地耍了一手花刀，道，"臣其他不敢说，但玩刀这一块，还没遇见能比得上臣的人。"

顾元白若有所悟："倒是没听说过。"

薛远咧嘴一笑，心道：你听说过那就奇怪了。

薛远怎么可能会木工活儿？还不是被褚卫曾给圣上画的一幅工笔画气的。君子六艺学不来，唯独耍刀是一绝，褚卫既然能给圣上画画，那他就能给圣上刻像。

谁比谁差？

◆ 第四十九章 ◆

其余人等看圣上和薛大人如此有兴致，也懂事地站在院子角落里，以免碍了两位的眼。

顾元白刚刚坐上秋千，对着他雕刻着手中木头的薛远就抬起了头，看了他一眼后，突然站起身大步离开，转眼消失在了卧房之中。

这是要做什么？顾元白朝卧房看去，还未想出缘由，薛远又走了出来。他的手中拿了一个软垫和厚重的披风，走近道："圣上，起来一下。"

顾元白："为何？"

"坐的地方凉。"薛远皱眉道，"虽是木质，但也最好垫个东西。"

顾元白无奈道："朕身上穿的衣服不少。"

"衣服不少也不行，"薛远站得笔直，语气柔了下来，"你觉得不凉，屁股觉得凉。"

顾元白不想和他谈论屁股不屁股的事，站起身，让他垫上软垫。

在顾元白坐下之后，薛远又将披风盖在了他的身前，细细地在脖颈处掖好。前有披风，后有大氅，手炉在手上，外有暖盆送着暖意，寒风只能吹动脸庞。顾元白呼出一口气，舒适道："朕晒会儿太阳，你刻你的，等风起的时候就进房中。"

薛远笑道："是。"

木头是一块长木，薛远拿着刀开始雕刻了起来，偶尔抬头看一眼圣上，再低头动一动匕首。

顾元白在秋千上晒着阳光似睡非睡，等醒过来的时候，他已经躺在床上盖上了被子。

他转头一看，薛远正坐在屋内的桌子旁，专心致志地擦拭着一把弯刀。

那柄弯刀的样子雍容华贵，不是凡品。顾元白掀开被子，正要下床，低头一看，哑声问道："朕的鞋袜呢？"

薛远听到声音回头，就看到他赤脚快要落到地上一幕，脸色一变，猛地站起，桌上的弯刀被撞得叮当作响。

顾元白见他气势汹汹的模样，在薛远的双手伸出前便将双脚收了回来，冷冰冰地钻到了炕床之中："田福生呢？"

薛远摸了个空，顿了一下后才道："在外头。"

"把他叫进来。"顾元白皱眉，四下一看，却在薛远坐下的桌旁见到了自己的白色布袜，"朕的鞋袜怎么到那儿去了？"

薛远表情不变："臣也不知道。"

田福生听命进了屋，伺候圣上穿上鞋袜，待穿戴好了之后，又让人上前，将圣上散乱的黑发给重新束起，圣上变得英姿飒爽起来。

顾元白收拾好自己后，往院子里走了一圈醒神，问田福生："朕怎么就睡着了？"

田福生小声道："圣上，小的也不知道。只看到您在秋千上还没坐多长时间，

薛大人就放下了木头和匕首，轻轻把您送进屋里了。"

"那朕的鞋袜，"顾元白道，"是他脱的？"

田福生头埋得更低："小的们未曾动过圣上的鞋袜。"

侍卫长跟在顾元白的身后，欲言又止。

顾元白揉了揉额头，带着人往回走，一回去便见到宫侍都站在薛远院中候着，卧房的门紧闭。顾元白往卧房眺了一眼，问："你们怎么都站在这里？"

宫侍小心翼翼："回禀圣上，薛大人让小的们在外等待，他有些私事要做。"

顾元白眼皮一跳，私事？他抬手让人莫要通报，余光看了一眼身后的人，淡淡道："田福生跟着，其他人在此等候。"

顾元白悄无声息走到窗户跟前，将窗户推开了一条缝，往里面看去，一眼就见到薛远单膝伏在床上。

被子乱糟糟地堆积在床侧，他单手撑在床侧，脊背紧绷，看不出他的神情如何，却很是专注的样子。

——连窗口被推开的声音都没有听见。

顾元白突觉有些发热，侧头吹了吹冷风。过了一会儿，他才回身屈指敲了敲窗口，响亮的木叩声传来三下，随即薛远慢悠悠地下了床，朝着窗口这边看来。

圣上容颜微怒，长眉前压，含着梅花初绽的如雪冷意，五指弯曲，正是圣上叩响了这三下催命的声音。

薛远撩撩袍子，行云流水地整理好了自己，然后大步走到窗前，弯身行礼："圣上怎么在这处？"

顾元白声音也冷："你在做什么。"

薛远沉吟一会儿："臣前两日睡时并没有在卧房中休息，太热，睡不惯。今日见圣上睡得如此沉，心中才有了些好奇，想要看一看这炕床到底是如何做出来的。"

"想看看炕床是怎么做出来的，就是去拿鼻子闻？"顾元白嘲讽。

薛远还当真点了点头，像煞有其事道："臣还真的没有闻到被褥被烧焦的味道。"

顾元白看了他一会儿，扯起唇角："薛卿还有工夫去琢磨炕床，你给朕刻的木雕应当也好了吧？"

薛远面不改色："那木雕没有这么快就能好，圣上等臣两日。等好了，臣亲自送到宫中。"

顾元白听到后又是风轻云淡一笑。

薛远愣愣地看着他，半晌回不过来神。

田福生惊愕道："薛大人，你、你——你鼻子出血了！"

一阵混乱。

薛远被扶着去由大夫把脉。离家五个月，薛老夫人和薛夫人如今正是挂念他的时候，即便看上去只是因为火气太盛而出了鼻血，两位长辈却不见大夫不放心。

顾元白坐在石桌旁，姿态悠然地品着茶，只是品着品着，余光见到薛远仰着头堵着鼻子的样子时，唇角便流露出了笑意，止也止不住地沉沉笑了起来。

有趣，好玩。

一旁的大夫瞧见这么多气势不凡的人在这儿，却还是没有忍住对着大公子絮絮叨叨："如今明明还没立春，天还冷着呢，怎么大公子你就肝火如此旺盛，虚火如此急躁呢？"

圣上从宫中带出来的御医也在一旁抚着胡子笑呵呵地凑着热闹："从薛大人的面相就能瞧出体内火气多么大了，如今外有寒气入内，冷热相抗之下，这夜里睡觉岂不是难受？"

两个问话问下来，薛远眼皮都不奢拉一下。

大夫给开了清热解毒的中药，等人走了，顾元白才站起身，勾了勾唇："田福生，朕前些日子让铁匠打出来的锅好了没有？"

田福生忙道了一声"好了"，便让人去将铁锅拿了上来。薛远上前一看，铁锅如同一个太极图，分为了左右两半："圣上，这是？"

顾元白勾起一个和善的笑："晚膳便看它了。只可惜这个新花样，薛卿却是没法吃了。"

前两日，顾元白就想吃顿火锅来出出汗了，但今日休沐才算是真正有时间。他抬头看了看天色，太阳还高悬在空，料汤现在做，到天色昏暗下来时，应当正是醇香口味。

薛远双眼微眯："圣上，臣为何没法吃？"

"朕怕你吃了，又能流出来一碗血。"顾元白瞥了他一眼，从衣袍中伸出手，屈指弹了一下铁锅，铁锅轻颤，发出一声从高到低的清脆响声，"这东西上火。"

圣上笑吟吟："所以薛大人还是看看就罢了，别吃了。"

身后御膳房的人上前来取过铁锅。他们早在半个月前就听闻圣上想要吃一种名为"火锅"的东西，御膳房的主事曾亲自去问圣上，询问这"火锅"是怎样一

番味道，在琢磨了半个月之后，他们总算是做出了些成效，圣上这才迫不及待，休沐便带上了东西。

薛远无所谓地一笑，不以为意。但等夜晚天色稍暗，无烟炭火烧着铁锅，而铁锅中的汤水沸腾散发着奇异香味时，他却忍不住肚中轰鸣，口中唾液一出，谁还管上不上火的事，他直接上前一坐，腰背挺直，风雨不动。

锅中的浓汤分为两种，一是醇厚如羊奶般的浓汤，一是红艳如染了花汁一般的浓汤。薛远闻了闻，好像从香味之中闻出了辣味，还有一种奇妙的，酸中带甜，甜中带酸，但极其让人胃口大开的味道。

他不由问："圣上，这红色的是什么？"

羊奶般的浓汤处，他倒是能闻出来是羊肉汤的味道。

顾元白正让人将肉削成如纸片一般薄的程度，眼皮抬也不抬一下，好似没有听到薛远的话。

薛远微微挑眉，看着拿着刀对着肉的厨子一脸为难的表情，笑了一声，起身接过肉，小刀在手里转了一圈，将火光倒映在鲜肉之上："圣上，如纸片一般薄，也应当只有臣能办到了。"

顾元白这才抬眸看他。

圣上的侧脸在火光之中明明暗暗，映照出暖黄的光来，薛远哄着："臣给您削肉，您多看臣两眼就够。"

◆ 第五十章 ◆

火锅想要好吃，就得在汤底和料碗上下功夫。

顾元白让人上了最简单的香料，这时还没有辣椒，便拿着八角、葱段、姜丝与花椒下铁锅一炒，再以醋料为底，这就混上了些微香辣味道和酸醋味，再撒上一些青嫩的小葱段，这便成了。

顾元白吃不得刺激胃的，火锅中的辣也只是提味，料子是番茄料，因此蘸料之中的辣味也极其少，甚至没有。薛远面前的蘸料味道要重一些，正好这时没有风，火锅便放在院子之中，用起来别有一番风味。

薛远吃了几口，头上的汗就跟着冒了出来，一桌子的菜都要被他包圆了，他酣畅淋漓道："畅快！"

这个蘸料做得着实好，口口开胃，吃饱后也停不下来。顾元白的自制力还好，八分饱就放下了筷。等他筷子一放下，对面大汗淋漓的薛远就抬头看了他一眼："不吃了？"

"饱了。"顾元白喝了一口热水。

薛远伸手，将桌上的肉一股脑地扔进了锅里，他当真是只喜欢肉不喜欢素。顾元白故意道："薛卿怎么不吃菜？"

薛远叹了口气，于是筷子一转，夹了一片菜叶出来。

他对番茄锅的口味适应良好，与清汤一比，更喜欢染了番茄味道的肉菜。两个人吃了这一会儿的工夫，沸腾的热锅香味便溢满了整个院子，候在这儿的人时不时暗中吞咽几口口水，被勾得馋虫都跑了出来。顾元白瞧着众人的神色，侧头交代田福生："等一会儿朕休息了，你带着他们也好好吃上一顿，料子就用先前剩下的，不用近身伺候了。"

田福生带着人欣喜谢恩："谢圣上赏赐。"

"圣上的这铁锅有些意思，"薛远脱掉外衣，"吃起来更有意思，估计过不了多久，就会和那个炕床一样，成为百官宗亲们追捧的好物了。"

顾元白颔首，又点了点锅中的浓汤："但这汤料就是独此一份了。"

"臣也是沾了圣上的福。"薛远嘴上不停，说话也不停，"说起铁锅，圣上，与游牧人边关互市时绝不可交易铁器。"

这自然不能忘记。大恒商人不准贩卖给游牧人任何铁制物，即便是菜刀，也只允许游牧人以旧菜刀前来更换新菜刀。

这些细节早已在薛老将军前行时，顾元白便一一嘱咐过他，此时心中不慌不急："是该如此。"

薛远看了他一眼，笑了："看样子是臣白说一句了。"

顾元白笑而不语。

饭后，薛远陪着顾元白转了一圈消食。突见湖旁的栏杆角落里长出了一朵迎春花，薛远眼神一动，上前弯腰去采。

顾元白的余光不经意间在薛远袍脚上扫过，衣袍上的纹饰随着弯腰的动作从上至下滑出一道流光。圣上收回眼，随意道："薛卿，路边的野花都不放过？"

薛远听不懂他的打趣，伸手将嫩黄的迎春递了过来："圣上，这颜色臣觉得不错，在冬末之中是独一份的好光景，圣上可喜欢？"

"朕看你挺喜欢。既然觉得不错，那薛卿就做几身鹅黄的衣裳换着穿。"顾元白不理他这撩人的手段，"日日换着穿，即便上战场，这颜色也抓人。"

薛远眼皮一跳，不动声色地将迎春花扔到湖里："臣又突然觉得不好看了。"

消食回来后，顾元白回房躺着看书。他看的是一本话文，薛远在一旁雕着木头，时不时抬头看顾元白一眼，又低下头去忙碌。顾元白翻过一页书，随口问道："薛九遥，你房里的那些书你可看过没有？"

薛九遥坦坦荡荡："一个字也没看过。"

顾元白心道果然。他并不惊讶，在灯光下又看了两列字，才慢条斯理道："那么多书放在那儿摆着却不看，确实够唬人，常玉言同我说时都惊叹你这一屋子的书，认为你是个有才的人。"

薛远好像听到了什么笑话："他认为我本本熟读？"

"即便不熟读，也是略通几分的。"顾元白道，"朕当真以为你是内秀其中，富有诗华。"

"也不差什么。"薛远吹吹木屑，理所当然道，"臣花了银子摆在这儿的书，自然就是臣的东西。都是臣的东西了，里头的东西也就是臣的了。"

圣上不置可否，没说什么，但过了一会儿，才轻声道："粗人。"

薛远笑了，心道：这就叫粗了？

顾元白翻完了一本书，已经有了困意。薛远瞧他模样，察言观色地起身告辞。田福生在他走后就上前伺候圣上，他已经洗去了一身的火锅味道，为免冲撞圣上，也并没有吃些会在口中留味的冲鼻东西。老太监得心应手，两个小太监则在一旁忙着将被褥整理妥当。

顾元白由着人忙碌，从书中抬起头的时候，就见到了侍卫长欲言又止的神色。

他挑挑眉："张绪，过来，跟朕说说话。"

一个太监正站在床头给圣上梳着头发，特意打磨过的圆润木梳每次从头皮上梳过时，都会舒服得大脑也跟着释放了疲惫。侍卫长走到床边后，圣上已经闭上了眼，只留一头青丝在小太监的手中如绸缎一般穿梭。

侍卫长又说不出来话了，圣上懒散道："心中有话便直说。"

"圣上，"终于，侍卫长道，"薛大人他……"

他没出息地憋出来一句话："他当真没有读过一本书吗？"

顾元白哂笑："他说没读，那就是没读。否则以薛九遥的为人，在朕问他的时候，他已经主动跟朕显摆了。"

侍卫长是个好人。

他本来只是有几分直觉上的疑惑，话到嘴边却又说不出来。如果一切都只是

· 244 ·

他误会了呢？如果薛大人当真对圣上是一颗忠心，他这么一说岂不是将薛大人推入了火坑？

即便是褚大人，他尚且因为没有证据而无法同圣上明说，此时自己怎么能因为一个小小的疑心而如此对待薛大人？

侍卫长自责不已："臣没什么其他想说的话了。圣上，臣心中已经没有疑惑了。"

顾元白道："那便退下吧。"

屋中烛光一一熄灭，众人退到外头守夜。

◆ 第五十一章 ◆

第二日一早，宫侍给顾元白束发时，就"咦"了一声，惊道："圣上，您耳后有个红印！"

顾元白沉着脸，对他说的话没有半分反应。田福生凑近一看，倒吸一口冷气。不得了，圣上的耳朵后面正有一个拇指大小的印子，印子红得发紫，在白皙皮肤上头更是吓人："昨日睡前还没有，难道是虫子咬的？"

但这个时节哪里会有虫子，他们又将圣上伺候得这般好，不可能啊。

耳后的位置隐蔽，若不是因着要给圣上束发，宫侍也不会看到。顾元白看着铜镜中的自己："拿个镜子放在后头，朕看看。"

奴才们找了一块透亮的镜子回来，放在后头让圣上通过前头的铜镜看看耳后的痕迹。铜镜被磨得明亮而清晰，能清清楚楚地看到一块拇指大小的红印。

"圣上，您的耳朵也红了，"眼睛尖的小太监都要吓哭了，"都能看出血丝的模样。"

顾元白一愣："朕没觉得疼。"

最后，顾元白没让田福生去叫御医，只让他给自己抹了些药膏。等到长发披在身后时，就什么都看不到了。

薛府早已备好了早膳，顾元白走出卧房时，顺着廊道拐了几个弯，就听到有凌厉的破空之声在前方响起，他走上前，正看到薛远在空地之上挥舞着那柄御赐的弯刀。

弯刀细长，弧度精巧，如同一把弯起来的唐刀，被薛远握在手中时，风声阵

阵，舞得虎虎生风。

顾元白站在拐角之处，一旁还有拿着薛远衣物和刀鞘的小厮，他们见到圣上后正要慌忙行礼，顾元白抬手阻了，仍然看着薛远不动，眼中神色喜怒不明："你们大公子每日都这么早来这里练武？"

"是每日都要练上一番，但大公子今早寅时便起了，一直练到现在，"小厮小心翼翼道，"以前没有那么早过。"

实际上，薛远一夜没睡。

但没人能看出薛远一夜没睡。顾元白现在看到他，心底的不爽快就升了起来。他正要离开，那旁的薛远却听到了他的脚步声，转头一看，硬生生收了手中刺出去的大刀，大步走来抱拳行礼："圣上。"

他顿了一下，若无其事道："圣上昨晚睡得可好？"

顾元白反问："薛卿昨晚睡得可好？"

薛远眼神闪了闪："好。"

顾元白无声勾唇冷笑，不想再见到他的这张脸，于是抬起步子，带着众人从他身侧而过。

薛远将小厮手中的刀鞘接过，收起弯刀后，才快步跟上了圣上："圣上还未曾用早膳，臣已经吩咐下去，让厨子准备了山药熬的粥，圣上可先用一小碗暖暖胃。"

圣上好似没有听见，田福生趁机抓住了薛远，抱怨道："薛大人，您府中可有什么不干净的东西？"

薛远浑身一僵，随即放松："田总管，这话怎么说？"

田福生压低声音："薛大人，您别怪老奴说话不中听。今儿个圣上起来，小的们在圣上耳后发现了一个印子，红得有些深，瞧着骇人。不只如此，圣上的右边耳朵都渗着几缕血丝，外面瞧着无碍，里头却瞧着都要流血了，但圣上没觉得疼。这都是什么怪事？"

血丝？薛远眉头一皱，都能夹死蚊子。

一时之间人人埋首苦思，顾不得说话。

顾元白在薛府用完了早膳之后便回了宫。他前脚刚走，后脚常玉言便入了薛府，见到薛远正坐在主位之上用膳。

常玉言挑眉一笑："来得好不如来得巧，来人，给本少爷也送上碗筷来。"

小厮将他引着坐下："常公子，这副碗筷没有用过，您用着就可。"

常玉言还要再说什么，薛远倏地从怀中抽出了一把匕首，寒光闪闪，逼人锋芒映在常玉言的脸上。拿着匕首的人没觉得什么，语气平常地问道："你要吃什么？"

常玉言硬是把话憋了回去："什么都可以。"

薛远拿起一个果子穿过匕首，手一扬，匕首便飞过了长桌，"叮——"的一声插入了常玉言面前的木桌上。

"你骗了我，常玉言。"薛远道，"避暑行宫，你与圣上下棋那日，圣上明明与你谈起了我。"

常玉言紧张，脱口而出道："你不要乱听旁人的胡言——"

"是不是胡言我不知道，"薛远笑了，很是温和的样子，"但你不愿我与圣上多多接触，这倒是真的。"

常玉言说不出话来，薛远低头吃完了最后一口山药粥，起身走过长桌，拔起匕首。只听嗡的一声长吟，匕首上的果子已经被薛远取了下来，放到了常玉言的手里。

果中流出来的黏腻而酸得牙疼的涩味，也跟着慢慢散开，汁水狼狈地沾染了常玉言一手。

"这把匕首你应当有些眼生，"薛远将匕首在两只手中翻转，"它不是我小时候玩的那把。玉言，你还记不记得，少时你被你家中奴仆欺辱，我将那个奴仆押到你的面前，正好也是在饭桌上。

"你求我的事，我就得做到。饭桌上你的父母长辈皆在，我将那奴仆的手五指张开压住，匕首插在他的指缝之间，问你这一刀是断了他的整只手，还是断了他的一根手指头。"

常玉言将果子捏紧，袖口被浸湿，他笑了："九遥，我们的脾性从小就不合，总是针锋相对，水火不容。但你我也是少年好友，同样是一丘之貉，谁也不比谁强。"

薛远也跟着笑了："你说得饶人处且饶人，你不会做砍人手指头的事，那奴仆激动得哭了，对你感恩戴德。第二日，你将人带到湖边，让那奴仆去选，要么投湖而死，要么自己去砍掉自己的一只手和一根舌头。"

常玉言："少时的事了，现在不必提。"

"常玉言，你心脏得很。"薛远低声道，"但瞧瞧，你再怎么心脏，见到我拿出匕首还是怕，从小便怕到现在。"

常玉言嘴角的笑意慢慢收敛，抿直，翩翩如玉的公子哥儿这会儿也变得面无

表情。

"与圣上谈到了我，却不敢告诉我，"薛远闷声笑了几下，拍了拍常玉言的肩膀，"玉言，你这次倒是稚拙了些。"

常玉言动动嘴："我总不会害你。"

薛远："小手段也不会少。"

"但不错，你可以继续，"他慢条斯理地继续说，常玉言闻言一愣，抬头看他，薛远黑眸沉沉，居高临下地扯唇，"有个文化人嫉妒爷，爷开心。"

顾元白回宫之后，又被田福生抹了一回药。

田福生还未到老眼昏花的地步，他越是上药越是觉得古怪，迟疑片刻，踌躇道："圣上，你耳后的印子有点难消。"

顾元白不咸不淡："嗯。"

田福生心中了然，也不再多问，专心给圣上上着药。

药膏味遮掩了殿中的香料味，待到药膏味散去之后，顾元白才闻出了些不对："这香怎么同以往的香味不同了？"

燃香的宫侍上前回道："圣上，这是西尚供奉上来的香料，据说是他们的国香，太医院的御医说此香有提神静气的作用，奴婢便给点上了。"

顾元白领首："味道还算好，西尚这回是真的拿出大手笔了。"

"赔礼先一步送到了京城，后头的赎款还跟着西尚的人在来的路上。"田福生小声道，"圣上，听沿路的人道，西尚这次拿来的东西当真不少。他们已走两三个月了，带头的还是西尚二皇子。"

顾元白靠在椅背之上，闭上眼睛有规律地敲着桌子："西尚二皇子？"

"西尚二皇子名为李昂奕，"田福生道，"此人与西尚七皇子李昂顺不同，他出身低微，不受西尚皇帝的喜爱，从小便是无依无靠，却命硬，活着长大了。因着脾性温和还有些怯懦，西尚皇室上上下下都未曾重视他，只是有需要二皇子的地方，他们才会想起这位皇子。"

"就比如这次，这件吃力不讨好的事就交给了西尚二皇子。"顾元白懂了，笑道，"朕不在乎这件事，朕在奇怪另外一件事。"

顾元白皱紧了眉，喃喃道："西尚怎么会这么干脆利落地就给了赔款……"

连个还价都没有讲。

这简直要比薛远半夜摸进顾元白的房中，却什么都没做还要让人费解。

◈ 第五十二章 ◈

顾元白向西尚索要的赔款数量，是实实在在的狮子大开口。

西尚与大恒的交易是仗着马源，但边关的商路一建起来，他们的优势对大恒朝来说就消失得无影无踪，底气都没了。难道正是因为如此才会这么干脆？

但西尚并不知道边关互市一事，顾元白越想越觉得古怪，就西尚那点小地方，拿不出来这些东西才是正常。

五天之后，前来赎人的西尚使者入京，这一队人马谦恭有礼，后方的赔款长得延绵到京郊之处，高大骏马和牛羊成群。京城的百姓们看个热闹，人群围在两侧，伸手数着这些牛羊。

顾元白就在人群之中低调地看着这支长队，听着左右老百姓的惊呼和窃窃私语。

一眼望不到头，骏马牛羊粗粗一看就知道数量绝对是千、万计数。顾元白皱着眉，连同他生辰的那些贺礼和七皇子在大恒挥霍的银子，西尚哪来的这么多东西？

不对劲。

孔奕林指着领头人道："爷，那位就是西尚的二皇子。"

顾元白点头："我看到了。"

西尚二皇子的面容看不甚清，衣着却是普普通通。他在马背上微微驼着背，一副被大恒百姓们看得怯弱到不敢抬头的模样。

他与西尚七皇子李昂顺，如此一看，当真是两个极端。

"皇子软弱，那这些跟来的大臣可就厉害了。"孔奕林微微凝眉，"爷，咱们可要做什么准备？"

"该做的都已经做了，看看他们要做什么吧。"顾元白皱眉，从百姓之中退了出去，"上前瞧瞧，看看他们除了我要的东西，还带来了什么。"

等顾元白带着人看完了西尚带来多少东西之后，他与孔奕林对视一眼，彼此的脸上却没有半分欣喜之色。

回宫的马车上，孔奕林低声道："我与诸位大人原想让西尚将赔款数目分为三批，三年之内分次还清。没想到他们如今一口气就拿了出来，除此之外，还多加了许多的赔礼。"

顾元白沉默地颔首。

说不清是好还是不好，拿到赔款自然是好事，但顾元白原本想的是用这些赔款来让西尚受些内伤，结果事出反常，有些超出他的意料。

一路行至皇宫，在皇宫门前，驾车的奴仆突然停下，外头传来田福生疑惑的声音："咦，褚大人，你跪在这里是做什么？"

顾元白眼皮抬起，打开车窗。

褚卫跪在皇城之外，寒风中已是发丝微乱，鼻尖微红，他抬头看着马车，眼中一亮，如看见救命稻草一般着急地道："请圣上救臣四叔一命！"

褚卫的四叔便是褚议，那个小小年龄便叫着褚卫"侄儿"的小童。原是这个小童受了风寒，风寒愈演愈烈，最后已有昏沉吐血之状，褚府请了诸多大夫，却还不见病好。褚卫心中一横，想到了太医院的御医，便跪在了皇宫门前，想要求见皇上。

从皇宫出来的马车又多了一辆，掉转了头，往褚府而去。

褚府周边也是朝中大臣的府邸所在，皇宫中的马车一到，这些府邸就得到了消息。府中的老爷换了身衣服，扶着官帽急匆匆地前去拜见圣上。

"无须多礼，都回去吧。"顾元白下了马车，转身道："田福生，先带着御医进府给议哥儿看病，人命关天。"

褚卫的眼瞬息红了，他掩饰地垂头："臣多谢圣上。"

顾元白瞧着他这模样，不由得叹了口气。

褚府的人想要来面圣，也一同被圣上婉拒了。圣上身子骨弱，怕染了病气，并没有亲自去看那小童，只是让人传了话："专心照顾好议哥儿。"

褚夫人闻言，道了声"是"，也跟着泣不成声。

褚卫没有离开，坚持要陪在圣上身旁。圣上便带着人在庭院之中走走转转，等着御医前来禀报消息。

孔奕林瞧见褚卫出神的模样，低声安慰道："褚兄莫要担忧，太医院中的御医医术高明，必定会药到病除，化险为夷。"

褚卫收起眉目间的忧愁，勉强点了点头。

顾元白正好瞧见褚卫这副神情。圣上无奈一笑，对着孔奕林道："亲人危在当前，做起来哪有说的那么简单。"

褚卫被圣上这一看，倒是回过了几分神，再次行礼道："臣谢圣上救臣四叔一命。"

顾元白扶起他，握着褚卫的双手拍了拍，笑着道："褚卿，你是家中的独子，这时更要担起责任，切莫要慌。宫中的御医向来还算可以，且宽心一二。"

褚卫的手蜷缩一下。

他的唇上因为这些日子的焦急已经起了些细碎的干皮，如明朗星辰的面容染上了憔悴的神色，但仍无损于他的俊美，只消融了些许拒人于千里之外的尖冰感。

"圣上，臣……"褚卫嘴唇翕张，良久，才艰难地道，"臣……"

他不知哪儿来的勇气，突然将手抽出，而后在下一刻，又反手握住了圣上的手。

"臣这几日寝食难安，找了许多备受推崇的大夫，却总是没什么用。"褚卫心中激荡，强忍着低声道，"臣不知为何，早就想起圣上，总觉得圣上能救四叔一命。可家父不愿劳累圣上，臣也不想拿这等小事来让圣上费心。"

褚卫眼眸低着，看着两人交握在一起的手。

他深吸一口气，继续道："可臣后来实在着急，便自行去找了圣上，还望圣上原谅臣慌乱下的无礼举止。"

顾元白自然地抽出了手，笑眯眯道："褚卿，安心吧。"

傍午时，御医从褚议的房中走了出来，褚府之中的长辈跟在身后，神色轻松而疲倦，褚卫一看便知，这是小四叔有救了。

既然没事，顾元白便从褚府离开了。侍卫长扶着圣上上了马车，孔奕林正要跟上，突然转头一笑，对着褚卫道："褚兄，慎言，慎行，慎思。"

褚卫眉头一跳，同孔奕林对视一眼，突然之间便冷静了下来："法无禁止即可为。"

孔奕林讶然，好像重新认识了褚卫似的，将褚卫从头到尾看了一遍，随即笑着上了马车。

两辆马车悠悠离开，褚卫站在原地半晌，才跟上了父母的脚步，转身回了府中。

这一件小事很快就被顾元白忘在脑后，但褚府的左邻右舍倒是没忘，非但没忘，还自觉地将圣上仁德的举动讲给了同僚去听，感叹圣上爱民如子，恨不得用毕生才华将圣上夸上天去。

顾元白这一日用了晚膳之后，照常带着两匹狼去散步。但这两匹狼今日有些莫名其妙的兴奋，拽着顾元白的衣衫就将他往城墙边带去，城墙边的守卫们看到狼就让开了路，顾元白无奈道："你们又是想要做什么？"

两匹狼自然是回答不了他的话的，但城墙外头的口哨声代替它们回答了顾元

· 251 ·

白的话。

顾元白眉头一蹙："薛远。"

墙外的口哨声停了，薛远咳了咳嗓子，正儿八经道："圣上。"

顾元白虽好几日未曾见到他，但一听到他的声音还是心烦，当下连话都懒得回，转身就要走人。

两匹狼呜咽地拽住了顾元白的衣衫。

城墙外头的薛远也听到了两匹狼的撒娇声，又咳了一声，瞧了瞧周围没人，压低声音道："圣上，过几日就是上元节了。"

上元节正是元宵节，那日不宵禁，花灯绚丽，长街拥挤，百姓们热热闹闹地看花灯走夜市。

薛远道："我第一次见你的时候，正是在元宵宫宴那日。"

他顿了顿，然后声音镇定，又好似有些发紧地道："圣上，今年不办宫宴，您不如跟臣出去走一走？"

顾元白心道：来了，又来了，薛九遥，你现在这副紧张模样是装给谁看？

他揉了揉额角，伸脚轻踹了两匹狼一脚，恶狠狠道："放不放开？"

两匹狼垂着尾巴、耷拉着耳朵，却怎么也不松嘴。

顾元白拽不过它们的力道，身后的侍卫迟疑片刻，道："圣上，要不臣等将这两匹狼带走？"

"带走吧。"顾元白点头之后，这两匹狼就被缚住了利齿带离身边，他还没有走，但外头的薛远急了，又叫了一声："圣上！"

顾元白懒散地回道："怎么？"

薛远道："您怎么才愿意同臣在上元节那日出来？"

顾元白无声冷笑："薛九遥，朕问你，你在朕这里算个什么东西？"

"圣上的东西。"薛九遥立刻接道，"圣上说什么就是什么，圣上不让臣做什么臣就不做什么。圣上，您若是上元节不想要出去，那臣是否可以请旨入宫陪侍在侧？"

薛远自从列将军之位后，他就不是从前那个殿前都虞候了，和褚卫一般，同样是无召不得入宫。

守卫城墙的禁军从未见过这般厚颜无耻之人，脸上不敢有丝毫表情，眼睛却不由得睁大了一瞬。

这位名满京城的将军，怎么是、怎么是这样的一个人！

◈ 第五十三章 ◈

顾元白道："滚进来。"

弹指间的工夫，高大的城墙上就跳下来了一个人，守城的禁军下意识朝他举起了手中长枪，又连忙朝顾元白看去。

顾元白揉揉眉心，跟禁军道："把他押到城门处，让他从宫门进宫。"

等薛远重新见到圣上时，已经是在宣政殿中。

圣上刚刚用完饭，一会儿便要去沐浴，此时瞧见薛远来了，眼皮松松撩起一下，又重新垂落在奏折之上。

薛远瞧着顾元白就笑了，规规矩矩地行完了礼："圣上，上元节那日，臣能不能先给定下来？"

他话音未落，便接住了迎头砸来的一本书，抬头看去，圣上面色不改，又重新拿起了一本奏折。

薛远无奈地笑了："圣上，您怎么才愿意给臣一个机会？"

顾元白道："先说说你今天为什么要来见朕。"

薛远闻言，将书合起来递给了田福生，老老实实地道："臣听闻了圣上前几日去了褚府的事。"

顾元白"嗯"了一声，让他继续说。

"臣知道之后就去了褚府一观，"薛远道，"发现褚卫大人的十指还完好无损。看样子圣上对褚大人的这一双手喜欢极了，也是，这一双能给圣上画画的手，谁不喜欢？"

顾元白突然问道："你给朕雕刻的木像呢？"

薛远顿时卡了壳，咳了几声，道："上元节那日给圣上。"

"两日又两日，薛九遥，你若是不会雕像那便直言，倒也不必如此拖延。"顾元白无声地勾唇，终于抬头看了他一眼，"你心中遗憾那两匹狼为何没咬掉褚卿的手指？"

薛远客气道："哪里哪里。"

顾元白乐了，闷声笑了起来，只是笑了片刻就觉得手脚无力、胸口发闷，他停了笑，不由自主地皱起了眉。

薛远已经快步冲到了他的面前，双手不敢碰他，小心翼翼道："圣上？"

顾元白握紧了他的手臂，慢慢坐直了身："我近日不知为何，总觉得有些手

脚无力。往常笑得多了也没什么事，现在却不行了。"

薛远心中生出一股恐慌，他回过神，强自冷静道："御医怎么说？"

"疲乏。"顾元白道。

薛远将他耳边的发丝理好，顾元白闭了闭眼，觉得好了些："朕每日觉得手脚无力时，都是在御花园散步回来之后，回到殿中不过片刻又恢复了力气，甚至神采奕奕。御医说的想必是对的，只是身子不走不行，一直坐在殿中，岂不是也要废了？"

"说得是。"薛远低声附和，但眉间还是紧皱。

田福生的事都被薛远抢着做了，老太监只好看看外头天色，道："圣上，该沐浴了。"

薛远压下担忧，脱口而出道："圣上，臣给您濯发。"

殿中一时静得不发一声，顾元白突然笑了："那就由你来吧。"

泉殿中。

顾元白仰着头，一头黑发泡在泉水之中，随着波纹而荡。薛远握着他这一头如绸缎般顺滑的黑发，喜爱不已："圣上的每一根头发丝在臣这里都价值万金。"

顾元白闻言，顺了一根头发下来，将这根发丝缠在了薛远的手腕之上："万金拿来吧。"

薛远从怀中拿出了一枚翠绿玉扳指，戴在了顾元白的拇指上："圣上，这东西就是用万金买来的。"

他没忍住多说了一句："您可别再弄丢了。"

这个"丢"字让顾元白有些心虚，抬手看了一下，玉扳指还是从前那般模样，绿意凝得深沉。这玉扳指即便不值万金，如今也不同寻常了起来，因为它从皇宫滚去了边关，又从边关滚回了皇帝的手上。

既被鸟雀带着飞起来过，又见识了行宫湖底的模样，见识了边关淹没长城的大雪。万金，万金也买不到这些见识。

顾元白不白白占人便宜，于是又捡起一根脱落的发丝，缠在了薛远的另一只手腕上："两根，赏你的。"

薛远乖乖让他系上："圣上，上元节您就不想出去看看？"

顾元白闭着眼睛，躺在榻上不动："说说外头有什么。"

薛远张张嘴，却也不知道说什么。他自幼离开家，常年征战之后该忘的都忘得差不多了，去年宫宴结束，直接就回了府，哪里知道闹市上能有什么。

但他担心这么一说，顾元白就不跟他出去了，于是含糊道："很多东西，数不清。"

顾元白道："什么？"

薛远更加含糊："什么都有。"

"朕没听见，"顾元白蹙眉，"薛卿，说话。"

"臣……"薛远张张嘴，身子附得更近，声音沙哑，"上元节的时候，街市上有许许多多的吃食，圣上上次吃的驴肉火烧也会有，我们可从路头走到路尾，想吃什么臣就给您买什么。"

顾元白动了动耳朵，想要侧过头。

薛远掌住他的头，让他不要动，闷声笑："圣上，您还洗着头呢。"

顾元白的头又转过来了："说完了？"

薛远硬是噎在原地，闭了嘴，又琢磨起了说辞："还有玩的，许许多多，臣给圣上刻了木雕，上元节应当还有做糖人的手艺人。"

顾元白闭上了眼，掩住了嘴角似有若无的笑意："糖人，做得好吗？"

薛远道："甚好。"

上元节来临之前，西尚送来的东西先一步入了库。

"五千匹良马，牛羊各一万头，五百万两白银，三百万石粮食，"户部尚书道，"一分不少。"

顾元白闻言，沉吟一会儿，让人去请西尚使者前来面圣。

两刻钟之后，西尚二皇子李昂奕连同西尚使臣觐见。顾元白这时才看到二皇子的面容，他同七皇子有三分相像，但眉眼之间好像无时无刻都带有忧虑，偶尔和顾元白对上视线时，眼神闪躲、神情畏缩，不见有分毫皇子派头。

殿中大臣们也因此只看了他一眼，就将目光投到了西尚二皇子身后的大臣身上。双方你来我往，在此途中，顾元白不发一言，西尚二皇子也埋着头不发一言。等到交锋结束，西尚二皇子才在臣子的催促中胆怯开口道："大恒的皇帝，您现在能否放了我的七皇弟？"

顾元白看着他，缓声道："来人，将人请上来。"

软禁在鸣声驿中的西尚人早已被押在了殿外，侍卫们客客气气地将李昂顺一行人请到了殿中。一见到七皇弟，西尚的二皇子就连忙迎上去，急急忙忙追问道："七弟，你这些时日过得怎么样？"

李昂顺甩开他的手，脸色阴阴沉沉："你们怎么来得这么晚？"

两队人见面之后，二皇子便要带着人请辞，顾元白突然笑了，和气道："过几日便是我大恒的元宵佳节，几位无须着急回去，待过了元宵佳节之后，再让朕宴请各位一番，各位也好看看我大恒的风情。"

二皇子正要说话，但李昂顺已经先一步答应了下来，他只好欲言又止，无奈地闭了嘴。

一行人告辞离开，顾元白看着他们的背影，端起茶盏喝了一口温茶。在西尚人即将踏出宫殿时，顾元白突然高喝一声："李昂奕！"

李昂奕连忙扭头看向圣上，但他的身体仍然面向前方："是。"

顾元白又抿了一口茶："朕很喜欢你们的国香。"

李昂奕放松下来，连说"不敢"，才小心翼翼地离开了。

等人不见了，顾元白垂眸，用杯盖扫去浮起的茶叶。

李昂奕有狼顾之相。

狼顾者，谓回头顾而身不转，性狠，常怀杀人害物之心。[1]

西尚二皇子不简单。

◆ 第五十四章 ◆

在西尚人离开大恒之前，他们的一举一动将会受到监察处和东翎卫的密切关注。

顾元白也询问过将赎款书送到西尚的使臣们，问他们西尚皇帝收到赎款书时是什么样的表现。

使臣们措辞良久，道："西尚皇帝命人读完书后，怒发冲冠，勃然大怒。他命侍卫要押下我等，幸而被众位臣子拦下。我等忧心惶惶，但不过几日，西尚皇帝再次将我等召入宫时，虽神色仍然不善，却已开始筹备赔款了。"

但若是问他们西尚从哪里准备的这些东西，他们也答不上来。因为人家国库里的东西，只有人家才最为清楚。

顾元白肯定西尚有问题，所以暗中的盯梢和查看并不可少，在这方面，就不必顾忌人道主义了，若是到了必要的程度，顾元白甚至做好了不讲道义直接扣留

---

[1] 引自《人伦大统赋》。

所有西尚人的准备。

当然，如果不是到了非做不可的地步，顾元白并不想在外交上损害大恒的信用和名声。

二月二十五日，上元佳节。

这一日张灯结彩，不宵禁，薛九遥一大早就想要请旨入宫，顾元白没有允。直到傍晚，落日的余晖让大地还残留着热意，圣上才换了一身鸭青色常服，披上昨日才送上来的银毛大氅，将发丝理好在大氅之外，迈着悠然的步伐，闲适地走出了皇宫。

他一出宫门，就见到了背着手、挺拔站在不远处的薛九遥。

薛九遥一身绛紫衣袍，身姿修长笔直。他一见到顾元白，眼睛都好像亮了起来，目光直直，移不开眼。

顾元白走近了，瞥了他一眼，好笑道："回神。你怎么这副神情，难道是看见什么仙人了？"

薛远克制着想要收回目光，但最终还是放弃，喃喃道："是看见圣上了。"

顾元白顿了一下，鸡皮疙瘩起了一身。

元宵时热闹，马车都进不去闹市，只能停留在街市前后的两旁。顾元白为了省事也并没有乘坐马车，徒步走着，累了就走得慢些。

薛远还记得他说过的话："圣上如今走起来还觉得手脚无力吗？"

顾元白道："现在还好。"

薛远还要再问，顾元白就提醒道："微服私访，别说漏了嘴。"

薛远改嘴："元白。"

顾元白："……"

你可真是会打蛇随棍上。

走了没多久，一行人就见到了灯火通明的花灯街。街市中花灯高挂，大大小小各式各样，人潮如海，笑闹声骤然如水入油锅般袭来，顾元白带着人走了进去，没有多久，就淹没在了百姓之中。

花灯街旁就有一道潺潺水流，水流之中正有晃晃荡荡的莲花灯漂荡。街市中的年轻男女们相聚河边，中间隔着老远的距离，时不时羞赧地说上几句话。

顾元白正看着一个老牛模样的花灯，却被薛远贴近挡住了视线。

"挪开。"顾元白道。

薛远硬着头皮："不。"

顾元白双眼一眯，薛远余光瞥到他的神情，头皮发麻地多补了一句："这里

人多，我怕你走丢。"

顾元白乐了："我走丢？"

薛远道："说差了，是我会走丢，您得看好我。"

之后，不管顾元白说什么他都紧紧跟随，步子还越来越快，后头跟着的人被挤在层层人群之外，大声喊着顾元白："老爷等等小的们！"

薛远当没听见，很快就将一群人甩在十步之外。

直到看见一个卖糖人的摊子，薛远才猛地停了下来。

顾元白差点儿撞到他的身上，黑着脸道："薛九遥！"

薛远指了指糖人："想吃吗？"

顾元白一眼看去，被吃的勾起了兴趣，上前问道："老人家，你会做什么样的糖人？"

白发苍苍的老人家颇为自得道："这位公子，老汉会的可多了，你要让我说，我掰完手指也数不清。"

顾元白笑了，指了指薛远："他能做出来吗？"

老人家睁大眼睛上上下下把薛远打量了一下，肯定地点了点头："能！"

"那就做一个他，"顾元白掏出几个铜板，故意道，"来个猪耳朵。"

薛远一怔，忍俊不禁。

老人家接了钱，勾着焦黄香甜的糖丝在竹签上上下飞转，不过片刻，竹签上就出来了一个高头大马、长着个猪耳朵的男人。

顾元白接过糖人，朝着薛远阴森森一笑，然后咔嚓一下，一口咬掉了整个糖人的脑袋："不错。"

薛远顿觉脖子一凉。

两个人离开了糖人摊子，薛远听着他一口一口地咬碎糖人的咯嘣声，身子也阵阵发寒："圣上，别吃了，甜着牙。"

顾元白道："你叫我什么？"

薛远一噎，改口道："元——"

顾元白笑眯眯地看着他。

薛远把后一个字咽了下去，低头在他耳边道："元爷，白爷，听小的的话，求求你了，别再吃了。"

顾元白也不想吃了，他看了一眼糖人："还剩一半。"

薛远二话没说，立刻接过来拿着，补充道："明日再吃"。

吃完了糖人，一路又是炸鹅肉、葱茶、馓子泡汤，各式各样的小吃香味勾人，顾元白这才是真实意义上的第一次逛了大恒的夜市，胃口大开，又去吃了春饼、李婆子肉饼和灌汤包。吃灌汤包的时候他小心翼翼，皮薄肉汁多，轻轻提起，一吸一吃，鲜美得顾元白整整吃了两个。

他每样只吃了一两口尝尝味道，不敢多吃，生怕吃饱了就没法继续吃下去。还好薛远的胃口奇大无比，一路走过来，他解决了八成的吃食，还是一副不动声色、不见饱意的模样。

在吃了一个小得如婴儿手掌大小的四色馒头之后，顾元白甘拜下风："最后再来一个糍粑糕，我吃不下其他东西了。"

两人去买糍粑糕，站在摊子前往街尾一看，顾元白不禁咋舌，这一路走来也有半个小时的工夫，但看上去他们在这一条街上还未走过三分之一。

薛远接过两个糍粑糕，这一个糍粑糕也就一指的大小，如年糕一般柔软，中间还夹着一颗红彤彤的大枣，带着股清淡的甜味，不腻，倒是解了之前吃的那些东西的腻味。

顾元白慢慢地吃着，终于从小吃上腾出了眼睛，看了看路边的玩物。

但他的余光一瞥，在前方不远处见到了褚议。那小童被人背在身上，面色红润，乖巧又兴奋地笑着，一口小米牙还有一个缺口，他正四处乱瞅着，突然眼睛一顿，惊讶地张大了嘴巴，同顾元白对上了眼睛。

"侄儿，"褚议不由得叫道，"侄儿！"

褚卫回头看他，眼中柔和："怎么？"

褚议小声地不可置信道："我看到了圣上啦！就在我们身后！"

褚卫心中一跳，下意识回头看去。

可万人来来往往，花灯挂了满天，人来人往之间，他没有看到圣上的影子。

黑暗的小巷，糍粑糕的香味在周身弥漫。

外头的街道喧闹无比，时不时还能听到宫里的人对薛远破口大骂的声响，可几步远的巷子里，安静、暗沉，只有呼吸声和潺潺水流声。

顾元白只觉得转眼之间他就被薛远拽进了巷子里，薛远在他身前，"嘘"了一声："圣上别去找褚大人。"

顾元白的声音里透着火气："朕什么时候要去找他了？！"

"消消气，"薛远低头，"吃饱了就生气，对身子不好。"

天上的繁星连成一片，分不清哪个比哪个更亮上一些。这样的星空在现代已

经很少见,顾元白曾经在前往北极的途中看到过一次这样的夜空,他躺在甲板上,随着海浪的翻滚起伏,看着那一颗颗大得好像能砸到他身上的星星。

手可摘星辰,看过这样星空的人,一辈子也忘不了这个画面。

甲板上很凉,穿着冲锋衣也挡不住寒气。顾元白还记得那一夜的感受,身下的海浪让身体好像跟着飞了起来,失重地上上下下起起落落,星星一时近一时远,湿气浓重,像童话里的梦。

顾元白喉咙动了动,吐出一个又短又狠的字眼:"滚!"

薛远在黑暗之中坚持着:"顾敛,元白,白爷。"

他把人困在街巷,却可怜巴巴地道:"白爷。"

白爷看了一眼天上亮闪闪的繁星,勾起一抹冷笑:"好的,我听你的,不去找褚卿。"

◆ 第五十五章 ◆

顾元白缓了几口气,接着道:"心口发慌,不对劲。"

薛远瞬间清醒过来,使劲掐了自己一把,随后带着顾元白就从巷子深处飞奔离开,转眼到了漂满莲花灯的河边。薛远顺着河流飞一般走出了闹市,直直撞上了候在这儿的脸拉得老长的田福生。

田福生瞧见薛远就是冷笑连连:"薛大人,你——"

薛远沉着脸撞开他:"让开!"

宫侍们这才看到圣上,顿时人仰马翻,着急跟着薛远跑了起来。

顾元白抓紧着胸口,大口大口地呼吸。他尽力去感受自己现在的状态,心里慌乱,心跳加快。

这样的心慌明明是外在引起的变化,顾元白脑子里都不由得有些空白,他咬着牙撑住。不知道过了多久,他好像是撑过去了那个临界点,呼吸骤然一松,从心口涌上来一股反胃欲望。

他踉跄扶着门框俯身干呕。薛远连忙上前扶住他的肩膀,在他干呕完后立刻拿着衣袖帮他擦净唇角和额旁汗意,心疼地顺着背:"圣上。"

田福生眼皮跳了好几下,连忙上前一步挡住旁人的视线,高声道:"薛大人,大夫来了，快让大夫给圣上把把脉！"

因为薛府离得近，所以薛远直接将顾元白带回了薛府。圣上被扶着坐下，大夫上手把脉，稍后，皱眉疑惑道："只觉得圣上心口跳得快了些，脉搏紊乱了些，并没有看出什么。"

顾元白神色一暗。

良久，他挥退了旁人，只留下身边的宫侍和硬赖着不走的薛远："田福生，朕近日走动得多了就会手脚无力，今日更是心口发慌。你日日在朕的跟前，朕问你，你会不会也如此？"

田福生没想过此事，此时细细回想起来，摇了摇头："圣上，小的倒是没有这样过。但说来也是奇怪，小的往常在圣上跟前的时候还容易犯困，近些日子却不是如此，反而觉得有了些精神，晌午的时候愣是精神十足，都能去跑上一圈。"

顾元白沉默了一瞬，又一个个问了平日里陪侍在身边的人。

这些人要么是没有感觉，要么就是觉得精神好了一些，没有一个有如顾元白这样的表现。但他们每一个人，无论男女，身子骨都要比顾元白的健康，比田福生的年轻。

顾元白原本觉得自己是遭人暗算了，问完一圈下来，又加了一个怀疑的选项，那便是他的身体开始衰败，寿命要走到头了。

他的脸色并不好看，看着他的薛远更是捏着椅背，手指发白，死死咬着牙。

死亡对薛远来说不是一个很可怕的东西。

但现在是了。

沉默的气氛蔓延。

突然，顾元白又攥紧了胸口处的衣衫，他脸上的表情痛苦，感受着重新冒出的心慌和焦灼，这种感觉好像变成了真实的火焰，在体内毫不留情地烧着顾元白的五脏六腑。

额上的汗珠大颗大颗地滚落。

薛远此刻也非常恼火：老子的命，老子保护了这么久的一条命，谁都别想这么轻易从他手中拿走。

还好这样的情况只反复了两次，顾元白挺过这找不到点的心慌意乱之后，已经累得没有精力再回宫："薛远，朕要安歇。"

薛远在他面前单膝跪下，宽阔后背正对着皇帝："臣带您去安置。"

背着顾元白回卧房的路上，披着月色，星辰仍然繁盛，薛远却没了之前的那

些轻松心情。

顾元白看他一直沉默不语，突然懒懒地道："薛九遥，我相信你的忠心。"

薛九遥手臂一抖，差点儿把圣上从背后滑下去，稳住脚步，闷声："嗯。"

顾元白撩起眼皮看了一眼他的后脑勺，头疼："你怎么不该说话的时候废话这么多，该说话的时候又不说话了？"

薛远的心口一抽一抽地疼："圣上，我心里疼得难受。"

"怎么就变成你心疼了？"顾元白轻声道，"我还没叫疼呢。"

他这句话说完，便察觉到了薛远的手一紧，就着月色低头一看，薛远脖颈上的青筋已经暴了出来，顾元白甚至能听到他牙齿碰撞的声音。

顾元白不说话了。

他甚至理不清他和薛远如今的关系，君不君臣不臣。

剪不断理还乱。

等到顾元白被薛远放在了床上，他道："朕夸你嘴甜，你就没点反应？"

薛远叹了口气："圣上，臣现在嘴里都是苦的。"

顾元白闭上眼躺在了床上。

他这副样子，虽是刚刚难受过，但眉目之间还是充斥着活人的生气。薛远站着看了他半晌，抹了把脸，给顾元白脱去了鞋袜和外衣，搬来了一盆热水，沾湿巾帕给他擦着手脚。

薛远本来以为顾元白已经入睡了，但在他给顾元白擦着手指时，顾元白突然道："薛九遥，朕身子不好。"

薛远顿了一下，继续擦着手，哑声道："我知道。"

顾元白的声音好像突然变得悠长了起来，又好像夹杂了许多的寒风，同薛远隔着一条长得看不见头的街市，走得再久，也好像只走了三分之一："我不想死，但有些事不是我说不想就可以。理智点来说，薛九遥，你最好对我点到即止。"

啪嗒。

巾帕掉在了地上。

薛远弯腰捡起巾帕扔在了水盆里，沉默了半晌，才道："什么叫作点到即止？"

顾元白闭着眼，好像没听见。

薛远心底的酸涩肿胀已经逼红了眼，他死死看着顾元白，顾元白却不看他。

"你当真是厉害，顾敛，你一句话就能逼红老子的眼。"他从牙缝里一字一句道，忍着，五指捏得作响，"'点到即止'这四个字，我从来就不会写。"

顾元白终于睁开了眼看他，薛远腾地起身，神情乍然狰狞了起来："你活着，我寸步不离看着你。等你要死的时候,我先给自己胸口来一刀,堵也要堵了你的黄泉路。"

他转身就走,门哐当作响。

顾元白愣怔,可下一瞬门又响了起来,薛远走进来往顾元白手里塞了一个木雕,又风一般地快步离开。

房内终于没有声响了。

顾元白抬起手,手中的木雕光滑温润,眉目间有几分顾元白的影子,唇角带笑,衣袍飘飘。

手一翻,木雕背后刻着两行字:

　　景平十年,臣为君所手刻。
　　此臣奉上生辰礼,望喜。

图书在版编目（CIP）数据

八千里路敛远山 . 2 / 望三山著 . —广州：广东旅游出版社，2023.6
　　ISBN 978-7-5570-3019-3

　　Ⅰ.①八… Ⅱ.①望… Ⅲ.①长篇小说—中国—当代 Ⅳ.① I247.5

中国国家版本馆 CIP 数据核字 (2023) 第 058907 号

八千里路敛远山 . 2
BA QIAN LI LU LIAN YUAN SHAN. 2

出 版 人：刘志松
责任编辑：陈　吉
责任技编：冼志良
责任校对：李瑞苑

广东旅游出版社出版发行
地址：广州市荔湾区沙面北街 71 号首、二层
邮编：510130
电话：020-87347732（总编室） 020-87348887（销售热线）
投稿邮箱：2026542779@qq.com
印刷：河北鹏润印刷有限公司
（地址：河北省沧州市肃宁县工业聚集区）
开本：700 毫米 ×980 毫米 1/16
字数：305 千
印张：17
版次：2023 年 6 月第 1 版
印次：2023 年 6 月第 1 次
定价：49.80 元

【版权所有 侵权必究】

如发现图书质量问题，可联系调换。质量投诉电话：010-82069336